中国摄影
序与跋

陕西新华出版

陕西人民美术出版社

林路 著

图书在版编目（CIP）数据

中国摄影序与跋 / 林路著. -- 西安 : 陕西人民美术出版社, 2024. 9. -- ISBN 978-7-5368-4134-5

Ⅰ. I267

中国国家版本馆CIP数据核字第2024Z5T063号

责任编辑　邱晓宇

中国摄影序与跋
ZHONGGUO SHEYING XU YU BA

林　路　著

出版发行　陕西人民美术出版社

地　　址　陕西省西安市雁塔区登高路1388号

邮政编码　710061

经　　销　新华书店

印　　刷　西安五星印刷有限公司

开　　本　787毫米×1092毫米　1/16

印　　张　13.75

字　　数　274千字

版　　次　2024年9月第1版

印　　次　2024年9月第1次印刷

书　　号　ISBN 978-7-5368-4134-5

定　　价　98.00元

发行电话　029-81205258

传　　真　029-81205299

序　顾铮

　　自 1986 年因"北河盟摄影沙龙"活动与林路订交，至今已近四十载。林路命我为他的摄影序跋集作序，作为老朋友，虽有僭越之惧，但面对这样一个难得的、能比较全面地了解林路的摄影观，同时又能增进我对当代摄影的了解的学习机会，还是欣欣然却又战战兢兢地贸然应命。当然，面对林路的这些琳琅满目的珠玉之论，在我发出浩叹之余，写下一些学习体会，只能算是勉力为之的作业，希望不会辜负林路的美意，也感谢林路给予这样的机会。

　　细看本书各篇，可以发现，上至朱宪民这样的前辈大师，下至卢彦鹏这样的后来新锐，都以他们各具特色的摄影实践而受到林路的深切关注和深入评述。这充分反映出林路对当代摄影发展所保持的同步跟进的意欲和能力。而他所论及的摄影类型，既有经典纪实摄影，也有实验性的观念摄影，呈现出当代摄影的丰富面向，同时也展现了林路本人的批评高度、宽广的视野和审美宽容度。相信阅读此书的读者，通过阅读这些精彩纷呈的文章，也可以充分感受到当代摄影的脉动和活力。而林路通过序文助力的方式，同时拥有并保持了一个同步当代摄影发展的现场观察员的身份。

　　在我心中，作序，非知人论事者不可为。为序者，必然受到邀序者的信任。而通过知人者之论事（功），必可令读序者大大了解所序及者的创作与工作之意义和价值。序的最高境界或许就在于此。至于所谓的序的作法，作序者因知人（在此是摄影家）而述其行状以利读者了解摄影家的事功（摄影实践）的来龙去脉，是一种写法。但也有不提及摄影家行状而直取事功细细论之者。据我的理解，林路的序是两者有机结合而更偏于事功探讨之产物。

这就是为什么这些文章会成为渡读者和同行至摄影作品深处的津梁的原因。顺便说一句，这只是我对序文这一文体的粗浅理解，但不适用于本文这篇力不从心的"序"。

按照林路为本书所撰后记来看，集内文章主要有两个类型，一是摄影家的作品集序言，二是摄影展览前言。从本书中的大量文章是为各地摄影家们的摄影作品集所写序言来看，这从另外一个侧面反映了中国摄影文化的发展。试想，三十年前，即使是二十年前，有多少位摄影家可以出版自己的摄影作品集？即使能够出版，撇开内容不说，从用纸、印刷质量、书籍装帧设计以及编辑水准等方面看，也在相当程度上反映了当时尚不发达的物质文化水平，当然这同时也反映了彼时摄影文化的发展水平。同样的，热情洋溢的林路，即使有为摄影同道中人的摄影实践书写的热情，也没有如那样和这样的足够挥洒的书写空间。同样地，一些为展览所写的前言也反映了当代摄影的活跃程度。从这一点看，我们也能够体会到过去几十年里中国摄影的变化与发展以及林路为之付出的热忱与精力。

本书的面世，既为林路自身的辛勤工作保留了一份重要的记录，也为读者和同行保存了一份未来查考当代摄影历史的文献资料。我们能不为之欢欣鼓舞？

（顾铮，复旦大学新闻学院教授。）

目 录

纪实路径　1

2　让摄影成为生活方式的朱宪民

12　从王瑶的"后'9·11'"到"京剧人生"

18　任曙林的《中学生》读后

22　马杰镜头中母亲的血脉与隐喻

25　胡群山的《血色——史迪威公路》

28　不著一字　尽得风流——朱浩的新作《影城》

30　"老顽童"蔡焕松的摄影足迹

36　解读史志辉的《北方地坑院》

39　李好镜头深处的大海

44　廖永勤的阆中

49　陆元敏的色彩思维

53　漫说卢承德的"苏州人"

55　试说石广智的《马尾造船人》

58　朱钟华先生的创作神髓

61　薛宝其的"上海印记"

65　周国献后工业时代的回首凝望

68　从《蟠龙遗韵》到《蟠龙腾飞》的张友明

风光无限　73

74　邵大浪文人情怀的影像钩沉

82　问道风景说达军

90　王建军献给洪荒大地的敬畏之情

100　《马语者》的王争平

102　穿越时间到达理想彼岸的段岳衡

106　试说陈征的《墨界》

112　从《野外拾回的小诗》说王苗

117　郭际的《山海间》

121　从蛋糕、摄影和美的思考说罗红

126　王琦影像中的具象内敛与抽象外化

129 叶文龙时空漫游的视觉思辨

132 王琛如何解读地球的表情

134 黄新的心禅与影韵

观念当代 139

140 解读高辉的《山水间》

145 严明镜头中现实深处的虚无与荒诞

148 从斯特鲁斯、弗里德兰德到郑知渊

154 我们真的是生活在周明的影像空间里吗?

157 严怿波的都市物语

160 王昆峰"国色天相"的演进路径

164 《启示》与贺肖华的幽默人生

166 "王小慧现象"之我说

170 让城市景观符号在历史中穿越的金汀

173 从相对性的空间解读游本宽的《潜·露》

177 戴继民的影像实验与冒险

181 李季《树之像》的三个维度

187 卢彦鹏镜面中的《空·气》

190 远离童话世界的马良

193 朱锋和他的《镜子》

196 张望"出神入化"的境界

199 徐明松手机摄影的灵境与禅意

202 试说顾华晔的《表演家》

204 以个性的力量面对挑战的储楚

207 钟维兴的《失落园》评述

210 附:《中国摄影序与跋》写作时间轴

213 跋

/纪实路径

让摄影成为生活方式的朱宪民

学者王鲁湘在1998年出版的大型画册《黄河百姓》的开篇"天下黄河"中写道："……现在，又有了一本关于黄土地的最好的摄影作品集。摄影家朱宪民，一位黄河的儿子，用光和影的语言，用几十年、几十万次的聚焦，把我们带进这天下黄河。"

时光流转，25年过去，朱宪民的黄河，依旧是这条不息奔涌的母亲河，也依旧如王鲁湘当时所言："当你蹚入这条世界上最大的泥河，或者站在这条地球上最具精神意象的大河之畔，直面摄影家镜头下那些把希望与绝望都搅进这浑水中的父老乡亲，你横竖不能无动于衷。"

这注定是一个并不轻松的话题，而且我更想将朱宪民的摄影"奇迹"放在更大的时空范畴中，通过一些对照，强烈地彰显朱宪民在这个时代对于中国乃至对于世界的意义。时空的转换令人目眩，希望达到的正是这样一种目眩的效果——当代摄影的跨时空对话，在法国摄影大师亨利·卡蒂埃-布勒松和朱宪民之间，产生一种值得咀嚼的思考力度。

在20世纪80年代，中国摄影沐浴着万象更新的春日景象。这时候最先进入人们视野并且以抓拍风格为主、以生活纪实为目标的摄影家，就是法国大师级人物亨利·卡蒂埃-布勒松。尽管这时候的亨利·卡蒂埃-布勒松已经悄悄放下了手中的徕卡相机，在巴黎开设了一家画廊，出售他的摄影作品和在年轻时就一直钟情的绘画作品。当时的《生活》杂志有一篇文章是这样描绘他的：亨利·卡蒂埃-布勒松走在大街上，去接他的女儿。他身上背着一个布袋，里面是画笔和绘画的工具。在布袋的最下方，放着一台徕卡相机，但是已经很少使用了。但是，对于生活的态度，亨利·卡蒂埃-布勒松不改初衷，依旧以执着而敏锐的目光面对一个令他也许有点陌生的当代世界。于是在1987年，他在朱宪民的摄影集上写下了这样一句话："真理之眼，永远向着生活。"以此表达他毕生为之奋斗的愿望，并且告诉同样将摄影作为一种生活方式的朱宪民以及中国摄影界的同行们，摄影与生活同在！

当然，这句弥足珍贵的题词，并不足以成为这篇文字将亨利·卡蒂埃-布勒松和朱宪民并置在一起的全部理由。因为我们将会看到，在这两位不同国籍的摄影家身上，还可以读到许多神似的精神力量——在他们的生活轨迹上，在他们同样具有时代感的摄影作品中。

让摄影成为一种生活方式，首先生活必须将你引向摄影。亨利·卡蒂埃-布勒松从画家成为摄影家的偶然，源于他到非洲的谋生。年轻的亨利·卡蒂埃-布勒松背着画夹在非洲漫游，却发现绘画在非洲绝非谋生的手段。当时从非洲回来的匈牙利摄影家马丁·芒卡西的纪实画面对他产生了决定性的影响——尤其是拍摄于非洲的三个小男孩在水边嬉戏的瞬间使他入了迷。最终他放下了画板，拿起了徕卡照相机，一拍就是50年。朱宪民则出生于黄河边上贫瘠的黄土地，年轻时背着个小花包到了抚顺，寻找生存的空间。倔强的性格让他放弃了在浴池给别人搓

澡、给人剃头或者为人打棺材的木匠等没有"技术含量"的工作，而是一头"撞进"了照相馆，一路走进了画报记者的行列，最终干了一辈子的摄影。命运让生活方式和摄影关联，一切也就有了传奇般的色彩。

接下来，让摄影成为生活的一部分，并且升华为一种人生的履历，还必须经历时代的磨难，否则难以承当沉重的历史重任。亨利·卡蒂埃-布勒松的磨难是在战争中完成的：1943年亨利·卡蒂埃-布勒松参加了支持反法西斯被捕人员的秘密活动。他组织拍摄了德军占领下的法国和巴黎解放的电影与照片，并且开始拍摄像马蒂斯、布拉克以及博纳尔这样一些艺术家的肖像。他曾经被纳粹关进了集中营，历经三次越狱并得以逃脱。当时外界都以为他死在了集中营。以至于有一天，他出现在纽约的街头，看到一幅巨幅广告，上面写着：亨利·卡蒂埃-布勒松遗作展。这时候，他才知道自己出名了。于是他又重新拿起照相机，继续漫游在街头，进入日常生活的瞬间。而朱宪民的磨难是在特殊的历史环境中完成的，十七岁的他背着行装从黄河边走来，三十多岁又背着相机朝黄河边走去。其中经历的政治运动以及走过的弯路，和中国摄影的曲折发展紧密相关——也不断校正了摄影家的走向。最终，他"踏上的就是回家的路"——回到了与镜头最为亲近的黄河岸边的父老乡亲中间。两位摄影家从生活中汲取的灵感，重要的不是告诉他们如何控制照相机，而是如何控制生

活的走向，控制生命与这个世界上芸芸众生的关联。唯有这样，他们的摄影作品才会具有永恒的价值。

于是，我们从他们的照片中，读出了不同地域空间却似曾相识的韵味。亨利·卡蒂埃-布勒松在1952年的爱尔兰都柏林的一家教堂外面，拍摄了一幅堪称经典的画面：一群单腿或双腿的跪立者，面对镜头绵延远去。这些虔诚的祈祷者眉宇之间流露出复杂的生活情感，令人过目难忘。而朱宪民在1980年给我们带来的经典之作《黄河渡口》，则是让一群黄河边上的农民面对镜头驾着木船破水而来，阴郁的天空和凝重的眼神，同样透露出一个民族的精神状态。他们镜头中对平民百姓的关注，不仅仅停留在表面的视觉空间，而是深入到人类灵魂的深处，将人类的苦难夹杂着人类的希望，以异常复杂的穿透力呈现在平面的照片中，令人唏嘘不已。这些照片都不是简单地讲述一个事件或者讲述一个故事，而是以宏观的力量通过细节的叠加，给人以无限丰富的想象空间。

即便是面对一些非常敏感的政治题材，两位摄影家也选择了异曲同工的表现手法，将一个时代、一个地域、一种文化的生存空间，巧妙地融合在一起，给人以暗合的联想。比如亨利·卡蒂埃-布勒松于1954年拍摄的莫斯科的少年先锋队营地，两个走过镜头的女孩露出轻松的微笑，在她们的身后，是一组当时的领袖人物画像——列宁和斯大林的肖像比其他的领袖人物肖像高出一等，严肃的表情和孩子的笑容形成了巧妙的呼应。而在朱宪民的一幅代表作《劳动课》中，捧着毛主席画像的农村孩子以及洋溢在他们脸上由衷的幸福笑容，正是1968年中国特定历史时期的精确再现——逆光下长长的投影和云淡天轻的背景，以独特的节奏感留下了时代的痕迹。领袖的画像和现实的人物在这两位摄影家的镜头中不仅仅是一种象征或者暗示，更重要的是，他们在一种心灵的默契中，同样找到了一个同时代文化空间最合适的视觉表达语言。

然而在更为具体的摄影语言表述方式上，两位摄影家的侧重点还是有所不同的。以"决定性瞬间"闻名天下的亨利·卡蒂埃-布勒松，非常讲究画面瞬间偶然性的必然呈现。以抓拍著名的亨利·卡蒂埃-布勒松决不试图影响发生在他相机前面的事物，凭借他对"精彩"的一瞬间的迅速反应能力，非常注意人的姿势、神态等各种因素的默契和在短暂的一瞬间与环境吻合的关系。用他的话来说，就是"在几分之一秒的时间里，在认识事件意义的同时，又给予事件本身以适当的完美的结构形式"。他时常幽灵般地出现在恰当的时间和地点，凭借条件反射般的大脑思维和徕卡相机精确的快门结构，记录着人们意想不到的幽默画面。但是由于他的画面太具有偶然的巧合性，因此这样一种生活中的偶然，在为平淡的生活添加奇妙元素的同时，往往却"偏离"了生活的

黄河渡口

劳动课

本原。从这样的角度理解亨利·卡蒂埃－布勒松，有评论早已说过，他的摄影是以表面纪实主义风格呈现，实则是表现超现实主义的内心感觉。尽管亨利·卡蒂埃-布勒松对朱宪民的影响是有目共睹的，朱公也曾这样说过：亨利·卡蒂埃-布勒松的作品让我感到艺术的力度、严谨、完整，摄影原来和生活贴得那样紧！摄影原来可以"整日在街头寻找，随时准备记录生活的点点滴滴，将活生生的生活完全记录下来"。但是从实际的画面来看，朱宪民的作品显得更为平实朴素，似乎在不露声色之间，完成了对现场的目击。当然，朱宪民的作品不乏"决定性瞬间"的力量，比如那幅流传甚广的《民以食为天》（1980），就是一个绝妙瞬间的组合——父亲的碗，孩子的眼神，都出现在一个无法替代的定格空间，给人以悠长的回味。但是朱宪民所带给我们的这样的瞬间，并非以幽默或者意外取胜，而是在一个准确的角度，以看似平凡的刹那完成对芸芸众生的精神解说。

再从精神气质上看，两位大师级人物都给人以祥和淳朴的印象。台湾摄影家阮义忠在对亨利·卡蒂埃-布勒松的晚年采访时，曾经留下过这样一段对亨利·卡蒂埃-布勒松的描述：他朝我们举举茶壶，笑容可掬地说："乌——龙——茶——"，是标准的中文发音。更让人惊喜的是，他歪头想了一下，又缓缓地用中文说："我——是——法国记者。"在阮义忠的描述中，一位可爱的老人跃然纸上。而陈小波在描绘朱宪民时，也用了一段准确的语言：朱宪民的内心世界没有改变，他身上的人间性和黄河气息使他看上去依然敦厚安然。朋友们都称他"朱公"，十几年来，我也一直跟着这么叫他。

他们的精神世界决定了对这个世界的热爱与宽容，唯其这样，他们的镜头中所出现的芸芸众生，才可能有一种人道主义的关怀贯穿其中，令人难以释怀。

当然还可以这样说，在艺术观念的执着上，也许亨利·卡蒂埃-布勒松要比朱宪民来得更为固执，甚至显示出不同的处理方式，非常值得玩味。有这样一个故事：年轻的英国摄影家马丁·帕尔的拍摄风格非常另类，在成为玛格南图片社成员后的1995年，他在巴黎国家摄影中心举办了一次新作品展。作为玛格南图片社创始人之一的亨利·卡蒂埃－布勒松也参观了这个展览。然而他为玛格南有这样的会员作品而惊讶万分。他十分急躁地在展厅里看了一遍之后，被介绍给马丁·帕尔。他悲伤地看着马丁·帕尔足足有几分钟，然后说："我只有一句话可以对你讲，你来自完全不同的星球。"之后就愤愤然离开了展厅，这使马丁·帕尔也目瞪口呆。尽管最终亨利·卡蒂埃－布勒松还是理解了马丁·帕尔，并表示了和解，但可以看出这位老人的固执。然而，在朱宪民看来，在原则问题不可让步的前提下，艺术创作的空间可以不受限制。他的原则就是："我能做到的就是无是非无城

民以食为天

府，‘你敬我一尺，我还你一丈！’”他还身体力行，在艺术创造的空
间大胆探索，1995年他推出的作品集《躁动》，以年轻的目光（当时的
摄影家已过了知天命之年）注视西方世界的声色犬马，就是一个最好的
证明。那些令人意想不到的"胆大妄为"，在西方街头"横冲直撞"的
快感，说来让人捧腹，也让人看到了他兼容并包的精神世界。

　　写到这里，我突然想到，亨利·卡蒂埃−布勒松毕竟是在浪漫的塞
纳河边嬉戏长大的，而朱宪民却始终和中国的母亲河血脉相连——文化
的差异和生活立场的不同，也决定了两者之间难以重合。尤其是作为玛

格南图片社的创始人，亨利·卡蒂埃-布勒松一生游离于报道摄影和生活影像的创作之间，从而和已经将摄影方式完全融入自己生命血脉的朱宪民构成了不小的反差。比如就创作方式来看，玛格南图片社和当时的《生活》杂志的纪实立场十分相似，不少摄影家也是曾经服务于《生活》杂志，力求以"生活的忠实见证人"形成共同观念的。但从组织机构的性质上看，玛格南图片社则不同于《生活》杂志一类的专业新闻摄影组织，它是一个允许全体成员保持自由立场和观点的组织，比《生活》的工作方式更具有自己的个性表现空间。

诚如我们熟悉的玛格南大牌马克·吕布，他在解释50年摄影生涯的本质特征时，曾这样说道："对于我来说，摄影并不是一个智力挑战的过程。这是一种视觉方式。"他和亨利·卡蒂埃-布勒松一样，从不认为自己是一个艺术家，同时对那些以艺术家为荣的摄影家投以轻蔑的目光。他凭借本能和直觉进入摄影状态，同时以兴趣为主导，从而更多地对异国情调投以关注。他以敏感的神经触摸整个世界，至于你从中读出什么，和他无关。吕布自己承认，他一点也没有要见证世界的企图。他到世界各地去，只是"绕绕地球"。他和玛格南图片社的朋友见面，从来不谈"漂亮的照片"，而是谈去过的国家，遇见的人物，交换有用的地址、酒店的名字，讲述他们之间的冒险故事。亨利·卡蒂埃-布勒松一生游历世界的视觉留痕，也正是基于这样一种观念。至于一开始他想成为艺术家的超现实主义实践，在进入了玛格南的轨道之后，就已经成为过眼云烟。

张弛在《与玛格南无关的时代？》一文中曾说："半个世纪以来，玛格南的摄影师们一直提醒着人们，摄影除了可以用来报道新闻，同时还可以用来关心人类的生存状态。但他们的成功也在不经意之间使得所有新闻报道都被勇敢的士兵、哭泣的母亲、饥饿的难民、脏兮兮的孩子、高兴的选民以及挥手致意的候选人等模式化的照片占据。这并不是玛格南的错。当每个人都能够通过手机上传照片供全世界观看，当监控摄像机无所不在地能为报道犯罪提供更加客观、可靠的犯罪记录，没人能说清楚报道摄影究竟意味着什么。……当玛格南还是那个小小的玛格南的时候，我们相信他们是一群精英，相信他们可以做我们的看门人。而今天我们已经活在一个没有了《生活》杂志却挤满了照片的世界里，这种环境将培养出什么样的报道摄影师？谁又能在数码的世界里展现给我们绝无仅有的画面？"

回到朱宪民的生存背景，尽管他也曾担任过吉林画报社摄影记者，并在中国摄影家协会展览部以及《中国摄影》杂志社做过摄影编辑，但是朱宪民始终没有如亨利·卡蒂埃-布勒松那样背负着沉重的报道摄影的包袱，因而赢得了更为自由的生命表达空间。

这又让我联想到，亨利·卡蒂埃-布勒

山东母女俩

青海·黄河源头

松和中国的密切渊源。他曾两次来过中国，一次是在1948—1949年，另一次是在1958年"大跃进"时期。这两次来中国被摄影史誉为"两个中国"的拍摄，尤其对于中国摄影的视觉文献特具价值。"两个中国"的作品曾经引起过不同的反响，这些目光独特、视觉力量出众的历史文献画面，构成了对中国影像历史文本非常重要的一环。这些画面呈现出亨利·卡蒂埃-布勒松"决定性瞬间"的鲜明特征，而且以真实、准确的视角折射出中国革命和建设的特殊进程。

尤其是1958年6月中旬，亨利·卡蒂埃-布勒松第二次来华时，正赶上如火如荼的运动，在各种类型的摆布之风盛行之际，亨利·卡蒂埃-布勒松却对"安排的"照片和"摆布的"环境极为反感。亨利·卡蒂埃-布勒松在与首都摄影界人士的座谈会上，直陈对中国摄影的建议："我看到表现中国的照片不少，有些很好，但有些我不喜欢。我曾看到一张表现丰收的照片，一个妇女抱着一捆麦子，笑得很厉害。当然丰收是要笑的，但

不见得笑得那么厉害。在地里，当然是灰尘仆仆，汗流满面，但这个妇女却很干净。安排出来的画面不是生活，不会给人们留下印象。"

在实践中，亨利·卡蒂埃-布勒松以冷静的艺术视角，真实客观地记录了中国百姓的生活。他拍摄了《前清最后一个宦官》《镟床女工》等著名照片。然而，由于这些照片"没有肯定的成绩"，"属于世界上最著名的新闻摄影记者之列"的亨利·卡蒂埃-布勒松，最终在中国得到这样的评价——"帝国主义反动分子，用恶毒的用心和卑劣的手法，污蔑中国的劳动人民和社会主义制度"。至于亨利·卡蒂埃-布勒松宣扬的摄影方法，同行们重新认定为：不光彩的偷拍，抓取偶然现象，歪曲生活本质，不愿做调查研究。而这一切又都是他的"资产阶级口味"决定的。

转而让我感到惊讶的是，身在同样意识形态的中国，朱宪民的摄影成就高峰尽管是在20世纪80年代以后，在当年的陈旧观念依旧如影随形地笼罩之下，他却如奇峰崛起，

黄河·中原人

横空出世，在黄河的波涛汹涌中，"吟唱"出时代的最强音。相对那些"执红牙板歌'杨柳岸晓风残月'"的艺术情调，朱宪民给我们带来的则是"敲铁绰板，弹铜琵琶，唱'大江东去'"！正如顾铮所言："朱宪民在整个80年代持续拍摄的《黄河两岸、中原儿女》，可以说是一部最早意义上的表现黄河两岸人民生存状态的纪实摄影作品。他的这部作品虽然还没有彻底摆脱现实主义'宏大叙事'的影响，但较为开阔的视野与凝重的画面，有力地表现了中原地区的历史文化与人民生活，同时也努力冲击了一直以来存在于中国摄影中的粉饰太平的倾向。"这样一种和亨利·卡蒂埃-布勒松的形神暗合，也许绝非偶然——朱宪民给这个时代带来的，恰恰是大多数人都未曾意识到的——即便对于朱宪民而言，仅仅是凭着直觉一路走在了最前面。

这也诚如李媚所言：在那个年代，中国的摄影家几乎全是把拍摄当作艺术创作来进行的，他们大多受到现实主义文艺创作理论的影响，凭借朴素的情感与直觉，把自己的目光转向带有地域文化特征的日常生活和普通民众。例如朱宪民在出版于1987年的一本作品集中写道：我经历了"文化大革命"那个畸形的时代，眼见自己拍的、别人拍的无数照片因为图解政治、因为远离人民、因为轻视艺术性而成为过眼烟云。后来的摄影实践使我越来越清醒地认识到，人民，我们生活中无数普普通通、然而却是纯朴善良、勤劳智慧的人民群众，才是我们应当尽力为之讴歌、为之传神的对象。

2004年的夏日，96岁的亨利·卡蒂埃-布勒松永远离开了摄影界，他再也不会站在自己的阳台上，远眺夕阳下的协和广场和莱茵河……而那时候已经退休的朱宪民则意识到刚刚可以腾出空来，全力以赴拍摄他想拍的东西了。他说农民和产业工人也是他终身要拍的题材。他要告诉城里人：我们吃的用的全是农民和产业工人创造的，他们吃苦耐劳给我们提供了必需品，他们是我们要用一生感激的人。他还说："我坚信我拍的黄河100年之后能体现它的价值。"

让摄影融入生命的河流，今天的朱宪民依旧和奔涌的黄河一起，成为一个时代不可或缺的象征！

从王瑶的"后'9·11'"到"京剧人生"

一、"后'9·11'"的视觉震撼

第一次被王瑶的"后'9·11'"所震慑，是在桂林国际摄影艺术节的"影像剧场"，伴随着旋律独特的音乐节奏，黑白的空间延伸到了地球的另一端。如同时光隧道穿透了遥远的国界，王瑶以其极富个性的视觉语言，镇住了所有在场的影友以及来宾。如今拿到王瑶的这本画册，《后"9·11"：一个中国女性眼中的美国》，使我突然间想到了弗兰克的《美国人》，一本在40多年前引起轩然大波的经典之作。然而尽管两本画册在画页的编排上有许多相同之处，但是前者凝重浑厚的黑色包装以及多达一倍以上的影像容量，几乎很难让人联想到这是出自一位中国女性摄影家的视觉目击——于是也就有了读后的一些感想。

出生于瑞士苏黎世的罗伯特·弗兰克1947年移民美国，之前曾经发表过关于威尔士矿工、伦敦街景以及秘鲁印第安人的摄影报道。在1955年到1956年，他因古根汉姆奖的提名进行了环美国的旅行，拍摄了一系列的照片。作品集《美国人》从28000幅画面中选出83幅图像，曾在1958年、1969年和1978年出版过法国版本，1959年出版美国版本。

引起广泛争议的《美国人》是在20世纪50年代中期弗兰克跨越美国的旅途中完成的，在一辆二手汽车的车辙上，作为一个异乡人所看到的和所记录的是这个世界上他那个时代严肃的摄影家镜头中还没有出现过的图像——废弃在路边的垃圾，霓虹灯信号，快餐咖啡馆，阴沉的酒吧，严酷的、拥挤的大街上的人群。弗兰克以旅

"后'9·11'"之一

行者强烈的情感和一个被放逐的瑞士人独特的感觉，第一次这样观看这个收养了他的国家，特别是都市中的人物。约翰·萨考夫斯基因此写道："这本书向想象中的美国人的外表挑战……它涉及生活的全部片段，没有谁曾想到会以这样的形式表现出来。"（转引自纽约国际摄影中心组织编写的《美国ICP摄影百科全书》）

40多年后的王瑶作为访问学者赴美交流深造，同样以异乡人的目光注视这片熟悉而陌生的土地。然而这时候的美国，经历了"9·11"的沉重打击，敏感的神经已经少了当年的高傲，多了一丝世俗的忧虑。王瑶以其敏锐的目光，抓住了现实中许许多多无可言说的细节，向我们展现了美国当代最为完整的"童话"故事。

之所以说这两本画册的拍摄有许多相似之处，至少可以在画面的构成语言上找到痕迹。比如影像中的美国国旗，就是非常具有趣味点的符号之一。和弗兰克的作品一样，王瑶的画面中也经常会出现美国国旗的飘忽身影，或虚或实，或远或近，甚至小到牛仔家中拖鞋上的美国国旗图案，都是美国人对自己家园的一种亲情象征。这和弗兰克的美国国旗在本质上有着明显的差异——后者以独特的目光，甚至是近乎残酷的观察，揭示了国旗下生活的形形色色的美国人，通过琐碎的生活细节将美国人的生活状态表现得"不堪入目"，在自恃高傲的美国人中间几乎引起了轩然大波。因为当时的人们无法理解自己的生活状态就是这样的杂乱无章和不成体统，结果就是群起而攻之，几乎使弗兰克陷入了灭顶之灾。而王瑶镜头中的美国国旗，却交织着一种更为复杂的情态，那样一种欲说还休的深入浅出，让人们看到了"9·11"之后美国异常复杂的生活形态甚至是生命独特的样式。

美国人的故事就这样在镜头下缓缓展开

"后9·11"之二

"后9·11"之三

了。我们不得不承认，在这些凝重的黑白画面后面，王瑶不愧是一个讲故事的高手——不过她所选择的叙事方式，却不是传统的看家套路，因为整个视觉语言的展开，有点飘逸，有点诡异，然而却不乏生命情怀关照下的节奏跳跃。记得苏珊·桑塔格在她的经典著作《论摄影》中曾经表现出对中国摄影的失望，她认为20世纪70年代的"中国人抗拒摄影对现实的肢解。特写不为人所采用。……不理解破裂斑驳的门扇的美，无序中的别致之处，奇特角度和意味深长的细节的魅力，以及背影的诗意。"然而这一切在王瑶的镜头中都已经成为过去。只不过相对弗兰克有点狂妄、有点自恋的叙述方式，王瑶的笔触显得更为细腻一些，甚至也更为深入一些——毕竟这不是40年前的美国，观察的视点也自然有其更为玄妙之处。尤其我们可以看到，在王瑶的影像中，既有弗兰克的回眸一瞥，也有亨利·卡蒂埃-布勒松的机敏幽默，甚至不乏英国摄影家马丁·帕尔的"肆无忌惮"。但是王瑶自己的个性空间还是顽强地在镜头中显示出来：她并不拒绝偶

然性的巧合所带来的视觉快感，也不放弃直面真实的批评甚至批判，但是在她的内心，总是希望借助这些影像的力量，真正揭示美国人的生命本质，展开她对"9·11"之后美国的个人评判。尤其是当我读到《露天音乐会听众，芝加哥》这一组连续画面时，心中不由得一震：画面中的美国黑人女性或低头沉思，或仰天长叹——这哪里是在欣赏一次音乐演出，分明就是美国人面对自然宏大的精神教堂的一次祈祷，是摄影家对美国民族复杂内心世界的一次"仰天长叹"——她也在镜头后面寻找着自己的精神家园。

"灾难无法忘却，但生活仍要继续……"王瑶的画册从一开始就已经奠定了一个基调。随着一个黑色的牛仔身影从美国国旗前闪过，一切仿佛刚刚开始，一切又好像已经过去。面对眼下全球化的热门话题，王瑶通过自己的努力，拓宽了时空的边界，开放了个体和集体的生活领域——个体的一举一动都与全球发展处于紧密联系之中。通过影像在民族国家与世界体系之间形成一系列的张力关系之后，我们还是读出了王瑶基

于现代性批判的主导内容。甚至于在重新反思和解决人与自然、人与社会的关系问题的过程中，王瑶的影像直面了诸多的不安和风险，从而使得未来扑朔迷离；但与此同时，图像阅读过程中的不安和风险，也为我们选择自己的生活方式提供了可能。

最后我想说的是，王瑶的"后'9·11'"是具有原创意义的，尽管在一些画面中，我们也有可能读到一些模仿的痕迹，但是我依然相信，这绝非浅层次的模仿，而是每一个个体在创造过程中所经历的必然过程。我们不要轻言创造，但这并不等于说，创造性思维是不可能的。其中，创造必须要有天赋，人们在天赋方面是存在差异的。在某种意义上，创造性思维的天赋就是一种高度的敏感性、感受力或洞察力，善于发现并开掘深深地掩埋在地下的矿藏。正如叔本华所说："天才好像一棵棕树一样，总是高高地矗立在它生根的土地上。"创造还必须包括强烈的兴趣，一个摄影家要是对自己的拍摄对象缺乏强烈的兴趣，要想在所研究的领域里进行创造性思维几乎是不可能的，因为会失去达到这样思维的动力机制。此外，创造还离不开顽强的意志力，创造性思维是一种极其艰辛的劳作，王瑶的努力正是在这些方面证明了成功的可能，甚至可以说这些影像还有点因创造的力量而显得激进——美国人有句玩笑话说："年轻时不激进是良心有问题，老了还激进是脑子有问题。"王瑶还很年轻，也许激进正是面对美

国文化最恰如其分的阐释方式。

人们都说，我们所面对的是一个"美丽新世界"。美丽新世界正在日新月异地飞速发展，生活节奏的加快却使所有的人产生了一种虚幻的感觉：阳光底下的立体世界不再有新事物。于是，视觉媒介每天都在创造着平面化的奇迹，王瑶的"后'9·11'"也许正是这些奇迹中的一种。我们完全有理由静下心来阅读王瑶给我们带来的"美国"，创造一个我们或熟悉或陌生的"美国"。

二、"京剧人生"被间离的视觉语言

京剧舞台上演的是人生的悲喜剧，舞台语言在摄影家的镜头中就是一次视觉化的过程，是悲剧是喜剧可以自由解读，虚虚实实之间自然趣味无穷——读王瑶的京剧影像，最想说的就是这样一层意思。

初读王瑶的京剧影像，似乎给人一种发散的感觉：不管是语言形式上，还是生活方式上。从语言形式上说，既有精确到细节的微观特写，也有虚无到极致的大写意笔触，更多的是虚虚实实之间游移不定的飘忽感。从生活方式上看，不拘一格的生活状态回环往复，就像是意识流小说不拘泥起承转合的信手拈来，却寓意着摄影家对生活的复杂感受。也许摄影家的本意，就是试图"回到现场"去"触摸历史"。这个"现场"，既是京剧人在舞台上演出的现场，又是京剧人生活在当今现实世界的现场，还包括许多喜爱京剧的观众为自己营造的虚拟的现场。而所谓的"触摸历史"，就是摄影家借助自己

独特的视觉语言，包括利用一切可以挖掘的细节，重建现场，并且进一步通过凝固的文本，钩沉思想。

于是，不管是虚也好，实也罢，这样一些被摄影家看上去随手拈来的视觉语言，实际上积淀了许多人生的经验历程。一旦当这些视觉的重构完成了"重建现场"的功能之后，或者说在"重构"的整个过程中，就已经完成了其间的历史使命。所以，当你仔细阅读这些影像，并且借助自己对生活的经验模式反复揣摩之后，就会发现每一幅画面都将以其个性化的性格搭建起属于自己的一片空间，让你读出许多人生的甜酸苦辣。

这时候，我们就能从影像中读出无数种版本的"历史细节"，反过来说，这些细节也就负载了呈现历史的鲜活性的本体价值。那一束偶然出现在演员身上的光斑，也许就是命运不可抗拒的折射。而那一组如天仙般排列的京剧人物造型，轻而易举地被前景中深色的投影所解构。巨大的京剧脸谱在画面中是实的，却仅仅是历史的幻影；相反，前景中虚幻的京剧演员，则是鲜活的生命本体。这一切全然需要你在阅读的过程中亲身体验，巧妙置换。正如本雅明的一段话所说："过去的真正形象，只是在瞬间闪烁而现。我们能把过去当作仅限于一次稍纵即逝的形象来把握。如果错过了可能认识它的一瞬间，就什么都完了。……因为，面对着过去的一次性形象的是现在；只要现在不能够自觉到这一点，那么，过去的形象就很容易消失于现在的每一瞬间。"不管王瑶是否清晰地意识到了这一点，她的视觉语言就已经邀请我们在历史和现实之间进行一次穿梭，能否把握其中的奥妙，就看你的天分了。这也是一个出色的视觉影像制造者对观者充分信赖的信心所在。

面对这样的视觉语言，我只能这样感叹：时间永远不会重复。这也让我想起了法国著名摄影家杰鲁普·西埃夫曾经说过的话："时间是所有摄影中的关键所在：时间在一个人的手指间滑落；时间在人的双眼中流逝；时间就是一样实在的东西，也就是所有的人；时间是光线也是一种情感……时间永远不会重复。"那么，每一次完美的定格

"粉墨人生"之一

"粉墨人生"之二

不仅属于京剧舞台，更属于摄影家的快门，或者说，属于拍摄者心灵的敏感程度。

面对我现在只能看到的十多幅画面，我无法想象当王瑶将她拍摄的所有京剧人生作品放在一起，将会是一个什么样的"排场"。或者，当更多的画面以不同的方式排列组合在一起时，又将会给观众带来什么样的"刺激"。但是有一点我想是肯定的，王瑶以其多样化的表现手段，始终奔向一个完美的结局。这样的完美，并非形式感上的完美，也不是人生舞台的完美，而是一次心灵如夸父逐日般精神上的完美。每一幅画面都像是在筋疲力尽之后的一声长叹——背景就是如火燃烧的落日。

人们都懂得，艺术的最高境界在于表达心灵的自由，而心灵的自由却不是仅仅凭借"美"所能概括的。浅显的美可以带来暂时的快感，但如果不加以深化，就很容易流向庸俗。王瑶的京剧人生就像是书法家完成一次长卷的书写，既要每一个字得体，又要整体的气势不能缺失。尤其是想要将如此个性化的每一幅作品完全地串联在一起，需要什么样的功力可想而知。读过王瑶的《后"9·11"：一个中国女性眼中的美国》，我想，这样的自信还是应该有的。尽管从黑白转向了彩色，尽管从西方的视角转向了东方的人文，心灵的自由将会起到至关重要的作用。就像京剧舞台上的一颦一笑，举手投足之间，无一不需要自由心灵的支撑。离开了这一点，舞台的演出自然会和生活的本原

"粉墨人生"之三

分离，艺术的创造也就只能是空谈。

其实我最喜欢的还是那幅后台的写照——一位戴着猴王面具的演员面对镜头，旁边是三位视线游离到镜头之外的卸装者。台上台下的空间一下子被拓宽了，人生和演戏的距离被缩短了。还有：摄影家和镜头前的这一切被莫名其妙地添加了某种间离的色彩——你无法用一句话来说清楚画面究竟说出了什么。这就对了，一幅主题意味过于明确的照片一定不会是一幅好照片——与其让摄影家说出太多，还不如不说的好。我想，王瑶一定会同意我这样的说法的。

以上的自言自语，就算是一个懂些摄影，却不太懂京剧的人对王瑶影像的解读。文字间所带来的某种间离效果，既算是心虚的一种叛逃，也算是和作品的一种暗合吧！

任曙林的《中学生》读后

在云南大山包摄影节上，任曙林送我一本《中学生》，连同一张光盘。尽管以前也见过这些照片，但是回来后，面对画册中上个世纪80年代彩色胶片独有的色泽，还是产生了恍如隔世的迷惘。正如我后来给任曙林的电子邮件中所说，读《中学生》让人有一种苍凉感——这绝非故作姿态的矫情，而是来自内心深处的一种感应。

《中学生》做成了一本薄薄的小册子，外形模仿当年中学生的练习本。光盘中的图像多一些，90多幅，也不算是鸿篇巨制。但是为什么会在我心中引起如此的波澜，一时间难以言说。如果仅仅是作为一个时代的客观见证，恐怕还是低估了这些图像背后的分量。影像本身所传递的信息，实际上是一个人内心积淀的总和，不同的相机面对的同一个时代，有些图像的产生是一个并不自觉的过程，有些图像则是在内心独有的力量驱动下，形成了一种不再可能被替代的历史文本。任曙林的《中学生》，应该是属于后一种——因此它们所释放出来的力量，才可能一直延续到今天。

这些中学生的影像丰富多彩，然而却看不出刻意经营的痕迹。有时候一幅画面中一张张脸密集地叠加在一起，似乎就是那一个时代青春的合唱；有时候仅仅就是一个背影或者一个细节的局部，却委婉地说出了中学时代的心灵秘密；还有那些空旷而具有苍凉意味的场景，包括雨后的操场或透过教室窗户的阳光，静静地等待后来者去触摸……正因为那些天真无邪的脸和流逝的时光无情地叠加，才让一个时代的消亡令人倍感伤怀。在21世纪的中国都市，我们在哪里可以找回这样的一段绝响——中学生的故事，也就通过任曙林

"中学生"之一

"中学生"之二

"中学生"之三

的镜头，深深地嵌入了历史的年轮之中。所以我才敢说，如果没有一种自觉的意念或者独特的内心驱动力，中学生的故事就将是另外一种完全不同的版本。

据说以色列有一种沙漠玫瑰。沙漠里没有玫瑰，但是这种植物的名字叫作沙漠玫瑰。其实沙漠玫瑰是一种地衣，针叶型，有点像松枝的形状，它离开了沙漠就是一蓬干草，枯萎的、干的、死掉的草，很难看。然而如果你把它整个泡在水里，第八天它会完全复活；把水拿掉的话，它又会渐渐干掉，枯干如沙。把它再藏个一年两年，然后哪一天再泡在水里，它又会复活。用沙漠玫瑰来比喻任曙林的《中学生》也许并不完全恰当，但是我想说，在我们的价值判断里，有些美可能是惊天动地的，前提必须是有一个复活的过程，而非它诞生的当时。只要我们知道它的起点在哪里，那么它所释放出来的美丽，远远会超出我们的想象。记得俄国诗人亚历山大·勃洛克说过这样的话："艺术作品始终像它应该的那样，在后世得到复活，穿过拒绝接受它的若干时代的死亡地带。"阿根廷作家博尔赫斯也曾说："时间是构成我的物质。时间是带走我的河流，但我即是河流；时间是烧掉我的火，但我即是火。"任曙林的这些影像正是照亮匿藏在时间褶缝里的事物，满足了人类的两种主要能力：理性和幻想——这也是《中学生》的力量所在。

赵园先生曾说："我痛感我们的历史叙述中细节的缺乏，物质生活细节，制度细节，当然更缺少对于细节的意义发现。"《中学生》的意义，正是在这样一种通过心灵展示细节的过程中，触摸到了历史的真实，所以才可能在20多年以后，给人带来值得反复咀嚼的意味。尽管这本小册子中的影像质量有高下，但是在编排过程中，作者还是颇具想法的。比如，小册子最后，一个穿着泳衣坐在游泳池边的女孩的背影，连同对页上面垂落彩带的教室中热闹过后的寂寞，足以让我们在一瞬间穿越了历史！

"中学生"之四

"中学生"之五

任曙林曾对记者说："我拍摄的中学生活是一些发生在20世纪80年代的故事。那时许多新事物、新观念在孕育成长，使生活在这一时期的中学生们具有了与以往不同的特征，而最具魅力的就是变化，不断变化。……因此，我用了五年的时间来拍摄他们的生活，这对我来说也是一个不断思考、不断发现的过程。历史有多种写法，用视觉表现有它独特的魅力。"然而我却会一直猜想下去：当年的任曙林是以什么样的一种心情，"混迹"于这些像花儿一样开放的中学生中间，一"混"就是五年，不露声色地按下快门？然而我相信，这些80年代的"中学生"就像是沙漠玫瑰，不管历经多少年，只要有心灵的水源滋润，就一直会像花儿一样开放……

附：

任曙林先生对短文的回应，可以帮助大家加深对《中学生》的理解：

文章读后触动着我，你发自内心的感受与解读勾起我内心深处的记忆。我1970年初中毕业后当过八年多工人，那期间就对中学时代琢磨过，不得要领。青年以后，更发现一些感受和信念来自中学时代，那个群体的一些东西总在困扰着我，伴随着我。

我1978年加入池小宁家的摄影沙龙，开始跟随狄源沧等前辈学习摄影。参加了三届四月影展让我自信，也让我不满起来，因为没有发现我心目中的榜样。我佩服布勒松，但我又不满意他太过刻意的画面，我总在想摄影应该更自然没有痕迹才好。我曾请教狄老师摄影独特的东西是什么，但没有得到满意的答案。

我认为跑边远跑西藏不算本事。能把城市的人拍好才有挑战的意义，才有可能证明摄影自立于艺术之林的能力，所以我选择了中学生。他们身上的莫测与丰富，多变与敏感，他们身上那些最具人之真性的东西都在我的感动与探究之列。我极少同他们讲话，但我寻找进入他们里面的通道和表现他们的方法，当我变成一个透明的影子时，我有了自由。

六年多的时间里，我游游荡荡，断断续续，我不知道我走到了哪里，随着这些可爱的朋友们从初一到高三，我也随他们前后脚地离开了那所我不能再熟悉的学校。

马杰镜头中母亲的血脉与隐喻

　　沿着马杰十年跋涉的黄河，移步换景就像是在黄河的波涛中漂流。身不由己地"空降"在一个个"平淡"的瞬间，被一种宁静的"旋涡"吸入其中，在和一座山、一棵树、一座石像、一个或一群人的凝视中，听到了伴随着黄河波涛的对话——马杰和他母亲的对话。这些"平淡"却又"奇幻"的瞬间很快隐去了，留下的只是母亲（黄河母亲和马杰的母亲）的血脉，以及一个时代不可磨灭的记忆，和记忆转换而成的隐喻。

　　所有的旅程一开始就像一个爱的故事，沧桑，充满希望，冒险，超越世俗生活的梦幻。但是，很快就像是黄河波涛失去控制地奔涌，化作精神的碎片，留下成熟的情感以及自我的追问。好几次，飞鸟在苍茫的白云间飞翔或栖息，黄河宁静得如同悬留在世俗

"黄河：关于母亲的记忆"之一

的风景，现实的生活带我们徘徊在岸边，随着母亲的记忆来了一次艰难的着陆。

　　黄河的故事在九宫格的窗框中渐渐褪色，然而窗外围着白色头巾的妇人步步走近，如同寒风中走来的带着希望的母亲，闪烁的光芒渐渐从现场浮现，就像是永远不会消失的记忆。接下来的那些重重叠叠的背影，抑或是母亲的化身？转而一个回眸，让人联想到神秘的情感空间。连同那些看似"平庸"的风景——一个时代社会风景的象征，不管它们是否体现了我们的理想——马杰也许并非在寻找本土风格的细节和关联，而是试图让那些并未被揭示的神秘，从错综复杂的记忆线团中缓缓解开。

　　解读马杰十年的黄河之行，我们的视点也许更注重内在的情感而非外在的描绘。作为具有无可比拟的祖国母亲河的象征价值，马杰与黄河以及和母亲的关联，都是一种情感的"波涛汹涌"。当我们透过守护母亲河的石狮和翻飞的红旗，远眺黄河平静如斯的

刹那，你马上就明白宁静的背后积聚着多少情感的重负！

　　所有假借黄河之名的仪式和象征似乎成了一种约定俗成，被苍茫的黄河流域的光芒染上了理想主义的色彩，和现实产生了冲突。黄河岸边舞动的茅草和高大的工业设施对峙，似乎湮没了远处黄河应有的"喘息"；转而稻草人倾斜的身姿又和远处林立的高楼遥相呼应，黄河更是退到了无尽的远方。对母亲的记忆只有在这一刻，才可能转换成对未知历史的探索。于是，不管是纪实还是虚构的样式，十年的黄河之行更像是一个循环的旅程，而不是有着开始、过渡以及结尾的叙述。马杰作为第一人称的叙述者，不仅仅带给我们无数如同回家般的现场感，更重要的是，第一部分画面中带着神秘感居多的背影，在后面一部分画面中大多转过身来，面对现实的亮相揭开了隐喻的神韵。紧接着，从见证千年的石像，到演出之余的皮影，甚至荒野中的傩，都构成了一个没有答

"黄河：关于母亲的记忆"之二

"黄河：关于母亲的记忆"之三

案的询问，在黄河的浪涌之后又一次归于宁静。

也许，带着母亲的记忆，马杰因为激情去做些什么，以及在不可避免的死亡之后留下些什么。黄河成为激情所存在的类型化隐喻，也是激情的余波。不管是黄河作为母亲的象征，还是马杰的母亲留给他的不可磨灭的记忆，大自然一直处于人类和发展之间，在稳定和拓展之间。自然强大的力量来自无限的天空，蜿蜒的河流，流动着无数纯净的灵魂，有时候又像《诗经》中描绘的，或者如黄河大合唱的音符，是一个古老国度的心灵世界。黄河被认为是中国人理想中最宏大的梦想空间，具有华丽的色彩以及无法控制的自然奇观。然而马杰的黄河，却又宁静得出奇，所揭示的正是与人类形成对照的深不可测的神秘力量。

进而言之，作为一个国家的标志，黄河所代表的是对自然无法控制的终极高度，是不可避免的死亡和重生。它所传递的是永无止境的运动，叙述文体的样式，从高处的河流旋涡开始，变成高速的流动，陡峭的落差，以及巨大的洪水。它的高潮，却又像马杰对母亲挥之不去的记忆，带着翻腾的迷雾和宁静的彩虹，模糊了地球和天堂的界限。马杰由此借助他的影像，屈从于一种求知的欲望，一种强硬的张力，降低了他对当代人类危机的纪实探索，构成了作为自然与人类的思索空间。

马杰的主题都是和失落的爱相关，那么其纪实空间的真实特征又是什么？他那些凝固了画面瞬间的具有"魔幻"色彩的人物肖像，是和永远奔流的黄河水所产生的无止境的运动并置的。所以，我们仅仅将此作为纪实文献来解读，是远远不够的。你难道没有看出所有的肖像和静态的生活景观以及折射出独特色彩的天空形成一种反差？而黄河，借此产生了一种跨越时空的联想。马杰力图将他的照相机视点引入一种介于真实和虚构的缝隙，介于传统和当代的沿承之中……

尤其让我感兴趣的是，照片中的人物并没有显示出自身太多的欲望，但是他们的脸以及身体语言说出了情感体验中的某些东西，或者说是马杰母亲那一代人的欲望象征。人物的状态连同黄河本身，绝非一个舞台上孤独的表演。但是带着碎落的梦幻在陌生人之中寻找安慰的回家感觉，是无法脱离传统和历史对他们的引导的。就像村口相对而行的老者和时髦的少年，他们在相互之间的寻找过程中回归对方——对于未来无法触摸的情怀是他们难以理解或控制的，也是马杰想说出的但是永远难以说清楚的困惑所在。

我相信，马杰十年黄河的寻梦之旅不会在这一刻止步的，因为黄河的血脉还在，母亲的血脉还在，太多太多的隐喻还在若明若暗地闪光……

胡群山的《血色——史迪威公路》

史迪威公路是一条充满传奇色彩、波澜壮阔的路，它从昆明沿着古老的南丝绸之路——博南古道，穿越滇西的崇山峻岭直到缅甸的北部，最终到达印度阿萨姆邦的雷多，全程 1737 公里。

这是一条以血肉之躯筑就的路，也是一条"滇西人民用手指抠出来的血线"。

当历史蜿蜒曲折70年之后，胡群山通过人类学影像志的考察方式，为我们在"斑驳的孔穴横亘的砾石和柏油的路面里，真正找寻到先辈们那为中华民族的生死存亡抗争的精神"。其实，这也是在全球化的大背景下，通过影像本身的力量，审阅人类生存现状与困境的一次尝试。

人类学家英达和罗萨尔多曾指出，全球化不仅仅在于世界不断增强的相互关联中，而且还"包含人们对时间和空间的一种根本性的重新构造"。文化地理学家哈维也认为"时空压缩"是如火如荼的全球化时代最卓然的体现之一。

然而社会理论家吉登斯则从另一角度来看待全球化，他强调的是"时空延伸"，即"时间和空间的构建得以连接在场和缺席的状态"。而"在现代，时空延伸程度要大大超过以往的任何时代，当地和远处社会形态和时间的关系相应得到'延伸'。全球化从根本上指的就是这一延伸的过程"。

也许，在现代交通和传播系统的帮助下，人们可以突破以往局限于面对面接触的交往方式，将社会生活在时间和空间两个层面上加以延伸。

吉隆坡 · 马来亚 1939
Kuala Lumpur · Malaya 1939

中国 · 南侨机工 · 翁家贵

南侨机工翁家贵，享年103岁，是1939年3月参军加入的南侨机工服务团，从而来到抗日战争的"南洋华侨机工回国服务团"，被分配到西南运输处第十四大队，在这三年的时间里，一直在史迪威公路的运输道路的运转中，日军空袭和其他险阻。

Weng Jia-gui, a mechanic from Namchow, China
Weng Jia-gui died at the age of 103. He joined the Namchow Chinese mechanic service group in May, 1939 from Malaysia and had been assigned to the southwest transport fourteenth Battalion, working hard on transporting Anti Japanese war supplies to China for 3 years on the Stilwell Road.

99

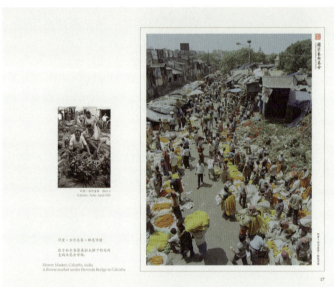

印度 · 加尔各答 2015. 4
Calcutta · India April 2015

印度 · 加尔各答 · 豪拉市桥

位于加尔各答豪拉大桥下的鲜花与打光鲜花交易市场。

Flower Market, Calcutta, India
A flower market under Howrah Bridge in Calcutta

17

印度 · 加尔各答 1944-45
Calcutta · India November 1944

印度 · 加尔各答 · 豪拉大桥

加尔各答豪拉大桥，建成于1906年，1942年完工，1943年2月3日开始使用，长705米，桥高82米，它时是世界第三大的一座悬臂钢结构的大桥。

Howrah Bridge, Calcutta, India
Howrah Bridge was built in 1936 and completed in 1942 and used in February 3, 1943 of 705 meters long and 82 meters height. It used to be the world's third longest cantilever steel bridge.

13

《血色——史迪威公路》版面之一
《血色——史迪威公路》版面之二
《血色——史迪威公路》版面之三

因此，我们似乎也可以在胡群山的镜头引导下，沿着史迪威公路一路蜿蜒而行，或被压缩在一个有限的空间内，或又延伸到更奇特的空间状态下，在历史和当下的奇妙关联中，想象着这条公路曾经创造的奇迹以及在全球化背景下可能的"再生"。

当然，胡群山的视觉描述很安静，似乎没有什么大起大伏，却含蓄地掩藏着许多欲说还休的生命细节，引领观众从不同的角度细细审视其当下的魅力和可能具有的辉煌。

也许，借助影像的力量扩张现有的空间，并由此感受到自己所处的世界是一个超越地域甚至国界的巨大的整合体系。也就是说，先有"扩展"，然后才会有"压缩"。尤其是在中国西南地区，人们优先考虑的不是增加非面对面的交往，恰恰相反，他们需要的是实实在在的道路等基础设施，从物质层面上保证社会交往能突破自然屏障和技术缺乏带来的阻碍和局促。换句话说，通过道路和基础设施建设增强人们面对面交往的可能性，是未来达到吉登斯所言"时空延伸"的前提。

所以，这条曾经的传奇之路，未来的命运如何，胡群山的影像就是一个问题提出的发端！

进一步看，通过这些"安静"的影像，他们的背后，应该就是并不安静的世界大格局所可能带来的新一轮的"奇迹"。史迪威公路在这个复杂不平衡的社会经济进程中，已经让前现代、现代和后现代的情境共生共息，难解难分。影像的交叠让我们的认识总在不断地改变中，时而交叠，时而并置，有时又支离破碎。

所以说，空间重塑是一个复杂的过程。一系列政治、经济以及社会因素，促使这条公路沿线空间感的变化时时在发生。全球化引发的时空变化将继续被当地人体验、感受、想象、重塑和呈现，并成为融入全球体系进程中自我界定的认知框架的重要组成部分。人类学影像志的继续深入就这样提醒着我们：一切皆有可能……

不著一字 尽得风流——朱浩的新作《影城》

《影城》封面

《影城》一

这是一本很奇特的画册，除了书名《影城》和作者朱浩之外，300多页的画册找不到一句完整的文字解说，因此也就不需要页码，任凭读者天马行空地阅读，一路读出许多非分的想象和不着边际的故事——也许这就是作者所需要的结果。

摄影界对朱浩的作品已经不再陌生，然而从《上海默片》开始，大多数人都以为朱浩将会以这样一种静态的目光关注眼前这样一个变幻莫测的都市，并且一路走下去，甚至不惜堕入荒诞的旋涡。然而这一次却不然，大32开的画册全部是黑白影调粗粝的影像，各种画幅相机拍摄的结果在画册中交替出现，横构图和竖构图的页面杂陈排列，让人阅读时不停地转动画册，才得以满足视觉的欲望。这样一个和都市命运息息相关的结局，变成了一组黑白的默片，但是却躁动着灵魂的低语和情绪的不安。

出生于上海的朱浩毕业于上海戏剧学院戏剧文学系，曾经于20世纪90年代初在美国出版英汉对照俳句集《初霜》，后在广告公司任创意总监。我曾在以前的文章中说过：一个"出生于"戏剧又曾经沉湎于俳句的诗人，突然间进入了摄影的行列。从2002年开始的多个摄影个展和联展证明，朱浩真的是一个摄影的天才，或者说是一个把握影像的天才。他将视觉的魅力发挥到了独特的高度，同时也将摄影器材玩得纯熟无比，让人敬佩。在他以往的《上海默片》中，我们几乎看不到人的影踪，但所有被他刻录在胶片上的城市文化的印记，如广告图像、涂鸦、符号、遗物、建筑等，意在表露人的欲望、幻想与创造力。顾铮说：他以人的缺席告知人的在场。而这些成为"客体"的城市景观，经过朱浩这个摄影家主体的客观性呈示，获得了呈现其主体性的可能。而摄影家本人则成为客体做出主体性呈现的媒介。

然而这一次，他不惜打乱人们对他的期待，以非常复杂的情绪推出了他对上海记忆中更为刻骨铭心的视觉影像，试图给喜欢他的读者以某种惊喜。尽管我们可以在这些影像中看到某些世界级摄影大师的影子，比如日本的森山大道，比如美国的克莱因……但是只要你细细读完整本画册，你还是会最终认同一个异常鲜活的摄影家的形象，读出一种洋溢着青春魅力又不失"老谋深算"的诗人气质。从堆积如山的女鞋，到粉碎的后窥镜，甚至于捎带些许色情的影像诱惑，让你对这样一个唇齿相依的都市又多了几分依恋和陌生。尤其重要的是，整本画册一路读来，可以用一个词来形容，就是"好看"——这样的诱惑力就足以证明朱浩对视觉影像把握的天赋所在。一方面，我们在朱浩的影像中看到了伴随技术、商业、城市建设的冲击而来的异化感所形成的城市文化中的"青年意识"；另一方面，画面中也时时透露出城市中的"老年意识"，那就是一种因城市现代化而产生的恐惧以及对城市传统文化的依恋和缅怀。这样一种既年轻又怀旧的情绪，是老一代摄影家所难以企及的，又是新一代的摄影人所无法参透的——出生于60年代末的朱浩，可以说是生逢其时。

书名《影城》的英文为"Shadow City"，字面上的翻译可以是"阴影中的城市"，或者是"影像的城市"，甚至于还可以译为"幽灵的城市"。我以为最后一种翻译更为传神——我们无时无刻不生活在一个幽灵般的城市之中——读完朱浩的《影城》，你也会认同我的这个观点。

《影城》二

"老顽童"蔡焕松的摄影足迹

"醉里挑灯看剑，梦回吹角连营。八百里分麾下炙，五十弦翻塞外声，沙场秋点兵。"当年辛弃疾的这首《破阵子》，此刻正应景了"足迹——蔡焕松摄影五十年丛书"发布的宏大气势，将一位"老顽童"的摄影生涯，转换成时空中美妙的回响！

丛书共包括《老爷·老大·男丁》《四条边》《不白之鸦》《你·我·他》《访谈》五册，汇集了蔡焕松摄影五十年的作品、文献和研究，虽说还难以涵盖摄影家风格多变、求新求异的探索空间，但是窥其一斑，也足以询证一位摄影"老顽童"的心路历程。

记得美国科幻作家菲利普·迪克在1978年的演讲中说："真正的人类是我们中那些本能地知道什么是不该做的，并且，他会自行止步。他会拒绝去做不该做的，即使这会给他以及他所爱带来不幸后果。……我对人的真实看法比较奇特：不是他们如何乐意去实施什么了不起的英雄行为，而是他们沉默的拒绝。也就是说他们不能被强迫成为他们所不是的。"

面对一个难以言说的、诡异多变的时代，蔡焕松以其"沉默的拒绝"，才换来了今日的"奇迹"。也许他早就意识到，一个渺小的个体不可能成为拯救或者毁灭世界的角色，而只是生活在平凡世界里的小人物。但是面对各种偶然的意外遭遇之后，懂得去尝试领悟别样的真实，用各种方式努力抗争，拒绝并逃脱这个世界施加给他的设定，"拒绝既定的现实，拒绝被给定的身份，拒绝被划定的轨道，拒绝活在别人的意识里，拒绝活在虚假的记忆中，拒绝活在设定的程序中"。所以，蔡焕松才可能成为迪克所认为的，真正的人——一个永远带着憨厚的微笑、进而发出爽朗笑声的摄影"老顽童"。

回到蔡焕松的这套丛书，选片非常到位，从不同的维度勾勒出了艺术探索的艰难与成果。而且，就是在一个不断否定和不断求真的历练中，才显现出丛书恰到好处的概括力。想读懂这位"老顽童"五十年摄影追求的根基吗，这套丛书也许够了。丛书作为五十年摄影生涯的回顾，其实正是一次全新的出发，让按动快门的下一个瞬间，积淀了更为强大的能量！也恰如日本著名摄影家东松照明曾言："某个人的生命整体在按下快门的瞬间凝聚起来。如果他活了五十年，那么凝聚的就是这五十年的时间。"

这里主要从创作的角度，回看蔡焕松这五十年中凝聚了什么。从《老爷·老大·男

《老爷·老大·男丁》一，
潮阳后溪游神队伍的英歌舞，2012年2月

《老爷·老大·男丁》二

《老爷·老大·男丁》三，澄海盐灶，游神活动正在激烈进行，2016年2月

丁》所呈现的民俗多元性，到《四条边》奇妙的审美思维，直至令人有点"惊悚"的《不白之鸦》，让我忍不住为蔡焕松的"四处出击"拍案叫绝——这可是摄影乃至艺术创作最难的突破点。正如苏拉热在其《摄影美学》中提醒的：我们因此需要——艺术哲学在此处有一种无可比拟的功能与价值——让自己保持警惕，而非陷入迷惑，维持创作状态而非消费状态中，以免落入陈腐话语的圈套之下……总而言之，一些枯燥重复的机械式话语——这是因为，我们已经失去了与作品本身以及与制造作品的摄影行为的正面较量。

所幸，蔡焕松正是在这样的"正面较量"中完胜，从而让艺术并非机械映照世界的镜子，而成为一种不断突破的自我——

《老爷·老大·男丁》中的潮汕民俗，就我当时的评说：不仅带给我们纵横跨越、鞭辟入里的视觉震撼，也为一个时代的文献空间拓展出非凡的历史和当代的价值。更重要的是，甚至超越了一般的文献的局限，足以引领我们在民俗文化的精神层面自由驰骋！这一切，都依赖于独特的文化因子，其实就是和蔡焕松自身的血脉紧紧相连的。他的个人经历在照片中留下了深深的时代烙印，他的脚步和镜头踏过了悠悠岁月。这些被定格的瞬间，在成为民俗记录的同时，自然也就坐实了历史文化档案的地位。解读他的潮汕民俗，是得以进入个性化的历史文化描述最直观的方式。从他的画面中，可以沿

着历史的文化脉络，认识民俗的沧桑变迁，从而回到现场去"触摸"历史，拥抱生活。画面看上去平实无奇的风格，却在大智若愚中隐藏着奇卓，描绘手段的大开大合，恰到好处地折射出敏锐的洞察力。在看似简洁而具有力度的呈现中，得以解读一个时代真实的文化语境，从而构成了一种被称为多层次的"真实感觉"——镜头在一瞬间将文化的内核剥离出来，历史的文化基脉就在那里，从而让人顿悟，文化在民俗中也许不仅仅是"在那里"那么简单！

镜头一转，来到《四条边》的空间——有评论说这是以审美的方式观看和思维的成果，作品中对点、线、面的集合，符号、情感与观点的杂糅，构图、色彩、影调各个方面的经营调度，体现了作者对摄影瞬间技术的把控能力和高水准审美。不错，这只是一个层面，一个简单的层面。当然，一般的摄影人能达到这样的层面，已经实属不易。但是，蔡焕松的"四条边"究竟涵盖了多少神秘莫测的视觉"魔力"，三言两语难以说清。在范景中推荐的贡布里希的著作中，有一个非常著名的观点，即"先制作，后匹配"的理论，意思是说，画家只能画其"所知"，而不能画其"所见"。他必须先存有一个作为认知结构的"图式"，再在表现对象的过程中两相比照，从而"矫正"既有的"图式"。蔡焕松的"四条边"，其实就是在一次又一次"矫正"既有"图式"的过程中，发现平凡世界的无数种可能，从而将

其定格在仅有"四条边"的有限空间。问题是，在这位"老顽童"的大脑储存中，究竟有多少作为认知结构的"图式"在一瞬间可以被调动起来，从而成为艺术家取之不尽、用之不竭的"源泉"？更重要的是，这应归属于一种被英国文艺批评家克莱夫·贝尔在19世纪末所提出的"有意味的形式"。这一次，蔡焕松从潮汕民俗具有叙述性的艺术创造空间，跳跃到了具有心理、历史方面的价值空间。就如同贝尔称赞的原始艺术，认为原始艺术通常不带有叙述性质，看不到精确的再现，只能看到有意味的形式。艺术家的创作目的，就是把握这个"终极实在"，人们不能靠理智和情感来把握这个"实在"，只能在纯形式的直觉中把握。在这样的审美层面上，你能读懂多少，就有了多少可以拥抱"老顽童"的"资格"！

那么，《不白之鸦》的"起起落落"，

《不白之鸦》两幅

又会将我们带入什么样的境界？当然，不可否认，"以鸦为线索拍摄和编辑，一方面揭示了鸦与人类各自的生存状态，表现了两者之间值得揣摩的细微关系；另一方面，画面传递了个人情绪的同时极具视觉张力"。但是仔细读完这一系列难度极高的创作精品，还有更多的想法意欲"一吐为快"。曾经有摄影家认为：物体在某种意义上已经进入图像中，它直接被拍摄，但常常无法辨认；它从正常的环境中被移除，脱离了惯常的邻近之物，被迫进入到一种新的关系体系中。于是他们认为在拍摄一张照片时，期望它是一个全新的、完整而独立的被摄对象，其中的首要条件是秩序。而法国著名摄影家杜瓦诺却说："以前我的照相机曾是一个图像的陷阱，那时，我的照片……是完全封闭的，给予一种标识开始和结束的观看方式。现在我的照片是开放的，它们试图唤起美好的幻想而不再是对物体的描述。我不再向一张照片中强加什么，或是提供暗示，留下一段路让

人们去走。图像是组装的套件，由观众自己来安装。"其实，蔡焕松的"不白之鸦"就是一次让观众"自己来安装"的诱惑，说它是一种"观念"也好，说它是一次"猜想"也罢，就是以无比开放的姿态，迎接不同的观众在善恶莫测的氛围中，将自己化身鸦群，任意飞翔！

至此，三部作品的简单评述是远远不够的——对于蔡焕松具有经典意义的作品而言，每个想法最重要的部分都还是不能被言说的。我们要做的，就是去思考这些无法表达的部分有多重要。如果没了它们，这个想法的实质还剩多少？这一时间突然让我想到的是："潮汕民俗"所重点表达的，是一次"求真"的过程，是摄影术诞生以来得以安身立命的本源所在；"四条边"所遵循的要旨，则是一次"求美"的探索，是艺术审美中藏而不露的大美所在；"不白之鸦"则是从灵魂深处"求善"的精神升华，如同宗教般超脱和入俗的平衡之维。真、美、善通过

三部作品的稳定支撑，恰似三足鼎立，让所有无法言说的想象融入神奇的巨鼎。

这也诚如法国艺术家皮埃尔·苏拉热所言："有时候重点也会被说出来，只不过只会被提一次。它必须非常短促有力。如果总是重复，它就会失去瞬间的魄力，像一道闪电，不能两次都打到一个地方。它的效果就在于它的魄力，它的光芒转瞬即逝。有火的地方就没有闪电了。成系统的想法都不够纯粹。无法言说的部分会被这个系统排除在外，慢慢被彻底遗忘，枯萎凋零。"

我们今天面对蔡焕松的艺术创作，尽管已经不止一次被"光芒转瞬即逝"的闪电击中心灵的深处，但是"无法言说"的震撼一定不会被"彻底遗忘"而"枯萎凋零"。瑞士艺术家保罗·克利在自然中寻到打开艺术的钥匙："艺术并不是模仿再现那所能见的；相反，它是让事物可见。"这套丛书创作部分的"三足鼎立"，莫非真有天意？

然而，蔡焕松集聚了五十年功力的快门按下之后，我们甚至可以想到克利曾提醒我们的那样，艺术家，无论多么有眼力、有创见，"他不用做什么，除了搜集他从意识与万物深处得来的体会，并传递出去。他既不是主宰也不是奴隶——他只管传达"。关键是，蔡焕松"传递"给我们太多的可能，尤其是当我们面对摄影创作之外的两个文本——《访谈》和《你·我·他》，你就会意识到，解读蔡焕松这位"老顽童"是如何的不易！谁说"理论是灰色的"？当然，生

命之树一定常青！

最后还想说的是：蔡焕松以其永远不会失去的"童真"，始终在提示人们去思考中国摄影的"难题"。还记得当年毕加索是怎么说的吗："艺术不是真理，艺术是谎言，让我们去意识到真理，至少是去认识那个交给我们来理解的真理。艺术家必须知道如何让别人去相信他那些谎言。"而在中国摄影如此辽阔的版图中，我们许多人一直难以分辨什么是"真理"，什么是"谎言"。真正的艺术家不得不拿出"积蓄已久"的"谎言"，让更多的人去顿然醒悟什么才是"真理"。正如美国艺术评论家兰斯·埃斯普伦德在《如何让艺术懂你》中所言：我认为，艺术也是富有意义的对话，任何作品假如只是抛出一个声明或论断，而不是鼓励对话，那就无法触动我跟它长时间相处。……我的意见是，尽你所能去看一切——还要切近地仔细审视。但我也要建议你，避免从众，要去少有人问津之处寻找艺术品，而不是只流连于热闹的画廊与博物馆里的"绩优蓝筹股"。伟大的艺术，常常生发于出乎意料之处。在艺术天地中，需要付出时间与努力，才能将戴上假面具伪装为真理的谎言，与那些揭示透露真理的"谎言"区别开来。

相信我，蔡焕松以其"老顽童"的魅力带给我们的"谎言"，一定指向具有终极价值的真理。遗憾的是，我错过了"老顽童"五十年摄影创作展览开幕的现场，只能通过这篇迟来的短文送上一直深藏在心中的敬意！

解读史志辉的《北方地坑院》

《北方地坑院》一

解读史志辉的《北方地坑院》，看似容易，却颇费周折。原因就在于朴素而醇厚的视觉语言背后，隐藏着摄影人自身的生活积淀，十分耐读却无法做出简单的定义，只能抽丝剥茧，慢慢进入北方地坑院的内核，找到摄影人拍摄的初衷。

史志辉说：想法很简单，就是为他们立此存照，为他们树碑立传，为后人们留下一些影像史实，留下一些曾经的过往，以传承非物质文化的精髓。然而整个过程却不简单，因此呈现的结果更是非凡。从史志辉的镜头关注中，我们看到了地坑院的历史沿承，看到了地坑院的婚俗和葬俗，看到了地坑院平淡无奇却延续若干年的娱乐方式，并且借助空中俯瞰的视角，了解了地坑院选址及形制的诸多"奥秘"，甚至从"四四方方一座坑，树梢伸出半空中"的一棵树的故事，就能感受到留守地坑院的不易和忧虑……地坑院"进村不见房，闻声不见人"的奇特景观和生活方式跃然"纸上"，栩栩如生——

这对于一个以纪实摄影为生存方式的摄影人来说，其难度可想而知。因为它不仅仅要求摄影人清晰地记录下社会生存的状态，更重要的是深入到人的心灵深处，或是从被世代风雨所风化的生存环境中找到历史发展的必然线索，从而以最形象的方式展现给后人，让后人或抚案长叹，或拍案惊起，这样的纪实摄影才会有真正永恒的生命力量和存在价值。也正如史志辉所坚信的：消失了的，不等于不能留下，立此存照，留下珍贵的影像史录。拍摄激励着我用心、用情、用功继续为那些或将远去的老地方、老事物虔诚地塑像。随着时间的流逝，这些影像一定会更具有文献价值。

所以，我们完全有理由将史志辉拍摄的北方地坑院作为一件完整的艺术品来解读，他所做出的努力而产生的历史穿越感，令人心生敬意。尤其是史志辉这些弥足珍贵的画面，参与构成我们对于一个时代的意义探寻，画面中每一副表情，每一处造型，那些看似简朴的叙事风格，被凝重的黑白图景永远定格在了时代的文献档案中，从而充满自信地交到后人的手里。

史志辉告诉我们，寒来暑往，春夏秋冬，地坑院里住了一代又一代，过了一年又一年，就像一颗颗璀璨的明珠镶嵌在黄土大地上，为后世的来者讲述着一个个地坑院里的故事，笑谈着地坑院里百姓们的喜怒哀乐。这一个系列的专题成型了，史志辉也成了一个会讲故事的人，这些讲给后人听的故事，其中有多少紧迫感可想而知——"未见村舍闻犬吠，等闲平地起炊烟"的情境不再，令人扼腕，令人叹息。"欲说千年事，空留嗟叹词"，今人也只能在遥想中为地坑院、为先民的智慧祭起一首首挽歌。重要的是，史志辉将日常生活作为一个具体与实在的领域，却让人看到了人类历史上宏观与抽象的对立面，一个可隐匿或无意义的对立面。地坑院作为过去的日常生活，正在渐渐消失，并且暗示着未来的日常生活可能也无法免于消失。如果不是史志辉的长期关注，我们再也无法从中感受一个时代特定的物质语言与空间状况。也许在这个时刻之后，这些场景消失不见，像从未出现过一样。

所以对于人类而言，日常生活是最基础的生存场景，真实、直接、平等。史志辉的镜头义无反顾地进入地坑院的日常，这就对了——任何人，无论从事什么工作，无论实践理想时做了多少伪装，都要无数次地回归日常生活，并在那一刻恢复本性……这些日常状态密集、连续或错乱地出现，对于宏观叙事而言可有可无，实际上却维持了生命与思考的连续性。所以，如果史志辉只是流于表面，没有将观念引入日常生活，往往就会停留在抽象领域。恰恰相反的是，回到我先前所言，朴素而醇厚的视觉语言背后，隐藏着摄影人自身的生活积淀，因而借助具象的综合厚度，得以准确地阐释时代精神的宏大。

聪明人都知道，过去的已经无法改变。而作为智者的摄影人更明白，对于当下的日常生活，是可以使其免于彻底消失，主要方法是构建日常生活叙事，将那些本来会被裁剪的物质、语言与空间变成视觉文本。就像是一个叙事镜像，映照当下，使现代人成为当下日常性的观看者。结果，当史志辉小心翼翼地将这些镜像文本递交给未来时，日常叙事为那些穿越时空的思想，保留了原生场景，足以借此重现过去，或以实证性的方法反思过去的所有可能。

我们有福了——因为我们得以形象地感知，地坑院这种奇特的居住形式，被研究者们陈述为"是人类从山地丘陵洞穴走向平原的一种创造"，是世界建筑史上的奇迹，也是汉民族多种传统居住方式中独具匠心和特色的一种体现，更是黄河流域先民们繁衍生息的一个标识和农耕文明的一个文化符号，蕴藏着深厚的文化积淀和丰厚的历史内涵。然而这些来之不易的"奇观"，是一位摄影人用8年多的时间一次次遍访陕西咸阳、甘肃庆阳、山西运城、河南三门峡、宁夏固原等地诸多的地坑院，最终带给我们的宝贵财富。

这让我想起了苏拉热在《摄影美学》中提到一个理论问题，他认为照片有四种可能的命运，关联着我们与客体可能建立的四重关系。这四重关系是：一、相较于"过去"，它向"回忆"敞开大门。二、相较于"现在"，它开启"新闻摄影"之门。三、相较于"未来"，它开启"文献"之门。四、相较于"永恒"，它开启"艺术"之门。史志辉的北方地坑院，恰恰将这四种命运融合在一起了——它所打开的"回忆"之门深邃而神秘，有着无尽的诱惑力；它所开启的"新闻摄影"之门其实就是"信息"之门，新鲜而跃动；至于打开的"文献"之门，其价值当然无法估量，"越陈越香"；最后，又如我先前所言——我们完全有理由将史志辉的"北方地坑院"作为一件完整的艺术品来解读，构成生命的永恒！

《北方地坑院》二

《北方地坑院》三

李好镜头深处的大海

李好说，7年10万张照片，只为了拍摄渔民的困境。

作家习习则评述说：李好深爱这些同他父辈一样的渔民，他的情感都沉沉地压在他的镜头里。他一边怜悯着这样的渔人，一边又怜悯着满海滩打捞回来的鱼儿。鱼和网，人和鱼，船和大海，在他的镜头里对立、冲突，形成一种紧张的关系。他说，无序的打捞开始破坏自然法则和秩序，机器的轰鸣搅扰着大海的平静，索取没有止境，而海永远在沉默、在低处。

其实，李好镜头深处的大海，就是人和自然之间的原生态话题。诚如李好所言：海与岸的连接点，正是我的先人祖祖辈辈繁衍生息的地方。

"原生态"源于自然科学的概念——生态是生物和环境之间相互影响的一种生存发展状态，而原生态则是指一切在自然状况下生存下来的东西。也就是说，在生态学研究的启发下，把在自然状态下保留下来的环境、生物、人和文化所组成的完整的生态性链条叫作原生态。从摄影的角度看，由自然科学引入人文科学又演化出的"原生态"已经不再具有科学、规范的界定，呈现出模糊的状态。所以，面对自然生态以及对原生态的关注，摄影人的思考也应该是多元的，而非单一的形态。

进入20世纪中期，地球自然生态和人类精神生态呈现出重重危机，引发了西方思想领域的反思与自省，环境保护运动和生态批评被作为拯救地球和人类自身的途径，在全球不断掀起"生态浪潮"。中国自20世纪70年代末改革开放以来，社会经济得到了长足

"镜头深处的大海"之一

"镜头深处的大海"之二

的发展，而新的问题也开始浮现，环境破坏严重、自然资源减少、本土文化遭遇西方文化的强势入侵、城乡之间矛盾凸显。尤其是工业化时代人的"异化"这一马克思在一百多年前提出的理论所对应的严酷现实，不但未得到改变，反而有愈演愈烈之势。"原生态"现象正是在这种历史文化背景中被重视的。李好的镜头，自然也在他所熟悉的家园展开了对原生态的关注。

在中国摄影界，以愤怒的、批判的摄影人姿态介入自然保护层面的，卢广是一个典型的例子。其中最为关键的问题，就是一个真正有良知的摄影家应该坚持自己的立场，能够承受来自各方面的压力，最终通过自己的影像告诉世界一个真相，还人类一片纯净。法国策展人尚陆曾说：卢广就是一个"战地摄影师"，但与詹姆斯·纳赫特韦或其他战地摄影师不同，卢广拍摄的是人类对大自然、对我们自己的生活环境所展开的战争和暴力。……过去5年来，他耐心地徒步翻越山水，跨越12个省，有时还冒着失去自由甚至生命的危险，给我们带回这些照片。这些图片的紧张感，高饱和度的色彩，高密度的天空，世界末日般灰暗度，呈现了人道主义的忧郁色彩。

然而，这样的愤怒需要承受很大的压力，画面的触目惊心也常常令很多人难以接受，或者说让人望而生畏，有着促使人行动的力量，但也可能失去了诱发思考的空间。所以我们必

"镜头深处的大海"之三

"镜头深处的大海"之四

"镜头深处的大海"之五

须清醒地看到，作为文化层面的摄影，应该是具有更多层次的社会认同价值。就李好而言，他似乎找到了更为含蓄的表达语言，力求在更深的层面上，发现更多对现实生活的思考，从而引发了另一种解读的可能。

李好告诉我们：近二三十年间，随着现代文明进程的加速，人们开始恣意妄为，过度捕捞加上工业污染，海洋的健康状况开始迅速恶化，鱼群急剧减少，很多鱼类濒临灭绝。祖祖辈辈赖以生存的大海变得贫瘠。渔民为了走出困境，开始用推土机代替人工拉网，用更大的铁壳船淘汰小木船，渔网不断加长，网眼不断变小。可是，对捕捞工具的改造并没有为渔民带来长久的富裕，更多的是无助、焦躁和失望。李好的镜头深处，不仅仅揭示了人类探索自然的轨迹，同时展现了我们又是如何与这样的变异共处，无奈地接受，甚至接纳这样一种来自深处的伤害。尤其是我们可以从他的画面中意识到，这样一种发展的方向已经是不可逆转了。尽管李好的作品选择的是一种含蓄的态度，然而在人们心底引起的震撼，也许不亚于直接对灾难的恐怖描绘。其中，摄影家也一定有着坚定的政治立场，在隐含着审美的、沉思的生存景观背后，有着政治和社会批评的直接指向。也许并不需要太多的象征性符号，就足以引起我们的警觉，从而再一次直面我们生活的真实。

李好的影像也让我想到了另一位世界级的摄影家，这就是萨尔加多。这是一位富有同情心的著名摄影家，这位经济学博士始终把自己看作是一位业余摄影家，他那些以温柔的方式、精彩的构图和恰到好处的光线完成的作品，不仅显露出经济学家的眼光，而且通过对人类灵魂和历史的巨大穿透力产生震撼人心的力量。作为来自发展中国家的摄影家，萨尔加多的足迹遍布世界各地，对人类大家庭尤其是劳动者的生存状态给予特别的关注。从非洲的撒哈拉难民营到巴西金矿，从卢旺达茶场到科威特油井，他通过照片把尊敬献给了地球上最孤独、最容易被忽视的人。正如萨尔加多所说："人是美的，人的尊严是不可蹂躏的。这些苦难的人并不丑陋。我以尊敬的心情审视被摄人物。"

其中萨尔加多所关注的与意大利捕鱼业相关的主题，似乎和李好的主题有非常相似之处。萨尔加多在1993年出版了他的书《劳动者》，拍摄点是在西西里的特拉帕尼。这是一部非常经典的摄影集，以完整的篇幅讲述了该地区捕鱼业一个时代的历史演进，几乎构成了一部视觉的百科全书。照片展现了在这样一个后工业时代，劳动者依旧凭借双手独立劳作的状态。萨尔加多写道："在二次世界大战结束时，有超过三十群的西西里岛的渔民，在潮汐的转换过程中，参与了每年一次的典礼——对金枪鱼的大捕杀。如今，只有两组渔民将这样的传统保留下来。"

萨尔加多镜头中的那些年长者在编织渔网，为捕鱼所显示出不安，而他们的对立面就是不顾一切试图逃脱的金枪鱼。这一切就像是一系列视觉的启示录，展现出尊贵的人类与自然所展开的搏杀，但又和历史背道而驰并受到时代的强大压力。然而，萨尔加多的劳动者在另一个层面上也是饱受争议的，尤其是对劳动者的美化上——

美国哲学家、哥伦比亚大学名誉教授、《国家》杂志艺术评论人阿瑟·丹托曾在《美的滥用》一书中总结了艺术中关于美的各种观念，提出了自己的一些想法——这是一本对美的观念进行重新解读的书，尽管不是针对摄影而言，却对摄影人有着重要的启发。我们习惯上对于美的认识，很大程度上源于希腊人所定义的美的概念，从而一直将其作为理想的追求。回顾历史，就在人们对美的定义还在争论不休的时候，从20世纪初，现代艺术就开始了对美的颠覆。

丹托的书引经据典，博大精深，也侃侃而谈，不失温文尔雅的风度。其中不少章节涉及对现代摄影的评述，很有独到的见地，比如他对萨尔加多的批评，在中国摄影界尽管也有人早已意识到，但是始终没有被放在重要的话题上来讨论。丹托认为："塞巴斯蒂奥·萨尔加多拍摄的苦难的人类的摄影是美的，正如他的作品一贯地表现了这种人类苦难。但我们是否有权利以美的方式表现那种苦难呢？……它们的美不是与它们的内容唱反调吗？"所以丹托得出这样的结论：

"美并不总是正确的。"

在这一点上，李好所定下的基调也许是恰到好处的——《海在低处》专题取材于广东省茂名市沿海的某段海岸线，以及当地渔民生产和生活场景："七年来，我尽可能让我的镜头贴近低处的海和在海上劳作的渔民，贴近他们的内心，也尽可能以见证者的视角记录下这个转变过程。"也正如李好的阐述：《海在低处》反映了渔民和大海的困境，实际上是反映人与自然不可调和的矛盾。"我在对客观现实的记录中亮明自己的观点，蕴含着个人的忧思，故所有照片都是在淡淡的忧伤的基调之下，贯穿整个专题。"

"淡淡的忧伤"，而非故意提升的"崇高"，让李好"眼中的海幽暗悲伤，涛声喑哑。穹顶之下，它依旧无边无涯，匍匐于低处，亘古未变地抚慰着大地……"而且李好的镜头感也恰到好处地传递出这样的信息——无处不在的细节和特写，广角镜头稍稍变形的对比和强调，密集和空旷的交替错位，在巨大的冲击力之外却隐含着不可忽视的张力，一点一点渗透到画面之外，与他所生存的大海融为一体，渐渐成为永恒……我的计划是形成一个系列，大海的系列——李好说。

我所期待的，是镜头中更深处的大海……

廖永勤的阆中

　　当代摄影的强大功能，其纪实特性是无所不在的"灵魂"。在一般意义上，每当你释放一次快门，就是对现实社会或日常生活的一次"纪实"——不管你如何构图取景，不管你是如何的客观冷漠或是热情关注，现实的对象最终获得永远的定格。然而问题的关键不仅仅在此，特别是当一个摄影家用镜头面对活生生的现实时，"纪实"的重点落在哪一点上，其结果往往会大相径庭。当我在摄影家廖永勤近千平方米的摄影工作室里，细细浏览他镜头中的阆中，通过巨幅的黑白影像似乎感受到了摄影家激情的呼吸，以及他对影像纪实力量的独特呈现带来的震撼。如同2016北京国际摄影周在中华世纪坛开幕的那一刻，廖永勤以"金路奖"获得者的自信，走上红地毯的那一刻，支撑他艺术成就的故乡阆中，一瞬间幻化成激情浓郁的黑白乐章，延续着直到今天的灵魂升华。

　　我由此想到，廖永勤摄影工作室里的那些巨幅黑白画面，并非对一座古城的简单记录。廖永勤镜头中的阆中，沉淀着历史厚重的呼吸，传递着"华胥孕伏羲"的回响；廖永勤心灵中的阆中，击打出当代曼妙的节奏，续写着"嘉陵第一江山"的神韵。浓影淡墨中，是一位游子献给故乡的激情篇章，更是留给后人难以言说的文献瑰宝！

　　位于四川盆地北部、嘉陵江中游的阆中，素有"阆苑仙境、风水宝地"之美誉，是中国第一风水古城、世界千年古县、中国春节文化之乡……更重要的是，在廖永勤的生命历程中，这里是独一无二的魂牵梦绕之处。于是十多年寻寻觅觅地回望，留下了无数深深浅浅的心路羁旅——如同回到母亲襁褓的婴儿，以一声嘹亮的啼哭，石破天惊于这个喧嚣繁闹的时代。

先说"历史厚重的呼吸"——杜甫诗句中"阆州城南天下稀"的赞叹，尽管早已淹没在历史的烟尘中，但是凭着对故乡的那一份热爱，以及为古城的历史文化存真的强大责任心，廖永勤按下快门的每一个瞬间，都试图在历史的烟尘中定格依稀可见的遗踪，为一个在现代化进程中快速"褪色"的古城，挽留些许沉重的"叹息"。我们看到了逆光下的皮影戏，栩栩如生的曼妙身姿被勾勒出一圈若隐若现的银光，自信地"行走"在千年不变的瓦檐上，走出了一个世纪的困惑；我们看到了巨幅帘幕下一字排开的充满诱惑力的绣花鞋，民间艺术的传承在这一刻被定格为永不消逝的神秘元素，看似静态的"亮花鞋"错落着欲说还休的依恋，以及中华文明得以延续的"玄机"；至于格调古朴的茶馆酒肆、飘然翻飞的烧花舞龙、铿锵喜庆的巴渝鼓舞等充满烟火气息的市井民俗，让看似"褪色"的古城找回了曾有的勃勃生机。

然而，正如前面所言，廖永勤的镜头所指，并非对一座古城简单的记录，而是通过异常冷静的观察，悄无声息地攫取"古韵"在不断消失过程中的碎片，一点一点拼贴成斑斓的视觉万花筒，承担起异常沉重的历史责任。在他看来，那些看似不显眼的景观似乎强调了成像机器所呈现给人类的原本状态，却凸显了一直被人们的思想或热情所忽

"阆中"之一

略掉的东西。那个背筐载鹅行走街市的农妇，以及那些卖豆花的、打锅盔的、杀鸡宰鱼的、挑凉粉担担的、掏耳捶背的身影，等等，无数灵动的造像，看似琐碎却无一缺失地构成了阆中的生活百科。渐渐地，阆中古城变得鲜活起来，从历史的脱胎换骨中让人惊艳不已，也让那些刻骨铭心的细节，让中国四大古城之首的阆中古城，成为永远活着的"文献"。更重要的是，出于这样一种强烈的社会责任感，廖永勤舍弃了许多摄影人所热衷的"诗和远方"的拍摄路径，而是从他生长的故乡最为熟悉的日常入手，积十二年之功，深入而全面地保留了一份无可匹敌的视觉文献，也给当代摄影的价值观，奉献了一份不可多得的经典范例！

再看"当代曼妙的节奏"——这是当下摄影圈子里讨论最多的话题。什么是摄影的当代性？摄影的文献价值已经式微了吗？即便传统的文献类纪实方式随着摄影的空前普

"阆中"之二

"阆中"之三

及，已经不需要专业的摄影人投入那么多的精力，或者说其价值观应该到了重新审视的时候；即便无所不在的照相机、手机乃至布满街头的摄像头，都在无形中扮演着文献纪实的角色，然而，摄影从"实用性工具"的属性中解放出来的那一刻，试图成为当代艺术领域中重要角色时，纪实的文献价值便从来没有消失过，只不过以更为当代的方式，需要更有才华的摄影人施展出更为个性化的"魔力"。

回想20世纪70年代出现的"新纪实"，那一代摄影人就是想挣脱传统纪实摄影简单化记录的束缚，走向更为个人化、更多样化的表现空间。萨考夫斯基早已总结说："他们的目的不是去改造生活，而是认识生活……他们都一致深信，平凡的事物才是真正值得关注的，应该有勇气去关注它，而少说那些空洞的大道理。"也就是说，纪实摄影除了人道主义和人文关怀之外，是否应该有其他不同的作用，或者借助新的手法更好地拓展"纪实"的表现力。这不是说，"新纪实"摄影放弃了对人类共同命运的关注，而是将重点更倾向于以个人经历作为出发点进行拍摄，而非如以往的纪实摄影，摄影人一直是一个隐藏的角色。我们欣喜地看到，随着摄影本体认识的不断加深，加上摄影人借助自身实践所产生的巨大效应，摄影的当代性很快就以其不可抗拒的魔力呈现出来，并且直面社会，构成了当代摄影在"纪实"空间里不一样的"面貌"。廖永勤这些年在阆中的实践，也正是在这一层面上，无形中为纪实摄影的当代性，从文献纪实的另一面，提供了一个值得参照的样本。

仔细品读阆中的长卷，你足以感受到廖永勤个性化的视觉语言以其当代性的穿透力，将传统的纪实摄影提升到更为个人化、人性化的空间。你会注意到那幅画室中的"猎奇"，当无数张画像"注视"你的瞬间，那个回眸一瞥的眼神，一下子穿透了时空的羁绊，让你有了莫名的"感动"；你会注意到街头错综复杂的"写生"，阆中父老乡亲的那些脸，被前景中杂乱卷曲的电线分割成若隐若现的当代"记忆"，以符号化的方式构成了有趣的"隐喻"；最是那幅茶馆中的人物特写，于混沌漆黑的背景中，凌空般"升起"的盖碗，让面目不清的茶客隐身在民俗文化的无限遐想中，似乎就是廖永勤化身其间，置身于阆中的"仙境"，啜一口香茗，尽享人世间的甘甜！

十二年间行走在阆中古城中的廖永勤，

借助摄影与生俱来的"纪实"力量，为一座古城也为这个世界保留了一幅幅栩栩如生的"肖像"。同时，他每时每刻都是在探索"现代化的可视性"的过程中，借助对"绝对的客观"的逼近，证明摄影的真实与否。廖永勤心灵中的阆中，不是意外，不是过客，并非简单地用"所有活着的东西"取代对存在深度的表现。每一次快门声响起之际，对时间、姿势和构成都有着苛刻的要求——因为活着的东西，瞬间即可捕获，拍摄就如同"抬手"一样，是局部的图像。而廖永勤带给我们的，是作为个体的另一些概念，另一些形式，另一些可视性，是物的心灵的外化……

这样一种作为当代摄影走向的"主观性"的呈现，会具有更大的主导力量，让我们得以在深入感受阆中这座古城无尽魅力的同时，又自然地进入了廖永勤的内心世界。坦而言之，除了记录和见证新闻事件或人物的狭义新闻摄影之外，在这个越来越虚拟的世界中，摄影力量已经不再是单纯地"再现"现实世界，摄影已经到了利用各种手段借助"模仿"的方式从内心"记录"世界，探讨虚拟与真实之间的关系，以便更加深入地理解"真实"。或者说，摄影越发变得"主观"，当代摄影已经不仅用来"发现"世界，而更多是用来"解释"世界。在廖永勤的摄影工作室里，最让人心头一颤又特别引人入胜的画面，莫过于他在嘉陵江边拍摄的皮影题材。高达3米的三个川北大皮影，傲然站立在苍茫天地之间，历史风韵与未来遐想在这一刻神人汇聚，文献记录和当代符号既让真实的力量变得刻骨铭心，也让内心的期待显得扑朔迷离。

当然，当代是有传统的，当代并非对传统的放弃。也就是说，真正能够感受和理解传统的摄影人，才是能够深入当代问题的摄影人。廖永勤在从不轻言放弃传统的具有人文关怀的文献类纪实摄影价值观的"底线"上，大胆地借助"新纪实"或"主观纪实"的探索，为时代的走向留下更多心灵的"纪实"轨迹，而非简单地留下一部视觉文献！

联想到在2021年大理国际影会上，廖永勤荣获"金翅鸟最佳摄影师大奖"的作品《复读的现实》。他和策展人王庆松联手，用400余平方米的展场，向观众展出了颇具当代意念的31幅摄影作品。画面以廖永勤自己创立的金勤集团位于海南三亚的英迪格酒店项目为取景地，用独特的艺术手法表达了他对人生和社会的思考。有意思的是，这组颇具当代意味的摄影作品背后，更是廖永勤源于童年记忆的个人情感空间的一次积聚和喷发的过程，也是充满了童心的梦想成真的过程。如同他注入了毕生的情感对阆中长时间纪实，以至厚积薄发，用看似不同的视觉表现语言，完成了一次殊途同归的亮相。

情感的力量又让我回归了对廖永勤的更为深入的解读。尤其是从移情——"感情移入"的心理学空间，读出了廖永勤镜头中古城阆中不同凡响的魅力。所谓移情，是以对象的审美特性同人的思想、情感相互契合为客观前提，以主体情感的外扩散和想象力、创造力为主观条件，是对象拟人化与主体情感客体化的统一，也是审美认同、共鸣和美感的心理基础之一。移情其实并不神秘，远在神话、语言、宗教、艺术以及原始民族的形象思维中触手可见。古代著名画家顾恺之就曾对移情现象进行分析，提出了"迁想妙得""妙对通神"的概念并加以概括。最奇妙的就是，移情现象中物我相互交融、渗透，往往能让最终的作品登上审美活动的高峰。

然而很多摄影人最容易忽视的是，"移情"最重要的基点，就是要求创作者对自我的社会生活积淀注入真挚的情感因素，也就是借助个体化情感的力量达到最大限度"移情"的效果，从而在感动自己的同时，才能感动更多的世人。廖永勤的阆中，内容上看是纪实的，形式上看是当代的，本质上，正是情感的融合所产生的"化学"反应。借用诗人艾青的诗句："为什么我的眼里常含泪水？因为我对这土地爱得深沉。"廖永勤对故乡一往情深的眷恋，借助黑白影像完成了一次非凡的艺术超越。情感的力量将纪实的文献价值融入个人体验的博大空间，让平淡无奇的现实瞬间活了起来，变成永恒！

于是我有了充分的理由，邀请诸位静下心来沿着看似简洁的"黑白路径"，走入"巴蜀要冲"的阆中，触摸一位游子回归内心的温情！

陆元敏的色彩思维

　　十年前，陆元敏在接受访谈时给《中国摄影报》记者李晶晶留下的印象是：不善表达，不喜应酬，不爱离开上海，基本不用手机。家里有妻子，两条狗，宠极，足矣。身处这样一个喧闹繁华的社会环境，"就会拍照这两下子"的陆元敏活得极其简单。从拍黑白、拍胶片成名，到现在喜欢上色彩，手中的家伙什儿越来越不像个相机，感觉陆元敏已经到了这样一种境界：完全在享受拍照的乐趣，不像大多数人是想通过摄影来干点什么。无论外界如何，他照片里的上海一直是他看到的模样：迷离、温情、散淡、伤感。

　　十年后的陆元敏，照片中依旧是迷离、温情、散淡、伤感……关键是他"喜欢上了色彩"之后，在原来的"模样"上，又平添了温和的华彩调性，多了点敲打都市的节奏感。

　　生活中其实有许多神秘的现象，我们却难以找到或者难以把握，即便偶尔找到神秘，但是很快又会遗忘。然而陆元敏就有这样的能力，将日常生活中司空见惯的现象转换成一本神秘的挂历，让我们感受到生活的奇妙。一切都是如此的世俗，行色诡异的猫和狗，残酷无情的建筑表面，斑驳的树和巨石，色彩迷离的街头杂物……这一切加起来带给我们的是什么？也许里面充塞着无名的悲哀，暗示着人类的虚无？也许其中并不是悲哀也没有嘲讽，仅仅是摄影家收集的神秘，和我们的焦虑无关——这一次，添加了莫名的色彩，展开在蓝天白云下面。这些也不仅仅是对一切逝去的怀念，更是一种没有功利色彩的神秘所在。就像是镜面，照出了我们的过去和未来，是我们自身无法把握的神秘。关键是，彩色的镜头中经常出现和他一起出去的朋友，往往是半张脸，一抹飘忽的身姿，摄影家在按下快门的瞬间并没有太多顾忌色彩的存在，因为这不太重要。重要的是，快门按下的背后，总给人一丝神秘的悬想！

那么，玩上彩色摄影的陆元敏和之前一味执着地坚守黑白胶片的陆元敏又有什么不同呢？好像没有！当然至少照片因为有了色彩更好看了，普罗大众也许更喜欢了。但是以往崇拜他的粉丝们也许会不满意了——原来的黑白高雅变得彩色低俗了？甚至于你会发现，一些彩色画面曝光都不准了，往往是色彩因为曝光过了，爆了，有点不"专业"的感觉。当然，陆元敏在曝光问题上从来就没有"专业"过，只不过黑白的画面逼得他不得不遵循古典主义的准则，小心翼翼地控制其"专业"的维度。而一旦上手彩色，他倒可以肆无忌惮地随心所欲了——彩色摄影向来就被认为是业余摄影的领域，索性再"业余"一点，岂不更妙？然而"奇迹"就这样发生了——"业余"的色彩反而让陆元敏的当下变得更为神秘兮兮，让人小心谨慎地揣测，这后面或许还隐藏着什么？

记得美国彩色摄影的先驱之一乔尔·梅耶罗维兹在1962年开始色彩摄影时，他是这样直截了当的：当时我很想尽快看到我的拍摄效果。最简单的方式就是在照相机里装上彩色胶片，走上大街，

"收集夏日"之一

"收集夏日"之二

"收集夏日"之三

"收集夏日"之四

"收集夏日"之五

拍摄照片。我之所以选择街头拍摄，就是因为生活中总有一些意想不到的、高质量的事情发生。我所希望的就是在运动的过程中拍摄我所需要的东西。使用彩色胶片拍摄能让我直接想象到画面效果，立刻做出判断，

考虑可以让自己以更好的、更快的、更为无形的、更为精确的方式获得我所感兴趣的成分。这也是一种年轻人探寻世界和发现自我的方式。

然而陆元敏就不是了。尽管从某种意义

上说，他的彩色摄影最重要的一点，就是因为色彩的标志，时代感更强了。试想一下，如果30年前陆元敏就用彩色胶卷，一路下来，那么这些时代的色彩元素往往会强化画面的历史进化痕迹。而他当年拍摄的黑白画面，对照30年后的黑白影像，这样的差异往往并不明显——在迷离、温情、散淡、伤感背后，还是迷离、温情、散淡、伤感——似乎陆元敏没有老去，时代也没有"进步"！其实在20世纪50年代以后，彩色摄影已经逐渐走向成熟，但是实际上它的运用在当时并没有受到摄影家的重视。普遍的观念认为，过于丰富真实的色彩并不适合于提高摄影的品位，不适合社会状况的纪实摄影，甚至也不可能很好地表现主观的感受。这样一来我似乎明白了，陆元敏对色彩的不"专业"，任其放纵，其实也是为了逃避关于"专业"的话题，从而为视觉元素的最终落位，找一个冠冕堂皇的理由。

话又要说回来，你越是多花时间审视陆元敏的每一幅作品，就越会惊讶地发现那些色彩悬置突破了混乱的重围，构成了特殊的愉悦感：游乐场巨大的广告牌，水槽边那块红得发紫的肥皂，画桌边上色彩丰富的瓶瓶罐罐（这幅画面的曝光控制极其"专业"），空悬的鸟笼在杂乱的电线中呈现，展厅中女士红色的露背衣裙和男人蓝色的服饰相映成趣，尤其是杂乱无序的石库门建筑楼道下少女的红色背心，让人心生莫名的欲望……这么一说，色彩在陆元敏的当下实践中，又不是随心所欲、可有可无的点缀了？

最后，我还是坚持自己的观点：陆元敏的彩色摄影其实就是黑白的变异。他在按下快门的那个瞬间，也许从未考虑到相机的模式是彩色的。他肯定不会如美国著名摄影家维诺格兰德的摄影名言所说："我拍摄是为了看看事物被拍下来的样子。"因为他在快门按下的那个瞬间，就已经知道照片中是什么样的（画面的心绪和情感主导了一切）。至于出来的是黑白或彩色，真的有这么重要吗？只是对于他的粉丝而言，他们所期待的，才是观众心目中的"照片中所呈现的什么样子"。而我的评价，更是微不足道——十年前陆元敏在接受访谈时早已确凿地说："也有一些评论家，林路、姜纬、吴亮等人都写过我，恐怕他们都不是从摄影技术上评价我的照片有多好，还是在谈感觉吧，照片对观者产生的触动最重要。当然，他们都说得很好，把我意识到的但是表达不出来的东西都表达出来了。但也不能太拿这些当回事，评论家是在借你的东西表达他自己的理念、主张和想法，读者只要通过这些文字能大概了解一下被提及的这个人就可以了。我只是人比较空闲，总要搞些事情做，瞎拍的，并不是要照片有什么意义。"

黑白或彩色，更是无足轻重的东西，喜欢就好！

漫说卢承德的"苏州人"

　　苏州，5000多年的中国农耕文化土壤，3000年的吴文化根基，2500年的春秋故都，加上1500年的佛道教文化熏陶，1000年的唐代城市格局和800年前宋代街坊风貌以及明清500多年的盛世文明，给这座城市留下了什么——30余个旧街巷历史地段，70座古桥梁，22处古驳岸，639口古井，22座古牌坊，诚然洋洋大观，更重要的是，姑苏风情中吴侬软语下的人情世故，却在面对当代城市化进程的冲击波，让人恍惚其中无法自拔。好在苏州人的故事在摄影人卢承德的镜头中，幻化出穿越古今的绚烂与沉稳。

　　最初，70多岁的卢承德爱上了摄影，成为苏州古城拍记队（民间组织的志愿者）队员，多年来坚持走街串巷，记录着苏州地区老房子背后普通百姓许许多多不为人知的故事。用他的话来说："我想在当今时代的变迁中多为这些不起眼的人群（自己就是其中一分子）留下点影像资料，或许对后人会有些启示。这是我的拍记初衷，但愿如此。"

　　的确，他的拍摄初衷很平凡，也很有价值。他从一开始就隐隐约约意识到了摄影所应该具有的最基本的功能，就是为历史存真。苏州街巷中的民俗细节，展现出一个时代不可或缺的人类生存样式，而且渐渐成为独一无二的姑苏经典。尤其是苏州人的"前世今生"，以一种穿越的姿态构成了画面中的隐喻和指向，可以让人钩沉历史，展望未来。

　　比如聚焦于老街中看似老态却不乏生命活力的人物生存状态，其"色"与"香"尽管"古典"，却妙趣横生；而一些看似平淡

"苏州人"之一

"苏州人"之二

的静物和景观写照，则是借物抒情，或者借物咏怀，静中有动，足以将历史和现实共同关照；加上老街中所蕴藏的活力，以及镜头中释放的活力，写就了老街迷幻的未来……卢承德似乎有这样的能力和能量，担当了这一出"姑苏戏剧"的"大导演"角色，似乎在他的"安排"之下，一切动态和静态的空间都有了复活的可能。尤其是人物之间奇妙的关系，或正或背，或静或动，或安详或烦躁，或得意或无奈，无一不蕴藏了姑苏人戏剧化的冲突，却又完全是生活化的，看不出一丝不自然的痕迹——这才是高明的"导演"所可能达到的境界。

我们可以想象，瞬息万变的街头，按下快门的那么一瞬间，你关联了什么，也就决定了你带给观众什么样的"趣味"。卢承德的这些姑苏叙述文本似乎超越了时间和空间，或者说和两者都同时密切相关。所有的

画面构成了一种微妙的平衡关系，介于不设防的亲密关系和客观现实之间，经常显得粗率、直白，却让人越过画面本身进入了姑苏的街巷，流连忘返。诚如策展人唐浩武所言：卢承德的《老城厢的苏州人》准确地传递出老苏州那份欲说不能的从容淡雅，同时亦把历史的苏州在现世的资本面前的艰难转身传神地刻画出来——这就对了——通过卢承德的镜头，读出苏州人的前世今生，不亦乐乎？记得当年金耀基从古城海德堡寄给文人董桥的信上说："其实我就是喜欢这种现代与传统结合一起的地方：有历史的通道，就不会漂浮；有时代的气息，则知道你站在哪里了！……"如今的卢承德也正站在姑苏小城时代风云交替的关键节点上，站在一个尚且还可以记得住"乡愁"的叫作"姑苏"的街巷中，这些影像所留住的，也许不仅仅是"乡愁"！

试说石广智的《马尾造船人》

　　石广智先生传给我一组新作，标题是《马尾造船人》。尽管在这以前，他已经告诉我花了很长的时间开始研究和拍摄人物，但是我的思想准备还是不足——因为在我的印象中，这位曾经获得三届中国摄影金像奖的优秀摄影家，作品一般都是静态的，或者花卉，或者橱窗，多次曝光，独辟蹊径……尽管这些静态的空间在他的镜头中无一不呈现出生命的活力，从而成为他标志性的视觉传递魔力，让人印象深刻，也难以让人将他和人物肖像摄影产生直接的关联。所以，当我一边从互联网上下载他的这组新作，一边就在暗自揣摩：我应该如何面对石广智先生给我带来的惊喜？

　　"拍我身边的、拍我喜欢的、拍我感动的"始终是石广智先生摄影十余年来的创作理念。然而当那些感动了他的花卉静物同时也感动了许许多多人之后，从2009年3月开始，他的休息日和工作之

《马尾造船人》一

《马尾造船人》二

《马尾造船人》三

《马尾造船人》四

余几乎都是在马尾造船厂度过的。那些让他感动的人，如今也会又一次感动无数熟悉或不熟悉他的作品的人——我相信！

图像下载结束了——用什么样的词汇来形容现在已经站在（或者坐在）我面前的这些船厂的工人兄弟？喷砂工、打磨工、油漆工、碳刨工、电焊工以及许多难以分类的杂工，这些都是抽象的。但是当他们站在石广智先生镜头面前的时候，就已经成为一个个独具个性的"活体"——恕我用这样的词汇形容他们，因为我实在一时难以找到一个合适的词汇精确地概括他们带给我的冲击力。是的，"活体"，一种因镜头的转换突然间变得无比生动的形象，让人不由得产生了对话的欲望。这就是影像的力量所在，也是"活体"的生命力所在！

这些工作在生产第一线的工人们，当面对镜头已经不再感到陌生的那一刹那，生命的自由状态也就在快门按下的瞬间，得到了最为充分的体现。我可以想象当石广智先生将镜头对准他们的那一刻，也许就像当年对准含苞欲放的花卉一样，从中感受到了生命的微笑，

从而才得以在芸芸众生中，捕捉了这些难得的神态——微笑、大笑、沉思、幽默、无所顾忌……最为关键的是，我从中看到了一种从未有过的淡定，对这样一个令人目迷五色的世界如此淡定的神态，展现出一种深藏在人类心灵不易流露却显得如此珍贵的精神力量，同时又恰到好处地结合了船厂的环境，展现出一个特定的领域所应有的宏大和庄严，这也许就是我们应该为石广智先生的这组船厂工人作品击节称赞的理由所在。

我曾经说过，具有人文背景的人像摄影应该是生活化的情景，哪怕画面里只是一个人的肖像特写，人的脸型特征、肤色肌理、神情态度无不透露出他的一切：他所生存着的环境，他的性格、他的情绪，有时甚至能为揣测他的身份、事业、前途提供佐证。因此从生活中直接捕捉具有浓郁生活气息的人像，是优秀人像摄影的关键所在，这也是三年来石广智深入船厂的最大收获所在。更重要的是，优秀的摄影家不是被动地在世间万物中攫取镜头，他们早已培养出一种习惯性的本能，用心和脑去感受社会，通过镜头去观察人生，最终以照片的形式表达出来。照片中的人不仅要具备形象的生动性和视觉的感染力，更应该明确无误地阐释某种思想，或者传递出独特的精神力量，只有这样，观众才能从中感到震撼。比如说前面提到的"淡定"，正是我在阅读过程中最大的感动所在。当我们生活在一个焦躁不安的环境当中，在或为名或为利忙碌奔走的迷途中，突

然间就会被这样一种深藏的"淡定"所触动，所感叹，所惊醒……

当然作品的成功，也有形式感上的渲染。细腻的光线触摸和也许并不华丽却感人的质感描绘，加上摄影家对画面影调和色彩强有力的把握，在形成了完整性的风格特征基础上，也别出心裁地将人像摄影的视觉语言提高到了新的高度。那些用索尼单反相机完成的作品，单幅肖像的处理大多为F2.8左右的大光圈，突出一点，不及其余；而带有环境的空间肖像或者群像，则稍稍收小光圈，构成了整体上的呼吸节奏。更有意思的是，作为纪实文本的重要一环，石广智先生的这些画面都留下了详尽的文字背景，为日后历史的检索，留下了一份不可多得的档案。比如我最喜欢的那幅作品——用手机通话的张师傅，文字中除了说明"来自四川重庆的喷砂工张师傅（张中），1962年出生"之外，还有看似简单的一句："我所接触的工人中几乎人人都拥有一部手机。"却记下了一个特定时代和特定环境中的重要细节。

的确，形象生动的人像来自两个方面，首先是被摄对象的自然和真实给观众情绪上带来的感动，然后才是摄影者灵活运用了高超的摄影技巧，从而使被摄对象以最佳状态被记录下来，进而在画面上体现出独到的动感美或宁静美——这两者在石广智先生的作品中都一一呈现了。然而画面是有限的，生活却是丰富和复杂的，人像摄影也不能将有意义的客观事物不分巨细照单全收，而是各

种构图的要素被恰到好处地选择和分配，画面的视觉信息充实饱满。这种取舍不但达到了简洁凝练的要求，而且其出神入化的程度也许是肉眼所不可能看到的。所以，在这样一个层面上，这些船厂工人的肖像，无疑会在第一时间给观众以视觉冲击力，甚至有可能影响到观众的认知领域。

最后，带有现场环境的人像摄影所关注的是人的生存状态，是和整个社会的变化发展密切相关的，因此最重要的是对社会负责，对历史负责，只有在这样的基础上才最终实现了对人（作者和被摄者）的负责。优秀的人像摄影作品应该干预社会生活，观众在阅读照片的过程中，不仅能感受到生活的真实、画面的生动，还能在由衷的哀痛或会心的微笑中体会到拍摄者的良苦用心，以及蕴含其中的深刻思想意义，只有这样，才能使摄影作品的价值得到真正的体现。一晃三年了，对于石广智先生的人像摄影来说，也许只是一个成功的开始。从一开始只是对老船厂的景观发生兴趣的石广智先生，最终却将落点放到了也许当时对他来说并不怎么熟悉的船厂工人身上，可以想象这会是多么艰难的挑战。好在第一步走得如此成功，走得如此扎实，也为将来的发展奠定了基础。当然我相信：人像摄影说到底，就是人与人之间的对话过程。只要你和你的对话者都处于一种平等自由的状态下，走入人的心灵就不再是一句空话！

期待石广智先生带来新的惊喜！

朱钟华先生的创作神髓

  我以为很了解朱钟华先生了，多少年来看着朱钟华先生四处奔波的身影，一直给人精气神十足的感觉。多少年来我也受邀为朱钟华先生倾毕生精力而建设的函授学院讲过不少课，每一次都被朱钟华先生课前振聋发聩的号召力所折服。然而这一次，当朱钟华先生退休以后整理出或许还只是冰山一角的街头摄影作品，一帧一帧出现在我的电脑屏幕上的时候，用"震惊"这样的词汇形容当时的心情真的一点也不为过。这样一种青春活力所散发出的"魔氛"，足以让人真正体验到什么是创造力的持续爆发！

  比如以前，我曾写过这样的文字："作为中国摄影函授学院上海分院的负责人，我从那些听过朱钟华讲课的学生中了解最多的，就是朱先生带有个性的创作思维和拍摄方法，这些带有突破性观念的大胆思维在当时不仅对学生来说，甚至对整个摄影界也不啻有着石破天惊的力量。其中有学生就曾这样感慨地说：'我曾热衷于异地采风，古朴的民俗风情使我流连忘返，然而却疏忽了自己身边绝好的创作题材——现代大都市，上海。……当我将镜头转向熟悉的都市生活的空间，惊喜地发现看似平凡的日常生活中，呈现出现代都市多元化的无穷魅力。……于是在朱钟华老师的启发和指导下，我逐渐深入现代都市多元化的空间，通过这样一扇扇窗口展示社会生活的丰富信息和内在差异。站在这个大都市坚实的土地上，我对未来充满了信心。'"

  又比如，我也写过这样的评论文章，介绍朱钟华先生的创作风格："这些画面中最有趣的就是朱钟华抓取的上海街头女人的风韵，取名《假作真时真亦假》，挺有点黑色幽默的味道。朱钟华老到的摄影语言，幽默的视觉捕捉，让现实的上海街头染上了马尔克斯魔幻现实主义的风韵，让人忍俊不禁，拍案叫绝！也许走在上海街头的，迎面就是这样一些飘逸的灵魂，琢磨不透。"作品的拍摄者朱钟华先生不止一次地告诉我，他是凭直觉进入画面的，那种看上去很随意很杂乱的瞬间构成，却表现出他对形式的独到理解。这种独到之处不仅仅打乱了我们习惯的审美空间，也恰到好处地形成了摄影家鲜明的风格特征。在任何一种语言的表达上（摄影自然也属于一种视觉语言），聪明的语言创造者追求突破日常语言的工具性，强调语言本身的内在魅力，采用陌生化手法，即有组织地违反日常语言的惯例，从而以增加感受难度的方式唤醒读者。

然而这一次，面对如波涛般汹涌而来的视觉呈现，我对朱钟华先生的创作和人生重新有了思考定位，并且想到的是：我们的影像为后人留下什么？

首先你会发现，朱钟华先生所有的努力，都是希望在按下快门的那一个瞬间，告诉你一种真实的存在，真的就像是生活中日常呈现的那样，就像是你回眸一瞥看到的那样。但是，摄影家实际上在指导你，什么才是你生活中的真实——摄影语言的本体特征，在这里起到了至关重要作用的隐形力量——几乎让你无法察觉！

其实，摄影真实与否，根本上在于拍摄者对世界的态度、对被拍摄者的态度，被拍摄者对于世界的态度，以及日后观众对真实的要求和理解。这是一个非常复杂的编码和解码的过程，远非我们简单的认识系统空间可以容纳的。朱钟华先生的作品，正是让已经异常复杂的编码结构，加上了更为复杂的解码过程，并且从全方位的意义上，打破了人们对影像简单化误区的认识。

有时候，朱钟华先生用"贴身紧逼"的"策略"，近距离"目击了"那些在生活中似乎不可能发生的戏剧化的、具有幽默色彩的甚至是异度夸张的瞬间，却从另一个角度展现了摄影的真实，让真实的变异在远离现实的空间之后又回到了真实的本原。而这样

"上海街头"之一

"上海街头"之二

真实的变异，也就是希望在打乱人们对习以为常的真实空间理解之后，触摸一种非皮相的真实所在。摄影史上的那些大师们之所以成为大师，其实也正是因为他们对摄影这一语言的编码规则进行了不断的完善和创新。如法国摄影家亨利·卡蒂埃-布勒松的"决定性瞬间"理论深化了以时间的维度"间离"现实的探索，捷克摄影家寇德卡则以边框的切分探索了影像的空间维度以及视觉元素之间的戏剧性关系，等等。这一次，朱钟华先生的登场，让我们更有了比肩历史的信心！

有时候，朱钟华先生又是异常冷静，悄无声息地攫取世界的某些碎片，一点一点拼贴成斑斓的视觉万花筒。在他看来，那些看似冷漠的景观强调了成像机器所呈现给人类的原本状态，强调了一直被人们的思想或热情所忽略的，但却是最重要的东西。这是一种对"绝对的客观"的逼近，尽管有点晦涩难懂。其实他所想证明的，就是前面所说的：摄影真实与否，根本上在于拍摄者对世界的态度、对被拍摄者的态度，被拍摄者对于世界的态度，以及日后观众对真实的要求和理解。

那么，这样的影像为后人又会留下什么？记录一座城市吗？太简单了！图解一个时代吗？也没有必要这样夸张！因为真正优秀的创造者，他的影像不再只是简单地告诉人们，在哪一个地域和哪一个瞬间发生了什么，而是通过拍摄者入木三分的观察力和思考力，呈现给无数的后来人：在这个世界的某一个似乎无足轻重的时代，有一个叫朱钟华的摄影人，他是如何观看这个世界的！或者说，他所呈现的，就是一个时代里不可能重复的艺术家看待世界的方式！因为，只有个性化的看待世界的方式，才可能证明人的存在，而非世界是怎么存在过的……

所以，朱钟华先生才如此推崇维诺格兰德的名言："我拍照是为了看看事物被拍下来的样子"；所以，朱钟华先生才说："一个人不要浮躁，学会孤独，学会与自己交谈，听自己说话，特立独行，这才是最安静的人生状态。"也正因为如此，我们才得以通过朱钟华先生的影像，留给后来者一份沉甸甸的档案，一个个性迥异的"孤独者"和世界对话的"石破天惊"！

于是我们欣喜地看到，无数摄影人力求从自身的角度带给我们各种各样的"真相"，而我们更应该从不同的角度解读这些"真相"，还原各种属于我们的"真实"，从客观和主观的双重世界，一起走近陌生而熟悉的未来！更让人欣慰的是，朱钟华先生万花筒般的都市行走，绝非当今中国摄影界在所谓的主流意识鼓励下大批量生产出来的荒谬瞬间，而是通过应有的文化底蕴，凭感觉去触摸生命的个性化都市空间——尽管恍惚，尽管魔幻，或者有时候真实得让你产生超现实主义的幻觉。但这一切，正是一个摄影人最有价值的"闪光点"所在……

薛宝其的 "上海印记"

　　笔名匹夫的薛宝其，是上海摄影史上绕不过去的人物，他为20世纪60年代到90年代的上海留下了异常丰富的图像史料，同时也以独特的观看方式和镜头视角，铺开了一个时代个性化的人生履历。

　　首先是影像的史料价值——上个世纪六七十年代的上海似乎离我们已经很远了，记忆中模糊得如同蚀刻的版画，斑驳迷离。但是当你面对薛宝其 "栩栩如生" 的影像时，心头也许会凛然一惊！已经流逝的上海事象突然间变得鲜活而触手可及，近在咫尺，令人情不自禁生发出大悲大喜的情怀。这样一种以影像的力量触及历史脉络的做法，薛宝其将其发挥到了极致。

　　1956年的薛宝其玩上摄影，是在上海市工人文化宫招生时，他报名上了摄影培训班。后来单位批了100元预算，薛宝其去淮海

"上海印记" 之一

"上海印记" 之二

"上海印记"之三

"上海印记"之四

路国营旧货商店买回一架二手德国蔡司双镜头反光相机——"乐得我在返回路上奔跑跳跃，口中一会轻声唱《东方红》，一会唱《咱们工人有力量》。旧社会袜厂学徒的我做梦亦没有想到，曾被称为高级玩具的照相机，今天会被我握在手中，为劳模、先进人物拍照，实在太幸福了。"从这一刻起，不管是自觉的还是无意识的，薛宝其生命中的能量，借助手上的相机，开始了一次突变！

接下来的上海，也就在薛宝其的镜头中鲜活起来。从工厂到街头，从人物到景观，斑斓的光影如同一个变幻无穷的万花筒，旋转出上海数十年的奇幻图景，也为上海的历史图版，留下了扎扎实实的影像蚀刻。尤其当我们从今天的角度重新审视这些看似寻常却能引起如此巨大反响的影像时，我们不得不感慨摄影所带来的生命力量。然而，在摄影的普及以千百倍的速度超越当年的背景

下，什么样的纪实才能影响当下，什么样的影像才能惠及后人——40多年前的薛宝其所面对的难度之高，可想而知。

在摄影家的镜头背后，是拍摄者对世态炎凉的关注，只有通过一系列的图像，充分揭示整个社会大格局背后的纷纭世相，才是影像的生命力量所在。摄影家关注什么，拍摄什么，以及选择什么样的表现方式，都将最终影响作品的传播范围和生命强度。而且，摄影家的镜头越是对准那些普通平凡的百姓生活，越是能够挖掘出令人荡气回肠的生活篇章。只要你的触角一直向这些百姓生活的深处延伸，越是平凡的往往就越是感人的。因为其实我们每一个人都生活在极其普通的社会层面，即便是在非凡的业绩后面，也是寻常人的喜怒哀乐。然而在中国当时异常封闭的大环境和格局下，薛宝其似乎已经有了超乎常人的"先知先觉"，并非亦步亦

趋地跟着当年影像的潮流前行，而是在其中走出了自己的个性化之路，似乎在和这个时代的平行进程中，抢先一步找到了影像纪实的命门！

其实在当时，许多人已经朦胧地认识到摄影它应该有的地位，不少人也因此为之付出了艰辛的代价。但是薛宝其却似乎以非常坦然的姿态，如入无人之境，找到了影像的快感，尤其是从百姓生活中提炼出了沉甸甸的历史档案。

也许当年的薛宝其深知，所谓的百姓不一定是指生活在社会最底层的平民百姓，同样也包括许许多多的各阶层的人物。他们最重要的特征首先就是平凡的，在茫茫的人海之中，他们都只是沧海一粟，并不具备任何呼风唤雨、驾驭世事发展进程的能力。但是他们却是最具有活力的一群，这个世界一旦缺少了他们，就会变得了无生趣，或者说就

失去了人生的可读性。一旦将他们色彩缤纷的图像放在一起阅读时，你就会发现原来这个世界真的是可以让人亲近的，远非表面的繁华——比如摩天高楼和光怪陆离的霓虹灯所构成的空虚和无聊。这是一个实实在在的整体，一个不容任何人所忽略的生命空间。

从薛宝其的画面中，我们还可以由衷地感悟到：真正优秀的纪实摄影，仅仅靠讲好一个故事是远远不够的，还必须让观众从这个故事中读出某些象征的意味。只有这样，图像的覆盖力和概括力才会大大强化。在生活中发现什么、象征什么，也是每一个摄影家所应该仔细考虑的。或许有人会说，薛宝其的镜头中很多画面都是摆布的，造型端庄、用光考究，是否能够证明一个时代的真实？然而我想说的是，薛宝其镜头下的每一次选择，都显示出其个性化的自由度。其实60年代以来的上海乃至中国的人民，就是生

"上海印记"之五

活在这样一种情境和氛围之中，照片所折射的都是再真实不过的历史再现。而且，天生具有幽默感的薛宝其，将其对人生的观察和提炼，变成了无所不在的生活乐趣，通过定格的一个个瞬间，让人慨然释怀。这就是影像的魔力所在，历经沧桑，依旧鲜活！

更重要的是，纪实摄影要求拍摄者以一种时间的延续观念来面对所拍摄的对象，不管是动态的社会生活事象，还是相对静态的历史人文景观，都必须将其时间的延续性清楚地表达出来，它不讲究新闻摄影的短、平、快，却注重对社会生活和地理环境的深入考察和连续纪录，以其不可分割的生存状态展示个体生命或群体无意识所留下的痕迹，让人通过其形象的特征认识历史演进的种种可能。因此纪实摄影的拍摄就不仅仅是面对一种空间的展开，而更重要的是面对一种时间的延续，这样的延续可以是数天、数月、数年，甚至是一个世纪，单独的个体无法完成的，可以由后人来接替——有意思的是，薛宝其以其一己之力，为四十年的上海，做成了一篇生动而厚实的大文章，这样的"奇迹"，恐怕很难复制！

当薛宝其从多侧面、多角度，尤其是时间的延续性上展现社会的生存方式之后，不仅仅在当时让人们感悟生活的美好或严峻，

更重要的是可以让后人发现历史曾经留下过的"蛛丝马迹"，有一种知往鉴来的珍贵价值。尤其是他还在保存视觉图像的同时，配有翔实精到的文字记载，其精准记录的形式远远胜于史书，以更为形象化的方式展现世纪的风貌，诉说历史演进的艰难，为一代又一代的后来者提供知往鉴来的生存坐标。这对于一个以纪实摄影为生存方式的摄影人来说，其难度可想而知，但是薛宝其做到了，这就是其难能可贵之处。

最后想说的是，摄影并非一次偶然的相遇，拍照本身就是一个事件，这里面隐藏着一种独断的权力——尽管对于一个事件来说，摄影只是一次非介入性的活动，但是当年的薛宝其恰好有了这样一种"权力"，又恰好通过数十年的努力，构成了现在我们所看到的"上海印记"。尽管在今天的世界上，每一秒钟都可能有成千上万架照相机的快门被按下，但流动的时间和广袤的空间决定了摄影已经成为不可重复的瞬间。正像古希腊哲人早就说过的："你不可能两次踏进同一条河流，因为新的水不断流过你的身边。"是的，薛宝其的"上海印记"已经在"那里"了，你怎么看，这又是一次非常个人化的过程。

如上所说，是为序！

周国献后工业时代的回首凝望

    早在1973年，美国学者丹尼尔·贝尔提出了"后工业时代"的概念。他敏锐地指出：传统的工业生产在全社会中的价值正在下降，知识经济日益升为主导。他把人类的历史划分为三个阶段：前工业社会、工业社会和后工业社会。周国献的《荆楚工业厂房类型学图录》，或许就是后工业时代的回首凝望，是串联起中国现代化进程的一个颇有意味的话题。

    2015年，中国经济学家厉以宁根据当年第三季度的国家统计局公报指出，由于第三产业的产值已经超过了GDP的51%，可以认为这是中国进入后工业化时代的标志。至于这三个阶段，不同的社会是依据不同的中轴建立起来的。前工业社会以传统主义为轴心，意图是同自然界竞争，土地是资源，地主和军人拥有统治权，从时间上观察大约是蒸汽机出现之前；工业社会则是以经济增长为轴心，同经过加工的自然界竞争，机器是资源，企业主是社会的统治人物，从时间上考察大约是20世纪七八十年代电子信息技术广泛应用之前；后工业社会则以理论知识为中轴，人与人之间展开知识的竞争，科技精英成为社会的统治人物。

    基于中国的特殊发展历程，厉以宁强调，即便是中国进入了后工业化时代，发展第三产业、工业化尚未完成以及农业大有前途，仍然是需要注意的三件事情。恰逢其时的荆楚工业厂房"肖像"，也就从这样一个特殊的角度，给人带来诸多的思考空间。

    这些工工整整的厂房"肖像"，让人在第一时间就联想到了当年贝歇夫妇的实践。他们在20世纪60年代开始的工业考古学"肖像"，正好和贝尔提出"后工业时代"同步。或者说，他们已经站在西方世界即将进入后工业时代的那一瞬间，对工业时代进行了一次意味深长的"凝望"。这对夫妇的工业构成摄影延续了40年，成为一种独立的客观摄影，从而早早地进入了当代摄影的范畴。他们最为重要的贡献就是以其关键词"工业考古学"为建筑摄影创建了完全不同风格的类型学。

当贝歇夫妇在后来的一次采访中被问到是什么原因促使他们如此专注于纪实摄影时，他们的回答是——基于历史的纪实摄影的传统。如今看来，当年数千幅作品已经成为一次非凡的成功。在经历了漫长岁月之后，这些作品越发给人留下深刻的印象，具有深沉的力量构成，呈现出逼人的信服力，同时具有独特的品味。尤其是整个系列的作品具有惊人的内在的逻辑力量，从现代直接进入了当代。

这一次，周国献花了三年的时间，以与当年贝歇夫妇类似的方式，将武汉和湖北老工业的"肖像"以非常精确的历史文献方式留了下

来，为中国工业的历史进程提供了一份不可多得的精神档案。他以非常自信的中央透视正面的构成，加上一定的景深效果，展现出摄影对真实细节的复制能力，区别于人类眼睛观看事物的感受。这样一种极简化的手段，以独特的方法论创造了给人印象深刻的作品，带有尽可能的客观性和中立的立场。也许，时间的过程在这些画面中似乎被完全抹去了，思考的空间却大大延伸了。

是否可以这样说，周国献以巨大的热情关注历史和当代中国工业的复杂关联，并且以独特的审美方式加以展现，所留下的也许还不仅仅是一份历史的档案，更重要的是一个时代的独特感受和敏感话题。正如他所言：这些逐渐消失的厂房具有一种"悲怆感"！

"悲怆感"的产生，源于精确的视觉力量将其研究探入那些厂房的"灵魂"深处，融入了社会的、心理的以及历史的叙述范畴。所具有的冷静的判断力和强有力的张力，足以让观众进入自己的世界，想象一个时代退出历史舞台的无限苍凉。这些图像是

"后工业时代"之一　　　　　　　　　　　　"后工业时代"之二

为历史准备的，然而又瞄准了当下。作品以规范的模式出现，包括审美的规范和观念的继承，置于全球化意义上的工业遗存之间，自然让人唏嘘不已。正如摄影家普林森所言："风景并非是从一扇窗口所看到的东西，而是和我们所有人的归属有关。"也就是说，周国献不仅仅是提供给我们一些特殊的或者真实的工业全景，让我们成为观众或读者，更是让我们能够意识到我们自身也是他所观察的这个世界上的演员——一切都无法割裂！这些工业"肖像"时时刻刻让观众注意到摄影家的在场，从而打破照相机和世界之间的距离。对于周国献来说，他所关注的不再是工业自身的问题，而是考虑和我们感知的观念世界的关系。因为摄影和人类的感觉并非两种不同的东西，摄影只是延伸了我们面对这个世界的进程。

所以，我进而想到的是，这些行将消失的工业"肖像"，不仅仅具有难以割舍的"悲怆"，其实更是一种对于"崇高"的纪念。画面中隐藏着一种无法期待的美丽，推翻了我们习惯中对于自然崇高的理念，带给人们对现代风景的全新的警觉。这样一种崇高的审美可以在英国政治家、哲学家和作家爱德蒙·伯克1756年的著作中找到定义，他将崇高和美丽进行了区分：崇高所产生的是一种巨大的情感力量，甚至是恐怖和敬畏。布克相信崇高和美丽的区别主要是情感上的，而非智力上的，因此对于崇高可以这样理解："不管是任何一种因伤痛或者危险所激发的刺激，也就是说，不管是任何一种恐怖，或者说是令人恐怖的物体，包括某种程度上类似的恐怖的活动，都可能是崇高的源头。因此所产生的最为强烈的情感，属于一种感情的心灵表达空间。"

周国献正是在这样一种令人感到"悲怆"的"崇高"中，找到了净化心灵的源头——这些大尺寸的、戏剧化的、充满智慧的景观，以其卓越的综合分析能力和洞察力，探寻了一个站在后工业时代回眸凝视者的立场上，不断深化的全球化命题，让我们停下来思考人类的困境，并且寻找出路。

于是，这样的回首凝望，意义非凡！

"后工业时代"之三

从《蟠龙遗韵》到《蟠龙腾飞》的张友明

七年前，我在张友明《蟠龙遗韵》的序中写道：

"蟠龙古镇，青浦东面的第一古镇，历史之久远，景点之众多，上海市区和近郊亦少见。蟠龙古镇，镇小桥多，独具江南水乡之特色；有寺有庵有阁有堂，写尽古镇历史遗韵。

"站在镇中的香花桥极目四望，镇东、镇西、镇南、镇北分割了然，风情无限。此时张友明手上的单反相机快门声响起，蟠龙遗韵尽收眼底，时间定格在2016年的春夏之交。就在蟠龙古镇的历史性改建即将开始之际，又是张友明的出场，一篇古镇的影像志，必然成为青浦乃至上海历史不可或缺的见证。正如张友明自己的简历

《蟠龙腾飞》一

中所叙：作为纪实摄影家，几十年来所见所闻汇入画家独特眼底的同时，也记录在相机的快门里。这些年来更多关注司空见惯的乡村、街道中的日常生活，以及巨大变革中的人文现象。"

七年一瞬间——蟠龙在时代巨变的历史大潮中开始腾飞，张友明在当年想寻找的，不再是一个时代巨变前的一声叹息。一个曾经充满传奇色彩的小镇，在他的镜头中再一次验证了时空穿越的辉煌！

穿梭在"胜景蟠龙"，我们看到了"蟠龙天地"设计者为重塑历史的记忆，修复和重建的"蟠龙新十景"，如同蟠龙涅槃，古意盎然；徜徉在"水意蟠龙"，古镇改造前的祠堂浜淤塞严重、舟楫不通已经成为遥远的过去，如今的蟠龙水域可游可玩，生态自然；移步"桥韵蟠龙"，维修后的两座古桥和七座仿古桥，如众星拱月，嫁

《蟠龙腾飞》二

《蟠龙腾飞》三

接了梦幻般的历史与未来；俯瞰蟠龙古镇独具特色的"十字街"，当年的破败早已不留痕迹，分明已是文化体验、社交现象、品质生活、非遗文创等多重业态交汇的江南式新天地；走入纵横交错的"蟠龙街巷"，你能感受到人间烟火依然留存，心旷神怡处处可享；浏览"百业迎新"的商铺，曾在清代中期繁荣的蟠龙集市，来到了最为鼎盛的百业兴旺时期，再一次媲美周边的诸翟和七宝；至于无数人念念于怀的"蟠龙印痕"，在修葺一新翻天覆地的变化中，依然巧妙地保留了原有的历史遗韵，让人有着无尽的回味；其中最有悬想的"蟠龙庵堂"，也在拨开时代的烟云，让蟠龙庵香火更旺，令蟠龙堂信者益众；"程家祠堂"的改造更是蟠龙的传奇，其中隐藏的典故和神秘的传说，修复成"程祠故里"后成了蟠龙天地新十景之一；更有"艺海蟠龙"的辉煌，等待着无数艺术灵感在"蟠龙"升华，让随处可见的公共艺术作品融入"蟠龙"的生活日常……

"蟠龙腾飞"如果没有当年张友明镜头中的"蟠龙遗韵"，历史的缺憾可想而知。而"蟠龙遗韵"有了"蟠龙腾飞"的当下映照，越发显示出时代的沧海桑田。我在当年张友明拍摄的《消失的村庄》一书中，曾引用了法国摄影家阿杰和他的学生美国女摄影家阿博特的一段传奇，进而写道：回到张友明多年来对城市改造尤其是对拆迁的关注，镜头中的影像同样是一次次对历史变革的叹息，也是对城市建设的憧憬。关键是，在这

样一个如此规模巨大却又瞬息万变的城市化进程中，他所担负的责任是如此重大又是如此艰难。然而他认定了这是一个不可推卸的时代职责，同时又以坚定的目光关注着身边发生的一切，锲而不舍，成就辉煌。

更有意思的是，阿博特拍摄的"变革中的纽约"，还留下了一段更为传奇的色彩，和张友明当下的实践如出一辙，相为辉映——

阿博特的摄影集《变化中的纽约》于1939年出版，历十年之久的纽约拍摄告一段落。阿博特的纽约影像交织着理想主义、英雄主义、乐观主义、现实主义与现代主义精神，俨然一部都市发展的影像交响乐。然而，阿博特与阿杰也有本质的不同，那就是他们照片中的时间样态的本质差异。如果说阿杰企图用镜头挽留旧都市的消逝，阿博特则是以摄影为纽约送旧迎新。阿杰的照片是过去时态，而与都市发展同步的阿博特的照片呈现现在进行时态。在阿杰那儿只有过去才有意义，时间是单向度地流向过去，而阿博特则置身于时间之中。

然而正是这样一种"流向"，使阿博特的纽约成为一段没有结束的故事。60年后时光倒流，我们看到了摄影家道格拉斯·里维尔沿着阿博特当年的拍摄足迹，对纽约又进行了一番颇有趣味的梳理。1997年，他决定将"重新拍摄"阿博特的纽约作为自己的计划。拥有阿博特照片的纽约博物馆很欣赏里维尔的这一拍摄计划，一位曾经和阿博特

一起工作过的人还为里维尔提供了一架当年阿博特使用过的带三脚架的大型照相机。里维尔不仅使用这架照相机，同时也试图模仿当年使用的镜头，甚至按照阿博特当年的拍摄时间表，在相同的地点对纽约进行地毯式的"轰炸"。他有一本日历，记录着阿博特在纽约拍摄305幅照片的数据计划，一个接一个场景地细致完成并不轻松的工作。里维尔不无感慨地认为：60年来许多东西都改变了，尤其是人们的服饰让人感到了一种永远消失的美丽。幸好60年的变化依然带来了希望，让照片中依然保留着一些美丽的东西。

如此相似的历史巧合，不同之处只是时间上的差异。里维尔时隔60年的重拍纽约，和张友明时隔七年的"蟠龙再现"，在巧合中呈现的是摄影在一代又一代摄影家手中的价值重现。对于张友明而言，更是一次马拉松般的长途跋涉，以一己之力，在家乡的土地上，耕耘出一个时代无法重复的美丽花圃。记得当年，站在香花桥上的张友明极目四望，似乎听到了盘龙卧踞的喘息之声——历史总是会沿着不以人的意志为转移的空间发展，而人类的努力，就是希望现实比想象中的更为辉煌一些而已。张友明所做的，就是为这片希望的田野，留下一个小小的注脚，为后人点燃一束回到历史通道的光芒……

我曾在《蟠龙遗韵》序中写道：当年这座东海的小村因有神龙顺着钓线日夜游动，永不停息，从而镇住了一方恶少，"蟠龙"也因此得名。百年来蟠龙镇风生水起，这一次所面临的抉择，也许是最为关键的一次。尽管当时，作为上海市又一个历史文化风貌保护区，蟠龙古镇的未来走向何方，张友明无法预言。但是他坚信，手上的照相机和无数次采访的文字记录，将会对这样一个历史的改造作出诚信的回应，这也是一位纪实摄影的大家所应该面对的心灵回应！《蟠龙腾飞》也许就是漫长回应中一个小小的逗号，使蟠龙在无数次历史变革的节奏中稍作停顿，得以让历史通道中的那些光芒，更远地照亮中国改革开放无比美妙的前程！

邵大浪文人情怀的影像钩沉

邵大浪30多年的影像实践，从平淡无奇的生活中提炼出具有文人情怀的"风景"，没有深厚的积淀和独到的功力难以成就——结合摄影史上的诸多案例，足可细细钩沉。

首先看邵大浪的文人情怀——儒雅的风度，谦和的谈吐，加之潜藏心底的独立思考能力和文化自觉，由内而外构成了邵大浪独特的古典兼具现代的文人情怀。出生于摄影世家，从小受到博大精深

西湖，浙江1997年

余姚，浙江2010年

的中国文化的熏陶，而后又虚怀若谷接收八面来风，从而陶冶出不凡的目光和敏锐的笔触，游刃有余在黑白摄影的传统魅力和现代思维之间，将智者的风范演绎成人生洁净的四季，一页一页翻动美妙的视觉书签，轻轻散落在浩渺的天地之间。

这是一个基点，是一个不可动摇的基石。在追求独立思想、独立人格、独立价值和充满人文关怀的影像创作过程中，是不可或缺的。一旦有了这样独立的精神追求和高洁姿态，从镜头中所看到的一切，自然超然脱俗，从而将30多年的屐履所到之处，幻化出难得的风痕涛影，妙不可言。

在这些风痕涛影之间，对于独立人格最好的象征物，莫过于20年间江上的帆影——在丽水、永嘉和霞浦，或空灵飘逸，或沉稳凝重，这些风帆似乎已经穿越了千山万水，让20年的岁月沧桑，一时间变得云淡风轻。尤为让人惊讶的是，古代文人墨客面对帆影留下的千古绝唱，在邵大浪的镜头中无一不能找到对应的精彩呈现。文人情怀的博大精深，让抑扬顿挫的吟咏，转化成悬在天幕的画卷。

在霞浦的苍茫中，依稀可辨"两岸青山相对出，孤帆一片日边来"；在丽水垂落的枯枝前，分明就是"霜落荆门江树空，布

杭州，浙江2012年

帆无恙挂秋风"；换一幅树影密集的丽水画卷，转瞬就变成了"枫叶千枝复万枝，江桥掩映暮帆迟"；你可以找到"过尽千帆皆不是，斜晖脉脉水悠悠"，却又不是"肠断白蘋洲"的另一番意境；在永嘉石岸边的负像实验，莫非就是在验证"片帆烟际闪孤光"？至于"长风破浪会有时，直挂云帆济沧海"的心路历程，早已在邵大浪的镜头中绵延千万里……也许不难从他的这些帆影中，看到他祖父邵度在20世纪50年代末拍摄《古树迎风帆》时的心迹，也隐隐表现出他对父亲邵家业在国际上屡屡获奖的那幅《东风万里》（1963年摄）超越的"野心"。但

是，邵大浪硬是用了20年的时间，让心中的帆影找到了各种不同的意境和氛围，寻寻觅觅之间，从古典的空灵到现实的超脱，完成了传承和创新大跨度的飞跃——正是"沧流未可源，高帆去何已"！

回首看去，早些时候的邵大浪，活跃在父辈生活的江南，尤其是在烟轻云淡的江浙和安徽南部一带，在父辈的引导下细细品味镜头下的中国画意风韵。这时候的作品，更多地是受到其父辈摄影大家的影响，举手投足之间，充满了自足的审美品位。正如以前所说：邵度、邵家业、邵大浪祖孙三代摄影家，一路接续黑白摄影的传奇色彩，在中国摄影50年的历史上，留下了精彩的华章。然而这样的传承随着岁月的历练，也逐渐显现出更为自信的超越——当我在邵大浪的作品中看到2004年拍摄于安徽黟县的那幅有树的风景时，随即联想到了20世纪40年代的象征主义摄影中独具魅力的大师、美国摄影家温·布洛克的一幅作品，题目就叫《树》，形神俱似。正如布洛克所说："我不想说出树和草是什么样子的，我只是想告诉我什么，并且通过我，表达它在自然中的意味。"从画面的结构形态以及对画面之外的生命体验，邵大浪这时候的作品，完全体现出了类似当年布洛克所实践的现代性意味，也实现了对以往更多计白当黑、知足常乐的世俗心态的超越。当然，关于树的话题，在后面还会有深入的解读，这里只是在江南的岁月中，引出一个超越的话题而已。

这样的超越在他30多年中最重要的成就，也就是在西湖的拍摄中得到了集中而有价值的体现。正如我在以往的评述中写道：终日面对一片大湖，面对粼粼碧波，智者乐水的情怀随着黑白影调的节奏缓缓而来，这就是邵大浪西湖摄影给我们带来的感受。

然而邵大浪的西湖，并非"接天莲叶无穷碧，映日荷花别样红"的色彩缤纷、热闹喧哗，而是"水光潋滟晴方好，山色空蒙雨亦奇"的随遇而安。邵大浪的西湖，也非柳永笔下"有三秋桂子，十里荷花。羌管弄晴，菱歌泛夜，嬉嬉钓叟莲娃"的媚俗，让当年金主亮闻歌……遂起投鞭渡江之志，而是"孤山寺北贾亭西，水面初平云脚低"的不温不火。邵大浪的西湖，更不是"山外青山楼外楼，西湖歌舞几时休"的醉生梦死，而是"已见万花开北陇，莫教一片落西湖"的寂寞清心。

于是在邵大浪的西湖中，淡淡的波光若有若无，隐隐的山色似远似近，垂落的柳枝亦柔亦刚；日光月影在千障雾里，长桥扁舟在万载梦中。阅读这些黑白的乐章，有时会觉得人生轻如飘飞的蓬草，寻不到何处的萍踪；有时却会感叹岁月沉重似苍老的松枝，稳不住踉跄的步履。面对西湖，邵大浪如同一位智者，在千百年无尽的流水中读出了生命的真谛，才敢用这样看似轻松淡雅的笔触，写出了西湖现代人的百感千愁。

我们也不难看到，从早期的西湖影像更多满足于形式感上的纯净和静美，逐渐延伸到后期作品的张合有度，同样赋予西湖宁静与和睦，他更希望使用现代主义的工具比如抽象手法，使他的西湖远离媚俗的审美倾向和流行的批评价值。然而邵大浪是清醒的，他受到深思熟虑的好奇心和躁动不安的愉悦的驱动，以其想象力的创造为乐，在这些我们所能够辨认的湖水、树木、天空、山脉中，呈现出一种张力——虚无缥缈的光线氛围却始终围绕其间。黑和白，夜晚和白天，揭示和隐藏，无限和有限，自然和构成，活动的和静态的，真实和梦幻——和谐是通过完美的平衡和无尽的冲突而实现的，其结果是邀请观众在宁静的空间中展开想象，分享无可言说的文人情怀。

也许比起他的父辈，邵大浪的西湖在古典人文情怀的基础上，更具现代人的气质，更有一种人类面对物欲横流的世界所具有的客观心态。也许他所信赖的视觉包括感知的和想象的两部分，他的兴趣就在于清晰地定义两种不同：也就是一般人所说的真实和存在于神秘之中的深度的力量。一位优秀的摄影家，可以凭借直觉和本能通过强有力的感受走得更远，穿越传统的观念限制。"山寺月中寻桂子，郡亭枕上看潮头"的西湖早已离我们远去，"乱花渐欲迷人眼，浅草才能没马蹄"的西湖也已经向我们走近——负像中的真实，虚幻中的清醒，西湖的未来，还将变幻出更为当代的可能！

诚然，西湖远非邵大浪的全部。邵大浪数十年来一旦得闲便在西湖边上用影像的力量"禅修",而在此之外,他的触角依然在更大的空间、更远的远方触摸着文人情怀中最为柔弱又最为坚强的那些元素。在中国古代文化的范畴内,"文人情怀"是基于道家思想的,他们追求的乃是超脱浊世,以"逸"为本的生活态度和精神状态,从而更注重于独赏内心。但是在儒家思想的背景下看到的"文人情怀",则是更具有力量的出世锋芒,为自我内心的欲望,绽开一朵朵绚丽的奇葩。同时表现在邵大浪的创作过程中,就是抽象的探索和蒙太奇的构成。

先来看抽象,以《空中的电线》为范本。抽象是艺术中的至高境界——比如被冠以无冕之王的音乐,就是以其抽象的力量征服世界的。著名音乐家斯特拉文斯基有过一段极端但是不无警示意味的名言:"表现绝不是音乐存在的目的。即使音乐看起来在表现什么东西,那只是一种幻象,而不是现实。"斯特拉文斯基的真正意思,并不是否认音乐具有"意义",而是认为这种音乐特有的"意义"不是通过"表现"非音乐的事物而获得,恰恰就是通过音乐本体的形式建构而产生。至于摄影,180年来经历了具象的无数"磨炼"之后,其抽象表现力自然早已引起邵大浪的关注。他的电线,让我联想起了艺术史上抽象派的"热抽象"和"冷抽象"之分,其代表人物分别是康定斯基和蒙得里安。前者的抽象可以隐隐约约地找到具象的视觉隐喻,后者则干脆简化为线和面的纯粹组合。其实不管是隐喻还是极简主义的

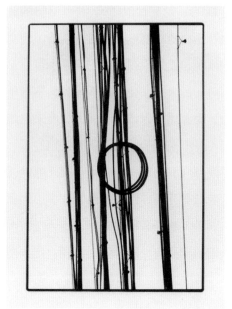

杭州,2006年

点和线,在这组电线的画面中,都得到了实验性的体现——面对的则是物质世界的冥顽不灵。

再来看蒙太奇构成,以《都市蒙太奇》为例。这组拍摄于2007年到2011年之间的画面,让我联想到美国摄影家李·弗里德兰德前些年出版的画册《橱窗模特》,所有作品拍摄节点非常相似,是在2009年到2011年之间,地点就在纽约、华盛顿、洛杉矶等美国重要的城市。从表面上看,两者都由橱窗的折射展现出都市景观的蒙太奇构成。但是弗里德兰德的橱窗折射空间相对比较固定些,呈现出单一的维度,而邵大浪的都市蒙太奇在手法上多变,进而在折射出心理的迷乱上,似乎更胜一筹。当然有一点是相同的,他们都以一个旁观者的身份观察三维世界中混沌的状态和形状,并将其向二维世界整

齐、完美、理性的状态转变过程瞬间凝固。这些画面从某种意义上说是一场视觉的盛宴，使得那些看起来十分不起眼的物体，在蒙太奇的构成中转变成超现实主义的心理体验，给观众带来一种挫败感，防止观看者通过看而不是心理体验来揭示摄影者所注入的主题。

其实这样的探索无处不在，尤其是邵大浪在他《应物象形》系列中，充分展现了他不再满足于对现实世界简单再现的过程，而是试图利用形式感的微妙变化，将文人情怀中的某些难以言说的积郁，变成可以释放的视觉流变。比如他在美国街头尝试的投影叠加，于荒诞之外见足功力；又比如他在《旅途偶拾》中极其不稳定的构成，颇有当年先锋派的实验色彩；更有《往往返返》中利用针孔相机所带来的迷乱的光影——影像由清晰变模糊，从有形化无形，蕴含着神秘和想象……这些实验性的探索让人有长舒一口气的奇妙快感！

英国文艺批评家克莱夫·贝尔于19世纪末曾提出"有意味的形式"理论。在贝尔看来，审美的情感不同于生活中的情感，只是一种纯形式的情感，人们在审美时，不需要生活的观念和激情，只需要形式、色彩和三度空间的知识，审美是超然于生活之上的。基于这种认识，贝尔否定叙述性的艺术品，认为这类作品只具有心理、历史方面的价值，不能从审美上感动人。他尤其称赞原始艺术，认为原始艺术通常不带有叙述性质，

看不到精确的再现，只能看到有意味的形式。而这样一种"有意味的形式"的风景，所展现的不仅仅是一个世界，更是一个已经逝去的世界，一个我们熟悉却无法再亲近的自然。也许，邵大浪影像中黑白之间最强有力的要素就是它能够记录世界最独特的一部分，但是却又能和摄影家个体的审美感受完美地融合在一起。融合的结果就是一种阐明——其中令人感兴趣的，就是通过人类心灵的过滤之后，会呈现出一种怎样的状态。这也许，又是文人情怀在当代可能达到的一种新的高度。

邵大浪作品的分类中，有一个专题定格于《叩寂求音》，也就是从无声的寂寞中得到心灵的回响，并且转变成斑驳光影中的生命旋律。尤其在欧洲和日本的两组画面中，呈现出非常当代的节奏感，的确在寂寞无声中叩响了灵魂的乐章。这让我想起了徐复观在《中国艺术精神》中所指出的："也或者有人要问，以庄学、玄学为基底的艺术精神玄远淡泊，只适合于山林之士，在高度工业化的社会，竞争、变化都非常剧烈，与庄学、玄学的精神完全处于对立的地位，则中国画的生命，会不会随中国工业化的进展而归于断绝呢？艺术是反映时代的、社会的，但艺术的反映常采取两种不同的方向：一种是顺承性的反映；一种是反省性的反映。顺承性的反映，对于它所反映的现实，会发生推动、助成的作用，因而它的意义常决定于被反映者的现实意义。中国的山水画，则

是在长期专制政治的压迫以及一般士大夫的利欲熏心的现实之下，想超越向自然中去，以获得精神自由，保持精神的纯洁，恢复生命的疲惫而成立的，这是反省性的反映。"邵大浪的文人情怀所拓展的，更多是属于反省性的艺术，但是它的艺术主旨与传统的中国山水画有很大不同，不再是简单地表现作者心中的"逸""静""天真"，而是在强调心性、彰显作者修养，在超越现实的、脱俗的艺术追求之外，体现了对现实世界与芸芸众生的关怀。尤其是在欧洲和日本的旅途中，一旦找到了对应的心灵回应物，这种主题化的叙事性、宏大性，就在"出世"化的中国传统山水画艺术精神之外，找到了一个很好的出口。

至于这一专题中的《树》，大多拍摄于近些年，在看似貌不惊人的繁盛的生命力中，让我联想到世界上一些著名的摄影家，在其创作的后期，都对树的关注投入了巨大的热情。邵大浪和他们一样，究竟真的是同步于生命历程的某个阶段而听到了寂静中的天籁？还是自然而然地找到了心灵与视觉的对应物？比如弗里德兰德在他90年代以后的作品中，远离他以往对都市的关注，以"风景"为标题全神贯注于树的肖像，在纷繁复杂、似乎毫无章法的枝叶中寻找心灵的归宿。而另一位美国摄影家马克·塞里格，在他后期的创作中踱步于中央公园，拍摄繁密树影中的枝枝叶叶，作品集就叫作《倾听》。他在一次访谈中提出了这样一个话

题：所有的艺术家都会走向风景……尤其是树的风景所具有的终极性。而且，这样的"风景"的理念意味着一种成熟的感觉——不是我一个人认为的。也许，树是自然中最富有生命力且最难以捉摸的奇观，邵大浪同样试图从这些树的风景中倾听着什么，或极简或繁茂，一个音节、一组旋律、一出宏大的乐章，于返璞归真的刹那，借助磅礴生长的速度从心底升腾而起……

哲人尼采曾说，朴实无华的风景是为大画家准备的——邵大浪镜头中的景观大多不是名山大川，常常只是一山、一石、一水、一树或都市中的片段，即便是西湖渺渺，也只取其一瓢，构筑成一片他自己心中的风景。这恰恰得益于文人情怀的大审美观——审美的天人合一在一般的层面上是庆生、乐生，肯定感性的。它感恩天地，体验人生，回味生活，留恋世界，以此来建构人类心理的情感本体。这种在道德境界之上的审美境界，当然便是忘利害、无是非、超时空、非因果的自由天地。也就是庄子、禅宗所经常描述、提及的境界。但是邵大浪凭借其超凡的悟性进入了这一境界之后，并没有因此满足。他在一步一步试图接近中国传统意义上的人生最高境界，把中国文化探讨自由天地的思想精华凝聚在影像之中。如果没有大于艺术、大于自然的世界观、宇宙观、人生观，就很难抵达普世意义的大审美观。

30多年来，邵大浪一直执着地走在探索的路上，不希望错过那些稍纵即逝的瞬间。

不断积淀的文人情怀使其逐渐构建起了真正意义上的大审美观。也许我们不难发现，他的作品似乎正在摆脱时间的羁绊，走向空间的范畴——甚至成为"无意义"的空间艺术。正如昆德拉一如既往地表明他对世界的看法：这世界只是一个纯粹的空间，没有任何意义。

当年昆德拉在他后期的小说中想要展示另一个存在维度——这个维度展现空间的距离，而不是时间的连续性，从而也构成了对意义世界的怀疑。那些被人们视为有意义的东西，如爱情、苦难、斗争、人权、孩子的笑，其实都是值得怀疑的。世界只是一个偶然，价值或意义归根到底是被人类赋予的，为的是给生存一个合理的解释。而在昆德拉看来，正是这种对意义的追求导致了现代各种意识形态之间的争斗，并造成了巨大灾难。

所以，让我们再一次走入邵大浪影像的空间深处，在黑白影调无限深邃的极限中，体验一种心灵最为纯粹的快感。古典文人的情怀在这里似乎变得过于沉重，只有重构的当代文人的情怀，才足以有这样一份担当，让我们得以"回到现场"去"触摸历史"的鲜活，这就够了！

也许一切都不是偶然的。可以说，邵大浪对于画面元素"惜墨如金"，但是所传递的信息，却是异常的丰富。他的画面经得起一次又一次的观看，诱惑我们寻找最终的结局，或者说，检验我们对隐喻的阅读能力。一旦你的目光触及他的画面，就不可能不被其牢牢地吸引。也许你无法一下子说出摄影家的观点所在，但是面对这片风景，你确实可以感受到一种不可名状的力量。这样的画面不仅仅是让我们感知真实的世界，更是邀请我们实实在在地体验现实世界的丰富。其实，他的每一幅作品都在考验观众——在做出结论之前，是否已经做了足够的思考。

其实，摄影发展到今天，早已不能仅仅用视觉艺术来破译它的各种各样的现象了。观众的视觉所得到的艺术家架构的场景只是一座桥，许多这样的桥是在努力把观众引向思维方式的彼岸，这座桥到底有多美已经不是主要的目的。这时候的视觉必须与艺术家设定的彼岸的思维方式联系起来，从而抵达作品的整体效果。邵大浪在搭建这座桥的过程中，可谓是殚精竭虑，再加上艺术家把人本身（包括其文人情怀）也当作作品的元素用在表现的过程中，就使他的作品更加多元化和深度化。也许，当我们从他的"象外之象"开始，就已经迷途忘返，只见人生的岁月，"山静日长"！

问道风景说达军

问道风景是一个非常玄妙的话题，然而落到著名摄影家王达军40余年的风景摄影历程，则会带来非常实在的思考空间——从个人的实践到整个中国风景摄影的大格局。

一

问道风景，首先论述的是王达军的风景之道与中国风景摄影40年之道。这是一段中国摄影史上绕不过去的话题，其中隐含着多少大悲大喜，大起大落，恰恰将王达军的摄影实践探索和中国风景摄影的艰难历程联系在一起，构成了不可分割的组成部分。

40年前的中国风景，正是建立在一个百废待兴的历史转折点上，最早源于香港摄影家的风景摄影在大陆惊艳亮相，后来又有一些西方风景摄影大师的作品随之引入，比如最有影响的美国摄影家安塞尔·亚当斯的西部传奇。然而由于当时的误读——亚当斯摄影作品完美到极致的自然光影、精致的后期制作所呈现的影调结构，在被中国摄影人无意识放大之下，成为唯一借鉴的空间，从而或多或少在忽略了地理文化背景和个体内心体验的语境中，变成了唯美摄影的另一种呈现，进而和香港风光摄影融合成蔚为壮观的视觉洪流——从整体上看，唯美，成为这一时期中国风景摄影的独特旋律！到了20世纪80年代末至90年代初期，同在中国军队从事摄影工作的袁学军、王达军、王建军（摄影界简称"三军"）的登台亮相，可以说给中国的风景摄影带来了无可估量的视觉财富。而作为其中的一员，王达军自那时起一直延伸至今的对风景摄影的"执迷不悟"，就和整个中国风景摄影的起起落落裹挟在一起，发人深省。

山悟001

那时候的王达军，数十次深入青藏高原，拍摄了大批中国西部风光和藏地风情的画面，并逐渐形成了自己独特的摄影艺术风格，从而被认为是20世纪后期中国西部人文摄影具有代表性的摄影家之一。1988年他的《喜马拉雅之光》系列作品获第15届全国摄影艺术展览艺术风格奖，1990年以《大地系列》获第16届全国摄影艺术展览金牌奖，1992年荣获中国摄影艺术最高奖——金像奖……中国西部，在他的镜头中，定格为一道永远的传奇，其作品被全部收录在中国西部图片库。

当时的中国在经历了单一的精神制约和单调的色彩控制之后，一切心灵深处的东西都有了萌动发芽的可能和需求。尤其是对于视觉艺术来说，西部摄影所带来的冲击力，在当时是可想而知的。当年王达军的西部影像，其宏大叙事背景下的力度，已经具有了一种"前卫"的色彩。只不过在他和一些志同道合者，经历了多年的"风霜雨雪"之后，尤其是遭遇了后来无数摄影发烧友的简单模仿所带来的视觉疲劳之后，其中许多人

都迷失在了一种麻木的状态之中，偏离了应该有的"航道"，无法回到当年的境地去切身体验曾经有过的传奇。2006年，我在《中国摄影家》杂志卷首的《"清算"——风光摄影》一文中就曾指出："我们并不需要这么多从唯美的意义上对风光的描述，面对同一个风景成群结队的三脚架上的照相机在同一个角度疯狂扫射，说得严重一点，耗费的是整个民族的精气，得来的却是毫无现实价值的唯美碎片。甚至从某种意义上说，还会因此造成对许许多多原本纯净美丽的自然状态的损害，造成无可挽回的人文与自然的破坏。"并在后来的撰文中继续指出：我们（尤其是中国摄影界）太习惯于所谓的唯美主义的风光摄影模式，一切以光影色彩为风光摄影的衡量标准，从而形成了一种思维定式，局限了对多元化艺术空间的理解能力。

其实，回头来看当年一直在延续的"三军"尤其是王达军的实践，所寻找的是更多的独辟蹊径的"道"——问道风景的背后，其实就是一种价值观念的取向。一方面他在风景中借助神秘的天意开始书写生命的艰

山悟050

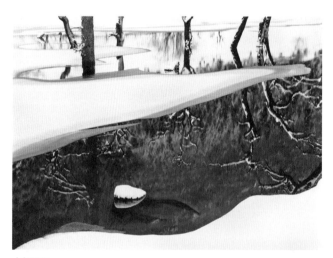

山悟018

山悟045

辛，希望通过更"真实"的山山水水找回一种本我的"真实"。

到了2011年，他又开始通过黑白画面，悄然探寻极简主义风格在风景中的可能——也许他需要通过影像的力量带回一种特殊的现场感，而不仅仅是地理环境信息，以求"让照片自己说话"。那时候达军所思考的，已经超越了风景的局限。他已然意识到，自然中的悠悠万物生息繁衍，无始无终，每一个人只是这世界上的匆匆过客，短暂停留，而要使这短暂的存在超越瞬间而走向永恒，走向自由，就不应该简单地把存在审美化，而是使之与自然和谐，融为一体，或是形成与自然的冲突，引起震人心弦的反思。人生在自然的终极诗化过程中，逐渐变成张弛有序的永恒。

再后来，王达军花了5年的时间，20多次进入身边的四姑娘山（他的拍摄半径一直在不断地缩小，从遥远的西部回到了身边的传奇），给我们带来了新的震撼。

回头再看这漫漫长途上一路走来的中国风景摄影，你就会发现王达军的这一路实践是如何的千姿百态，又如何的百转千回。有意思的是，和他同时代的许多摄影人，也同样在风景摄影的漫漫长途中艰辛探索着。然而我们看到的是，一些人最终畏惧于探索的艰难，回身在自我风格上"修修补补"，难有大的变化和突破；也有好高骛远者，在刻意求变的灵光乍现之后，几乎脱胎换骨，进入另一重风景的迷境乐而忘返。而王达军的坚守，在坚守中的不断突破，在突破中的固执坚守，显现出一位摄影家难得的勇气和自信，从而得以在风景摄影40年的漫长道路上收获了属于他自己的一份硕果，同时给40年的中国风景摄影带来了不可替代的"界标"，这也正是其价值所在！

二

问道风景，从王达军的生命体验中，你可以看到他对道家文化中"道"的顿悟。他在风景摄影的漫漫长途中，在偶然也是必然深入接触并且拍摄了道家文化的过程中，让道家文化最高境界的人法地、地法天、天法道、道法自然的观念，渗透到了风景摄影的苍茫云海之间。

2003年，王达军在三台县郪江古镇巧遇一场城隍庙会，复杂神秘的仪式、参与者的虔诚与投入给他带来了莫大的震惊。于是，四川和重庆境内一百多座道教宫观，就成为他以后十多年"修身养性"的绝佳空间。他不仅收获了道教那种"玄之又玄"的神秘，将其转换成无比珍贵的视觉文献，同时，这样的历练又给他一直没有停歇的风景摄影，带来了一番新的"景观"。的确，在道教题材的拍摄手法上，他一开始采用人文纪实的

方式循序深入。随着对道文化的深入研究和摄影艺术境界的提升，他又逐渐融入了许多新的观念和拍摄手法，不满足于做一个道文化的记录者，而是把道文化与中国的传统哲学更多地融入摄影艺术创作之中，着力表现一种具有东方哲学的玄妙、隐逸美学和人文关怀的精神。这样的过程，其实就是一个人人性、人品全面修炼的过程。所以，他对于风景摄影的突破，自然是水到渠成。

其实在"问道"之前，王达军的风景摄影已经有了视觉上"道"之感悟。在20世纪末到21世纪初的画面中，我们处处可以感受到他的作品从宏大的写实转向浩然的写意，这种独特意境有着道学意义上的灵性——不管是自觉还是无意识。其中最为明显的特征，就是画面中舍弃了简单的美，变为更深入的哲学思考。因为人的观念世界里总是潜伏着危机，当想象的虚幻世界、完美人格一旦丢弃在现实世界，人们的思想就会陷入极大的混乱之中。所以如前所说，他才希望通过更"真实"的山山水水，以看似极简主义的空灵，找回一种本我的"真实"。

荷尔德林曾经留下过一句名言："人诗意地居住在大地上。"然而这句诗若不是经过海德格尔的阐发，肯定不会像今天这样在世界上广为流传。因为在海德格尔那里，"诗意"已远不止是一种艺术追求，而成为解决人生价值和意义问题的重要依据，成为生命的哲学。它的终极思考是人生的诗化，是使有限的生命寻得永恒的家园。于是，我

们看到了王达军镜头中的视野，在自然的终极诗化过程中，开始变成了张弛有序的永恒。进而，随着"道"之真正引入，更为深化了王达军风景视觉的美妙。

如前所言，道家遵循的是：人法地，地法天，天法道，道法自然。道家用"道"来探究自然、社会、人生之间的关系。他们所提倡的正是道法自然，无为而治，与自然和谐相处。说到底，"道"就是"自然而然"。那么王达军在面对风景时的摄影创作呢？也是从"道"的顿悟中，变得更为宏大空灵却又更为自然天成。

"道法自然"不是一个孤立性的论题，关涉到形而上学的根本问题——"道"与"万物"的关系。所以，我们也不难发现，在和以道家文化为内核拍摄的"问道"影像系列齐头并进的风景影像上，王达军的认知点和表现力也同样上了一个层面。尤其是近些年对于四姑娘山的拍摄，通过繁多的变奏和固执的重复，就是在不停地探讨那一个主题：人迷失在由不断重复的变化所构成的时间迷宫里，人发现不朽又征服了死亡，却无法征服时间和空间。于是山河起舞——时间及其自然的映像对着我们直接的意识的镜子起舞。极简化又无以穷尽的山水，成为既严酷又充满幻想，既理性又任性，既坚固又闪亮的几何构成。说到底，其中折射出的终极价值，就是每一个人生命律动的年限。或者说，就是对"道法自然"的宏大叙事的简化——最终的底线就是执着不变的信念，保

留一份最为纯真的信仰空间，从而才有资格让博大的胸怀律动出无尽的山河本色。

那些在四姑娘山的日子里，王达军常常会端坐在大山之间，常常一两个小时在凝望和冥想中度过。行到水穷处，坐看云起时——只有这样一种人与自然的浑然一体，因处处偶然，所以处处都是"无心的遇合"。这样你就可以想象，他如何在看似"枯坐"的过程中，凝练出了人生与自然最为微妙的对话空间。一旦快门按下，形迹毫无拘束，天性淡逸又超然物外。

有意思的是，当年王达军拿出他的大作"问道"那一刻，有不少人很疑惑地对我说，达军怎么突然转向了道教？如今看来，这既是一种偶然，也是人生长途中的必然。也许，我们很难用一种拍摄题材，比如风景摄影，局限了他对摄影的热爱与多元探索。自从1993年他转向进入杂志编辑领域，在接触了更为广泛的视觉文化所带来的冲击之后，他的摄影实践也有了更多样的选择空间，包括藏地寺庙系列、西南石窟系列、羌族文化系列以及道教文化的拍摄。对于达军而言，这一过程既证明了他不仅仅是一位风景摄影家，更重要的是，在这一系列具有视觉文献价值的纪实影像背后，尤其是问道的过程，恰恰让王达军的人生感悟有了质的同步提升，也反过来给他的风景摄影带来了大开大合的可能。包括四姑娘山系列整体意境营造过程中，他巧妙地加入了无数张情态可掬的熊猫脸，以及同样并置的生活在大山之

间的人物形象——风景与人文（其实风景本身也是人文的一部分）的出入自由，无非能证明的就是：艺术的历练其实就是人生的历练，悟道的深浅转而就是艺术的高下，一部艺术史早已证明了这一切！

三

问道风景，也是王达军在风景摄影的表现形态上不断求变之道。40余年变与不变之道，构成了王达军对于风景摄影满腔热爱背后的坚毅信念，以及让人常看常新的风景摄影语言的更替。从虚和实之变，从客观之实到观念之实的转变，让人感受到了青春常在的"王道"。

这里，我们缩小半径，从时间上的40年风景来到近5年王达军对于四姑娘山的拍摄；在空间上也同样从广袤的中国西部缩小到他身边的四姑娘山。自2016年开始，王达军20余次深入四姑娘山，每次5到7天的艰难跋涉和等待，究竟给我们带来了什么样的惊喜？或者说在论述了王达军对于人生的感悟和对于问道的升华之后，从视觉元素上给我们带来了怎样一种不一样的风景？

也许，对于一位有思想、有情怀的摄影家而言，最恰到好处的视觉呈现方式，才是最终带给人们内心震撼的不二途径。王达军也深深懂得，摄影有其独特的视觉表达语言，而不需要借助其他的艺术语汇"支撑"。关键是如何将这样一种生命的历练转换成最为精彩的摄影方式传递出去，正是他一直思考的要点所在。也如前面所说，各种

文化的熏陶尤其是道家文化对他心灵的冲击是巨大的，同样对他视觉语言的淬炼更是有目共睹的。其实这样的视觉语言在他的道文化的表达领域中已经得到了很好的体现，而在风景摄影的过程中，同样呈现出不可预知的能量。

所以，面对王达军的四姑娘山系列，我们要有足够的思想准备去"应对"。因为这些黑白之间的浩然之气，既非简单的极简主义表现形式可以概括，也非现代主义的抽象构成可以厘清。在一幕幕计白当黑或者计黑为白的具有强烈冲击力的画面中，我们看到的是对于风景摄影灵光乍现的瞬间捕捉，或者出人意料的关系构成。这些似乎以往多用于街头抓拍的摄影评述语汇，恰恰可以转嫁到王达军四姑娘山系列的风景影像中。我们看到，在王达军四姑娘山系列的第一组画面中，瞬间的表达力量往往是通过虚与实的构成巧妙转换而成的——他特别擅长于转虚为实，或者化实为虚，比如《山悟010》中的瞬间错构，让人在惊愕中感受到自然神奇的同时，领略摄影家巧夺天工的瞬间营造。而在第二组竖构图的画面中，视觉的诱导仿佛在暗示你，这是一组具有中国画立轴模式的视觉呈现，但是其画面的营造又恰恰打破了我们对于国画传统表现力的认知，其中如《山悟034》在山水立轴似与不似之间的万千气象——这就是摄影视觉语言探索在突破了传统艺术语汇之后，又找到了摄影自身表达空间的精妙之处。到了第三组画面，我

山悟010

山悟034

们感受到了更为强烈的视觉冲击力扑面而来，尤其是在那些黑得让人几乎喘不过气的一瞬间，生命的灵光就会在恰到好处的那一个位置闪亮登场，如《山悟055》已经让人无法分清是自然的灵性还是人的灵性使其然，令人叹为观止。

有人说：整个艺术史是一部关于视觉方式的观看历史。从本质而言，我们观看我们所要看的东西，而我们所要看的东西并不取决于固定不移的光学规律，甚至不取决于适应生存的本能，而取决于发展或构造一个可信的世界的愿望。王达军从四姑娘山系列带给我们的这些画面，看似无意识，却是有"预谋"的。正如达军所言：我以四姑娘山为题材拍摄的风景作品，仍属于纪实摄影的范畴，是当代语境中的直接摄影。虽然从直接拍摄客观对象的层面看，是发挥摄影最基本的特性而形成的关于客观景物的视觉呈现，但又并不仅仅停留于对这些景物表象层面的图像复制。——这就对了！

所以我们才会在面对王达军的四姑娘山时，发出一种来自内心的感叹。这些具有巨大创意空间的构成，既非刻意的故弄玄虚，也不是无目的的求新求变，而是发自摄影家内心的一次次心灵的呼喊，从而转换成出乎意料又合乎常理的视觉呈现。尤其是你在细细审视这些大开大合的魔幻组合时，更能体验到细节呈现对于风景影像的价值所在。这一次，王达军的确以其努力，结合了宏大的叙事和细微的描述，颠覆了传统风景摄影各种极端的尝试，将一切的可能都融合到了尽可能浑然一体的层面上。大张大合之间的强韧结构、宏大幅度和崇高品格，又呈现出内容隽永、意味悠远和情致曲尽——面对这样的风景，我们也有足够的理由，如同达军当年坐看这些山水一样，静下心来，一次次延长生命体验的时空"长度"。

突然想到了音乐家舒曼曾有这样的说法："形式愈大，用来填满这个形式的精神也就愈要充沛。"对于达军而言，是否可以反过来说，那就是精神愈充沛，用来体现这个精神的形式也需要愈加壮大。从前面两节对于达军风景摄影和中国风景摄影关系的描述，以及多元文化的渗透尤其是问道对于达军风景摄影的影响，直到达军对风景摄影视觉形态的把握，不知是否暗合了艺术在于把握"终极实在"的说法。摄影人作为一个个体，以纯形式的直觉把握生命体验的"终极实在"，需要强大的精神力量的支撑，从而也就有了四姑娘山这一系列还没有说完的"传奇"——问道风景，成为一个可以延续的价值观的永恒话题！

山悟055

王建军献给洪荒大地的敬畏之情

《洪荒大地》一

　　这是一部描绘生命独特体验的壮丽诗篇，凝聚了对洪荒大地的敬畏之情。以洪荒大地铺开的视觉篇章，对于王建军来说，一定有着特殊的意义。尤其是这些年，从中国西部延伸到美国西部，对于王建军的生命历练来说，究竟意味着什么？或者说，我想的更多的是，这些年，他又为什么义无反顾地选择了美国西部？

　　王建军镜头中的美国西部景观，不少名胜我都去过，比如约塞米蒂国家公园、梦诺湖、马蹄谷、羚羊谷、国家纪念地以及印第安人白房子废墟、木化石公园、大峡谷、黄石国家公园……然而这些影像的震撼力，依旧超出我的想象。这不仅是因为我和所有在这些年能够跨出国门的旅游者一样，只是浅尝辄止地领略了地球表层的风景，对于美国西部的了解也大多停留在猎奇的层面上，更重要的是，王建军眼中的美国西部，是建筑在王建军对中国西部景观刻骨铭心的深层体验之上，同时又诞生于对美国西部文化独到的发现目光的锤炼之下。

回溯历史，美国西部引发世人瞩目的是在18世纪末开始的大开发。这里所说的"西部"也许不是现行美国行政区划中的"西部"，而是指历史上的那个"西部"。因为现行行政区划中的"西部"，即落基山脉以西的地区其范围是十分有限的。而历史上的"西部"，则是指1776年美国宣布独立时的西部，即阿巴拉契亚山脉以西的整个地域。今天我们之所以关注美国西部开发，北京大学历史系教授何顺果认为无非有三个理由：一是开发是人类不断向生产的广度和深度进军的重要方式，是人类文明发展的动力和内容。中国古代的"屯田制"，古希腊、古罗马的海外殖民运动，近代西欧人在"自由殖民地"的拓殖活动，以及当代各种开发区或科技园的建立，都是人类所进行的开发活动。二是由沿海到内地的发展趋势，是工业化和现代化过程中的必然现象，是现代工业经济发展的内在需要。三是美国对西部的开发，作为一种"自由土地"开发模式，在工业化和现代化各国中非常典型或独特，它采取了"纯粹"的资本主义方式，在开发速度、发展规模、经济效果、社会影响诸方面均很突出。

可见，西部开发对美国历史的重要性不

言而喻，那么多少年以后摄影的"介入"，更有其不可替代的历史价值。

一方面，从科学的角度考察，早在摄影诞生之前，思想解放运动就已经将科学确立为标准，科学主义逐渐成为那时的旗帜。尽管受到各种愚昧势力的层层封锁，科学还是首先为自己开辟了一个世界，它拥有对这个世界的独家解释权——科学主义进而将这个世界宣布为唯一真实的世界。随着摄影的普及，面对"自然"所拍摄的风景照片，一开始就是作为科学的对象世界而出现的。自然作为某种被已经限定的东西而事先存在，只有其中的细节等待科学来描画。于是我们看到，摄影人精确的镜头感塑造了新的自然概

《洪荒大地》二

念，确立了人与自然的新型关系。科学革命将自然展开为一个图景，从而使我们进入一个世界图景的时代，甚至科学革命并不是世界图景的转换，而直接就是创造了世界图景本身。

另一方面，从哲学的角度理解，这一时期最为重要的转折，就是从上帝之国回归自然之国，从终极事物回到眼前的事物，从追求宏大的象征和形而上的概括转移到表现可以直接体验的、独一无二的事物。中世纪希腊人的宇宙，还没有空间概念，因此宇宙并没有在空间展开从而表现为一个图景。近代思想的革命性变化，用科学史家柯瓦雷的话说，是从有限封闭的世界，走向一个无限的宇宙。这一思想主题还反映在其他许多方面，比如：在天文学方面，抛弃了天球的概念，而将天体撒向一望无垠的宇宙空间；在物理学方面，则抛弃了亚里士多德目的论的天然运动概念，而提出了惯性运动概念，这种运动除非受到干扰，否则将沿一条直线无限地运动下去；在视觉艺术的创作方面，定点透视代替全景透视，确立了欧几里得几何学在观察世界中作为先天形式的地位，人，随之被确立为观察世界的主体，世界即是观察者眼中的世界；在精神生活方面，对人类有限性的深刻意识以及对上帝的虔诚、恭敬，被无神论的狂妄、放肆以及对主体无限能力的崇拜所取代；在经济活动领域，对自然资源无限的开发和索取代替了适度规模的小农经济。这一切，实际上都是"从封闭的

世界走向无限的宇宙"这一时代主题的表现。于是，我们也不得不惊讶地发现，风景摄影正是伴随着人们对自然资源的大量开发而从个体创作走向群体行为，其中以美国尤以美国西部的开发为背景，诞生了一批优秀的摄影家。不管他们出于怎样的一种动机，都同样是通过照相机的镜头，为我们留下了印象深刻的自然图景。

让我们跳过一些人们熟知的美国西部摄影史——在亚当斯、韦斯顿这些举世公认的、早已被中国摄影人所熟知的西部风景名家之后，另外一位美国摄影家大卫·明奇声名鹊起。明奇的父亲也是一位知名摄影家，因此他在8岁时就已经有了自己的一台照相机，并且在美术设计学院的深造过程中打下了坚实的基础。在他以后数十年的风光摄影实践中，以宏大的气魄与自然对话，并以执着的努力深入到吸引他的西部风景拍摄点，寻找与自然最为默契的瞬间。他特别强调说，他需要通过照片带回一种特殊的现场感，而不仅仅是地理环境信息，以求"让照片自己说话"。这就是新一代的西部风景写实摄影家所追求的"真实"所在。

在众多美国西部摄影家中，还有一位必须提到的大师级人物就是约翰·塞克斯通，他以纪实摄影的方式，为保护美国西南部的历史遗存做出了自己的贡献。塞克斯通被人们誉为当代的亚当斯，他所选择的一个主要拍摄场景是美国西南部的阿纳萨兹印第安人的遗迹——就像当年亚当斯长途跋涉于美国

《洪荒大地》三

西部地区一样。由于阿纳萨兹这一印第安人部落早在600年前就消失了，因此更增添了遗迹的神秘感。当年，塞克斯通在经过了一次艰难而"野蛮的远足"之后，终于来到了位于峡谷边缘的这片遗址。他向我们展现了一幅奇特的景观，砂石中的凹壁曾经是阿纳萨兹人的居住地，如今已成为破碎的废墟，无力抵御濒临的天灾。塞克斯通支起了他的林哈夫4英寸×5英寸相机，配以75mm广角镜头，选择优秀的柯达T—Max100黑白胶片，按下了快门。他有一种确切的感觉：人们曾经在这里生活过，他们的指印还牢固地留在潮湿的窗户上——这是一种无法用语言形容的神秘感，只有亲临现场，才能通过照相机镜头的抚摸，带给观众些许想象中的感受。

然而不管是亚当斯也好，"当代亚当斯"的塞克斯通也罢，他们的初衷都是想通过照片更多地保留大自然的、历史的遗存，让人们不再有无处寻根的彷徨，这也是摄影纪实的最大优势所在。然而他们也许没有想到的是，随着现代传播媒体的高速发展，激动人心的精彩照片会刺激无数观光旅游者慕名而来，于是生态保护和历史遗迹的维持又将成为摆在人们面前的难题。是要留下一张照片放进历史的档案，还是要留下一片原始的风景不受人类的侵扰，永远是一种两难——这也许就是为什么，这一次轮到王建军选择了美国西部！

时光回溯30年，中国摄影在经历了20世纪50年代的徘徊，60年代的迷惘，70年代的动乱之后，80年代的摄影人开始勇敢地突破多少年来政治的重重压力，为摄影本质回归母体奠定了基础。除了社会纪实作品和主观意识相当强烈的探索性作品之外，风景摄影也开始成为摄影家内心对自然思考的潜在对象，并借助自然风景书写他们对人生的挚爱。一些真正热爱自然的摄影人，日复一日背着沉重的摄影器材，默默无闻地探索着自然的奥秘，悄无声息地保留大自然可能失去的那一声声"叹息"后的遗迹。王建军以其数十年对中国西部风光、人文地理以及历史题材的拍摄和探索，逐渐形成了自己独特而鲜明的摄影风格，也为他的美国西部摄影铺设了深邃的伏笔。

的确，当时的中国处于一个百废待兴的时代，在经历了单一的精神制约和单调的色彩控制之后，一切心灵深处的东西都有了萌动发芽的可能和需求。尤其是对于视觉艺术来说，西部摄影所带来的冲击力，在当时是可想而知的。王建军从尚未被人所知晓的中国西部，首先带回的就是视觉的震撼，接下来更是心灵的感动——在这样一片被一般人所误以为草木枯荣听天由命的土地上，竟然出现了如此丰富的生命痕迹。摄影家以其独特的发现目光和真实的视觉手段，还原了一片人类家园原本就应该有的宏大、纯净和迷人的境界。而且在90年代，彩色摄影技术的成熟，让他一下子进入了一片更多样化的探索空间，通过驾驭色彩的魔力，营造出一片属于自身的灵魂世界。我无意中还惊讶地发现，前面所提到的美国摄影家明奇最为成熟的美国西部彩色风景，也正是完成于上个世纪80年代末至90年代初——这难道真是一个有幸的"巧遇"？

更重要的是，从中国西部到美国西部，王建军想寻找的，也许是一个更为深入的参照样本，或者说通过更为开阔的实验性空间，借助两个半球相似的地域方位，拓展对于西部在人类历史上重要性的解读。正如顾

《洪荒大地》四

铮在他的《世界摄影史》中有一段话说得很有启发意义："如果把所有这些19世纪美国摄影家的风景摄影放在美国文化史、社会史的脉络里加以思考的话，我们就会发现，他们的这些美国风光摄影作品，在为美国人认识自己生长于斯的土地的辽阔与雄壮出示了令人鼓舞的视觉证明的同时，也对国家历史尚浅的美国人在确立自己的国家认同方面提供了巨大的信心。"王建军风景摄影的最初指向，也许与此同出一脉。无数人从他的镜头中了解了中国西部，感受到了中国西部的神奇。在他镜头中的斑斓色彩和恢宏气势，以及深入地球心脏内部无微不至的细致刻画，为中国西部留下了足以载入史册的痕迹，深深浅浅，远远近近……这和后来无数的发烧友和爱好者从表面上模仿这段传奇的光影形色，断然是不可同日而语的。于是，再一次寻找时间和空间的参照系数，王建军以其明智的判断，试图从新的思维和新的空间，纠正历史延续下来的误读，也就顺理成章。从想象中的中美西部摄影的对比，到长途漫漫的亲自探险，王建军的努力，自然有其不可言说的价值！

在这里，我们也不妨稍稍展开一个重要的命题，也就是从东西方文化的对比中，或者从中西方哲学观念的对照中，深入考察一下王建军跨越中美西部深入体验的价值所在。

从整体上看，西方美学思想强调人在自然中的作用，它十分讲究以人为本体，向外开拓、向外征服，从而在支配自然的过程中到达自由的王国。东方的美学思想同样也是需要以人为本体，但不是要向外开拓、向外征服，而是想达到一种天人合一、天人感应、物我交融的气象和意境。因此，西方优秀的山水风光摄影作品，往往是不出现人的，利用光影、气氛着意刻画自然界的恢宏气势，人们从画面深处感受到的不仅仅是山水风光本身，更是摄影家对自然山水的一种超然的把握，间接地体现出人的征服力量，常常是静得让人透不过气来。对比中国摄影家的风光摄影作品，可以看到不同的思维方式和表达方式。在这些传统的风景画面中，沿承了中国古代文人画的诸多元素，或是一叶扁舟，或是一两个小得不能再小的人物，在绝大部分山水风光摄影中几乎都表现了这样一种人与自然的和谐，具有一种更为缥缈、更为高远的意境。换句话说，在这些风光照片的拍摄过程中，只要有可能，就一定会自觉地将人物融入画面的自然之中，而且人物始终处于一种"采菊东篱下，悠然见南山"的闲适状态。正如中国山水画从国力强盛的唐代到了宋代之后，人物在画面中的位置越来越小，小到不注意看就几乎不会以为有人的存在，但人在画面中的悠闲境遇以及与山水的和谐感，使人感受到宋代山水画的一种理性的成熟，处处弥漫着回归内心顿悟的禅意。

其实东西方文化两者伯仲之间，孰优孰劣很难评判。关键是，我们所不得不面对的就是一个全球化的挑战，必须选择一个更有利的高度才能出奇制胜。全球化首先是经济全球化，在国际经济大循环中，它的直接后果就是文化全球化。对于世界文明的发展，国际上有两派截然不同的观点，一派是文化"冲突论"，一派是"融合论"。王建军是明智的，他深知，冲突和融合都不可避免，只有经过碰撞、磨合才能真正融合。关键在于在不断的体验中，如何发扬自身民族文化的优良传统，将自己化为世界文化的一部分，与世界文化形成多元共构的局面，才能为世界文明的发展做出更多的贡献。选择美国西部，正是在这样一个大的背景上展开的。

泰戈尔说过：西方尚科学，东方尚人文。崇尚科学就意味着强调人定胜天；崇尚人文则讲究天人合一。人与自然和谐，是中国传统文化的精髓所在。王建军带着这样的哲学背景走入美国西部，其碰撞出的火花，可见其璀璨，也深知其分量。因为在全球一体化时代，文化的碰撞与交流是不可避免的，关键在于心态，一是吸纳，二是自信。包容、吸纳异域文化的过程，也是中国优秀民族文化走向世界的过程。而就摄影文化的交流而言，引进、借鉴、吸纳是第一位的——我们确实封闭太久，起步也晚。但对于已经积淀了深厚的西部摄影文化的王建军来说，这一步的跨出意义非凡。借助更为广袤的西部洪荒大地，以清醒的民族自信、积极的自主精神，催生出自强不息的东方文化精神的

生动展现，这才是重点所在！只有这样，我们才有可能取得具有"发言权"的文化主体地位，才有可能以平等的方式参与世界摄影文化的对话与交流。

其实在这之前，即便是当代中国风光摄影家的一些作品，一些优秀的创作者也已经在人与自然的关系中找到了更为大气的表现空间，但是相对西方风光摄影家的作品，在总体气势上还是显得弱了不少，这就是民族文化的心理积淀所致。即便无所谓高下，却也可以对创作本身有所启迪。诚如前面所说，在中国传统的农耕社会中，在人与自然的关系上，占主导地位的思想是"天人合一"。这种观念反映在原始文化心理中，就是对自然秩序的服从，并在此基础上达到人与自然和谐相处。"天"的初始含义为"神"，人只能消极被动地顺从。人们后来认为天即自然，是指大自然及其演化规律——"天人合一"就是人与大自然的和谐统一。

因此，片面地强调这一点，自然形成了中国摄影人最常见的表现方式，就是对自然的简单赞美，通过美丽的自然风景引发人们对原生态的向往。因此具有唯美色彩的风光作品，是中国摄影界最为热衷的题材之一。然而，这样的风光摄影在当代摄影的领域，在中西方不同的大环境中，却呈现出不同的境遇，留下许多足可玩味的思考空间。其实在整个西方摄影界，纯粹唯美的自然风光摄影早已不在摄影史的法眼之中，或者说，

一般意义上纯唯美的风景描述，早已失去了思考层面的价值——因为简单地"讴歌"自然，已经造成了一种普遍性的"麻木"！这其中，我们所缺的，就是对大自然发自内心的敬畏之情。

是的，敬畏！似乎已经很少有人提起对自然敬畏的这一份心情了。敬，是对自然的生命体系支撑起我们自身生命的一份感激和敬重；畏，是对自然规律不可抗拒、不可违背的认识。敬畏自然，表达的是人类对于生命根基的敬重和对于客观规律的尊重，而非简单地顺从。亘古以来，一切有历史记载的人类文明，无一不是将"敬畏自然"化作各种天条，所以才有人类今天的血脉相传。失去了这种敬畏之心，把自然作为一个予取予求的对象、一个要征服的对象，或者简单地沦为对自然的盲从，是成就不了大器的。

所以，王建军从中国西部转向美国西部一路寻寻觅觅的，就是这样一种敬畏之情。当他将具有非凡创意的想象力落到坚实的大地上时，我们可以从他的作品中深切地感受到，一种久违的敬畏之情难以抑制地缓缓升起，将以往无数外在的体验真正转换成了内心的敬畏——义无反顾、抛弃功利目的走入自然，和自然平心静气地对话，带着对自然仰视的敬畏感（而非肆意践踏的优越感），才会带给我们这么多令人感动的生命景观，从而让过去的美和未来的美一脉相承。

这一切都源于一种热爱，源于一种对生命极致的体验。也许王建军已经清醒地认识到，在这样一个曾经一味强调"优美与和谐"的大环境下，一不小心就可能陷入一个恐怖"陷阱"，从而导致在这样的环境中长大的一代人，难以面对整个世界的挑战。王

《洪荒大地》五

建军正是在这样的背景下，巧妙地规避了简单的"优美与和谐"，或者说在"优美与和谐"的层面上，将作品内涵推向两个极端——情感极致的崇高和细节体验之微观。

的确，在这个世界上，从"美丽走向更美丽"的独断上升过程只是一厢情愿的梦幻，尤其是我们还没有走完从"优美"到极致的"唯美主义"的路程，更何况前面还有"审丑"的世界在等待我们……但是有一点是不变的，那就是真正优秀的风景不再是凡夫俗子眼中的那一道风光，而是一种人化的自然。每个人心中都有一片因社会经历、生活磨炼、审美情趣而不同的风景，一旦和自然的风景形成某种对应，也许就能激发出奇特的能量。

王建军的启迪正在于此：当下中国摄影界一味的风花雪月，对表面上光影形色的美的疯狂掠夺，且听不得一点的提醒，着实是很令人感到"恐怖"的。其实，这样一种风花雪月的风光，连基本的美都论不上，充其量只是"漂亮"而已，却屡屡被中国摄影最高层的"智者"们推为奖项的最高荣誉！这些无关痛痒的风花雪月，一而再再而三地被推动被复制，拍摄者只要戴上了"讴歌祖国大好河山"的帽子，就得以"横行天下"，出画册、办展览、夺奖项四处出击。试想一下，在失去了（或者根本就不具备）人文关怀的美的光环下，"中国式"的风光摄影还有什么前途可言？

其实，只要你能像王建军那样，怀着一种对自然敬畏的心情，带着一种真正亲近自然、热爱自然的勇气和活力，在更为多样化的自然中寻找那些随着现代化进程逐渐消逝的美，并且将其和对社会以及人生的评判做出准确的关联，而不是简单地在某种利益的驱动下，按照教科书乃至某些风光摄影大师的指导盲目地等待日出日落，片面地追求那一缕遥不可及的光影，那么，风景摄影的作为还是大有天地的。

正如日本现代文艺评论家柄谷行人在《现代日本文学的起源》中所写的"风景的发现"，认为所谓"风景"并非传统意义上的名胜古迹，而是以往人们忽略不敢正视的东西。而当西方的文学方式被引入的时候，风景被树立成一个客体（Gegenstand），和历史上的文学描述断绝之时，柄谷行人的"风景之发现"才成为可能，同时人之"主体"被建立起来，是那种脱离文脉的独树一帜。"对于自然之美，我们必须在我们自身之外去寻求其存在的根据，对于崇高则要在我们自身的内部，即我们的心灵中去寻找，是我们的心灵把崇高性带进了自然之表象中的"。柄谷行人在这里所做的工作，便是要探询所谓"风景"是如何被发现的。还有，对于王建军一定能引起共鸣的：什么才是我们能够追寻的消逝的美！

写到这里，王建军为什么选择了美国西部，也许不用再费笔墨了——

不止一位先贤指出，一个人无论看到怎样的美景奇观，如果他没有机会向人们讲述，他就绝不会感到快乐。幸亏有了照相机，摄影家所面对的所有的孤独，才有了日后讲述的机会，所有的美景奇观就可能成为一种交流。因为人终究是离不开同类的，一个无人分享的快乐绝非真正的快乐，而一个无人分担的痛苦则是最可怕的痛苦。在永远没有人知道的、绝对的孤独下，痛苦便会成为绝望，而快乐——同样也会变成绝望。千秋万古名，寂寞身后事。同样，从中国西部到美国西部，王建军一直是在有限的孤独和无限的交流之间找寻一个落点，这是有相当难度的，但这是一种无法抗拒的诱惑。

所以，面对这些来自洪荒大地依然纯净原始的影像，我们有理由相信，对于王建军自身来说，就是一次生命中叠加的历练，而非简单地再一次体验当年杰克逊或者奥沙利文的艰苦实践，也不是重复再现这些美国摄影家当年传奇的画面——从中国西部到美国西部，叠加的结果就是又一次灵魂的升华，或者说就是在心脏跳跃难以形容的强烈瞬间，注入了洪荒大地最为壮观的生命激素；而对于中美不同地理环境下的文化图景来说，美国西部在新时代诸多元素衬托下的完整呈现，更是一次社会学、地理学和人类学意义上视觉表达的超越。它不再局限于美国西部本身，也不仅仅是呈现无数美国西部摄影家对于自身文化的理解——因为在王建军背后，已经有了颇具底气的中国西部的万千气象和文化宏图……透过这些或明或暗的历史场景，不管是中国西部还是美国西部，都曾保留了洪荒大地最为纯朴而原始的场景，人类的历史，无一不是从洪荒大地中绽开了灿烂的文明之花。我们因此也得以透过历史的重重迷雾，知道我们从哪里来，从而有助于想象：我们该走向哪一片更为崇高的辉煌……

《洪荒大地》六

《马语者》的王争平

我想，王争平的《马语者》世人皆知，所以我才想说说《马语者》的王争平——

作为评委，当我们为2014年平遥国际摄影节"优秀摄影师评审委员会大奖"投下庄重的一票时，王争平的《马语者》就已经以其不可抗拒的"魔力"征服了全场的观众。这一次，这些富有灵性的蒙古马在王争平的"牵引"下，来到了《海上空间》，并且通过更为精美的视觉呈现方式，让我们再一次感受到了生命的奇迹。

也许，创造性思维的天赋就是一种高度的敏感性、感受力或洞察力，而具有原创性的思维者总是对自己的生活领域保持着高度的敏感性。王争平就像卓越的放牧人，善于发现并开掘深深隐藏在辽阔草原上的生命传奇。正如叔本华所言："天才好像一棵棕树一

《马语者》一

《马语者》二

《马语者》三

《马语者》四

样，总是高高地矗立在它生根的土地上。"王争平的马之所以如此非凡，不是因为其形式，而是因为他生活积淀的博大呈现。他时而借草原勾勒一个场景，凭马鬃迸发一个警句，抓住一刻的光明和阴影，以出人意料的局部或分割重塑一种激情，甚至让马的眼神穿透一个灵魂……更重要的是，他的原创性，不局限于他的理念或形式，而在于他的风格———一种最简单和最复杂的诱人结合；在于他奇妙的发现；在于他的目光所及之处———不在于他看到什么，而在于他看世界和看自己所站的位置———一种和蒙古马始终融为一体的生存体验。

于是，王争平以其看似不完整的形式获得完美的结局，通常是把异常插入平常，把质疑的形式与回旋的角度结合起来，从而创造性地凭借他的"马语"垂询世界，又重新融入比世界更大的宇宙之混沌。

我想，王争平"牵引"的蒙古马进入画廊之后，也许还将步入你的客厅或卧室，令人缠绵于那些与自然生灵的对话，从引吭嘶鸣到喃喃低语……

穿越时间到达理想彼岸的段岳衡

我曾经在段岳衡先生的摄影展前言中说过：无论是拍摄风景还是记录建筑，是捕捉生态还是凝固人伦，通过瞬间留下的生命痕迹才是摄影的终极价值所在。面对时间的长河，曝光1秒还是1/1000秒，也许并没有什么质的区别。重要的是在这些时间的流逝过程中，你通过快门得到了什么样的生命感悟。阅读段岳衡的黑白影像，让我想到了摄影之外的许多问题，比如哲学，比如宗教，等等……摄影家对自然的提炼仅仅是一种手段，他不是为了简洁而简洁，而是希望在简洁的后面孕育更丰富的"秘密"。我所说的哲学或者宗教的意味，就是基于这样一重具有生命感悟的空间而言。

的确，当我们从哲学的角度或者从禅宗的空间解读段岳衡的这些黑白作品时，一些话题的深入也就有了坚实的基础。

展开段岳衡的黑白作品长卷，人们第一反应也许会惊呼：太美了！是的，美是自然生命之源，又是人类情感空间的对应。然而段岳衡的黑白景观之美，绝非摄影界所奉行的简单的唯美。我们应当承认，"唯美"可以是一种境界，一种很高很高的境界，一种难以达到的境界。然而无论从哪一个角度理解摄影，摄影本质的命脉乃至最高级的形态恰恰不是"唯美"，而是"纪实"，这是从摄影一诞生就早已界定的。无数批评家就摄影史的发展早已为这一特征做出了为世人所公认的结论，并且已经成为常识——从罗兰·巴特到苏珊·桑塔格，这里无须一一细数。即便是安塞尔·亚当斯，他的作品也无法用"唯美"来衡量。当年以亚当斯等人为核心卓然独立的F64小组绝不是什么唯美主义的摄影团体，而是一个追求摄影终

《风景》一   《风景》二

极目标——客观纪实的团体。这些以"纯影派"或者"直接摄影"命名的创造者，试图通过照相机的物理和化学功能精确地展现自然尽可能多的细节魅力，从而传递他们对自然的敬畏之情。段岳衡的黑白景观，正是在这些大师足迹上的延伸，或者说是一次成功的超越。

之所以说是延伸，是因为这样一种对自然的敬畏，是人类精神领域中不可或缺的元素。面对自然，什么是描述这些宇宙万物交织舞蹈的最佳方式，延续一个瞬间还是表现永恒？摄影家的眼睛是清澈透明的，没有限制也不需要解释。在这里你可以体验到所有的惊喜……所以段岳衡镜头所描述的，都是一种爱的抚摸，洋溢着激情和赞美的"词汇"，是出于一种内心的需求，而非一种简

单的猎奇，所以才会具有强大的生命力量，从而沿着亚当斯当年的精神轨迹，走到了21世纪的今天。

之所以说超越，是因为面对一幅幅宛若当年美国F64小组以纯粹主义的力量所创造的风景奇迹，面对类似大画幅相机精美的影调结构后面强烈地凸现出来的人格魅力，无论如何没有想到的是，这许多都是段岳衡通过佳能EOS 5D数码相机妙手天成的结果。他的实践证明了在现代科技高速发展的背景下，只要调动了人的智慧，什么样的奇迹都可能诞生。因为面对数码技术的挑战，当代景观摄影出现了两种截然不同的发展趋向——一些摄影家拒绝数码摄影的诱惑，通过中大画幅相机和传统暗房的力量，一点一点延伸快门释放之后的生命体验。另外一些

摄影家则早已伸开双臂热情拥抱数码技术的春天，在躁动不安的时代节奏面前唯一可以抱怨的是：数码相机的像素还不能如愿表达心灵的话语，焦灼地等待更新的技术彻底击败传统的银盐胶片……段岳衡则在多年艰苦探索的历程中，找到了第三条道路，比无数的同行者早一步领略到了创意的快感。

首先，段岳衡具备扎实的传统工艺制作基础，凭借在黑白暗房中磨砺多年的深厚功底，深知如何能够在黑白灰之间释放出更多视觉的奇迹。同时他又通过大胆的实践和锲而不舍的探索，在现代电脑的有限空间中，进退自如地将不到2000万像素的影像调理出足可与大画幅相机媲美的影调空间。这时候的摄影家首先是一位诗人，通过他的作品，奇迹出现了：心里感受到的情感，被巧妙地留在了单反相机冰冷的躯壳之中。接下来，摄影家又成为一位智者，充分调动了看

似单调的0和1的数字空间，传递出无所不在的华丽诗章。正如美国著名摄影家卡波尼格罗所言："在我摄影的这些年当中，我了解到许多事物在我们释放快门之前或释放快门的时候，当底片和照片还在化学溶液中就可以从寂静的层面被理解、被观看、被塑造或者被揭示。我工作时保持一种'用心体会的状态'，一个给予灵感实质的温和空间能净化人的视野。摄影，就像音乐，一定是诞生在难以显现的精神世界里。"这样一种难以显现的精神世界，在段岳衡的景观中得到了充分的揭示，却又简单得让人难以置信。所以我才说，通过段岳衡的景观摄影，我想到了摄影之外更多的东西，比如哲学，比如禅宗，等等。

静下心来揣摩段岳衡先生的黑白景观，的确可以读出一段天籁之音。这完全得益于摄影家心灵的陶冶，以及前期拍摄和后期制

《风景》三

作的精心控制。作为一个独具个性的艺术家而不是笼罩在安塞尔·亚当斯纪念碑式的阴影下，段岳衡选择了沿承和拓展双重方向，他不仅从遥远偏僻的空间带回巨大的力量，从而创造出令人惊叹的、戏剧化的地球景观影像，同时也通过简单的美丽，在一个你所感到亲密的空间，让你沉浸在冥想之中。他的画面仿佛是徒步旅行中偶遇，得来全不费工夫。也正如罗伯特·亚当斯所说："那些看上去仿佛很容易得到的画面，才会有足够的说服力暗示美丽是平凡的。"真正的美丽应该是在艺术家诗意的直觉中——段岳衡先生非常敬重自然的元素，认为美丽就在这样的片段中活着——通过扭曲的枝条、小小的覆盖着青苔的岩石，或者一个水坑，构成一种综合着各种元素的人类冥想空间，给人以抚慰或敬畏。他试图传递更多内在的信息，提示我们花些时间看到风拂动树叶，或者白杨树干柔软的质感。他的影像可以看成是一种和谐、平衡、力量、沉静，甚至是人类的避难所。照片说出了仁慈的暗喻，描绘了物质世界基本的构成，而我们也是其中的一个组成部分，从而延伸我们对生活的想象。

也许，段岳衡的照片告诉我们如何从自然中汲取营养，使自己的心灵安静下来，从石头中、从流水中找到平衡的感觉。或者换一个角度，作品的哲学和禅宗的意味，就在于他擅长将光线转换成人性的力量。他在画面中综合了水、土地和天空的相互影响，如此的空旷所展现的不仅仅是一个世界，而且

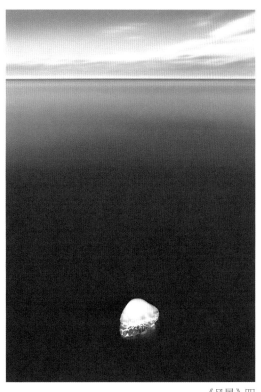

《风景》四

是一个已经逝去的世纪。其精致的成分，就像是中国的长轴绘画……所以我很难确信应该将他的作品放在传统风光摄影的领域，还是放在当代的观念实践之中。只是有一点是无可置疑的——摄影家是带着一种朝圣的心情，对大自然致以深深的敬意。

段岳衡，湖南人，加拿大籍华裔摄影家，自由摄影人。早年被下放过，当过兵，做过记者，毕业于中国人民大学新闻摄影专业。曾获奖无数，这已经不太重要。重要的是，我们期待他在具有哲学和禅宗意味的风景世界中，穿越时间到达理想的彼岸，找到更多属于他自己的快乐，也给我们带来更多的惊喜！

试说陈征的《墨界》

陈征的《墨界》，大开大合。既有中国古代文人趣味和胸襟，又不失当代山水摄影的情怀和意蕴。随着《墨界》"画轴"的徐徐展开，从"墨分五色"到"气韵生动"，让人"可行、可望、可游、可居"，于山色有无中，乐而忘返。

先说"墨分五色"，语出唐代张彦远《历代名画记》："运墨而五色具"。其"五色"或指焦、浓、重、淡、清；或指浓、淡、干、湿、黑；也有一说是加上"白"，合称"六彩"的。简而言之，说的是中国画墨色运用上的丰富变化，令人神往。所以，在中国画里，"墨"并不是只被看成一种黑色。在一幅水墨画里，即使只用单一的墨色，也可使画面产生色彩的变化，完美地表现万千物象。陈征的《墨界》，延续了中国文化中的精髓，承接了墨色纷呈的妙趣，尤其是浓重的黑色氛围中近乎密不透风的精神力量，让人心跳加速，激情不已。

于是我想到了法国著名摄影家杰鲁普·西埃夫的风景——尽管他是一个题材上的两栖型人物，除了时装、人像，就是风景。有意思的是，西埃夫属于忧郁型的摄影家。他的风景照片有一个重要的特征，总是将天空和包括天空在内的四个边角压得很暗，不是因为天空本身很暗，而是有意在后期的暗房加工过程中增加了大量的曝光后所致。有评论家问起这样一种明显的人工痕迹时，西埃夫的回答出人意料——"其实开始时，是误打误撞的。就像巴斯特因为忘了一样东西在抽屉里，才发现了疫苗。我一直不喜欢太亮的天空，我喜欢质感。我喜欢将照片洗得密不透风，有密实的黑色，所有

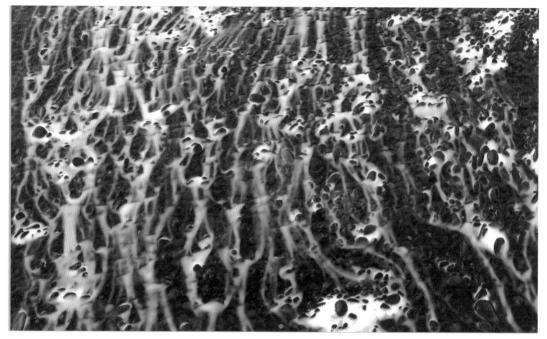

浪之交响

的细节都在黑影之中。所以我在天空上过度曝光……只是我照片做得不好，就成了这种晕开的效果。此外，我的放大机上的聚光镜不理想，所以照片中间显得比较亮。为了平衡，只好把照片的四角增加曝光。可是因为技术失误，曝光过了度，四角更黑。结果我发现这效果不错，制造出一种深度……"

接下来西埃夫自己又找出了更深一层的原因："我喜欢封闭的画面——虽然我有惧闭症……如果相纸的白接上天空的白，我们的视线就从画面游离出去了。事实上不只是封闭，我也想给观众的眼光指引一个方向。他的视线必须从水平线出去，不要往左、也不要往右绕，就像爱丽丝进了镜子一样，总有办法可以出去。"从陈征的《墨界》

中，我似乎读到了当年西埃夫压暗风景摄影的神韵——然而当下的《墨界》，不仅有浓重的"黑"，也有自由开放的"白"。尤其是在"墨分五色"自由挥洒的画面中，展现出摄影家爽朗的个性和不拘一格的艺术创造情怀。诚如摄影家所言："在叫不出名字的空间里，自然山水都蒙上朦胧感。然后被某种情绪演绎了色彩。只剩下黑，或者白，或者黑白叠加后的各种灰色，被拓印在纸面上……"《墨界》中的"墨分五色"，自然就有了和西埃夫迥异的个性特征，却又异曲同工。

再说"气韵生动"，这是南齐谢赫提出的美学命题，为中国古代绘画"六法"之一。"气韵生动"所说的是艺术作品体现宇宙万物的气势和人的精神气质、风致韵度，达到自然生动，充分显示其生命力和感染力的美学境界。谢赫的这一论述，直接指向了唐代美学中"境"的范畴。"气韵生动"对于后代的绘画美学思想有重要影响，凸显了中国古典美学对艺术家胸罗宇宙，思接千载，仰观俯察，富于哲理的要求——陈征的《墨界》也试图在这一层面上，寻找着摄影中的真趣。

静观《墨界》，画面中的层次节奏就是一种生命的呼吸感——如同听到音乐后，身体随节奏而舞动，也可以说是"律动"。左联五烈士之一的殷夫，在《我们是青年的布尔塞维克》诗中曾写道："我们生在革命的烽火里，我们生在斗争的律动里。"这是一种源自社会历练的律动。而作家朱自清在《别》中所写的："只觉他的心弦和伊的声带合奏着不可辨认的微妙的悲调，神经也便律动着罢了。"两者都是一种源于情感的律动。那么，陈征的《墨界》，也正是一种源于自然形态所转化成的生命的律动，借助"墨分五色"的神秘呈现在当代风景中，和

征服

深渊

着时代的节拍而"气韵生动"！

由此想到了一代美学宗师宗白华在美学与艺术问题中一直强调的生命节奏，或者说，基于对生命节奏的理解，才得以进入宗白华关于审美时空、虚实问题、气韵生动和艺境等美学的空间。从表面文字上看来，我们可明显觉察出，生命与节奏二词在宗白华美与艺术的文章中出现频率之高，而且大多是在宗白华论述美与艺术的魅力和根基的最精彩处和最紧要处。在他的论述中，与节奏同义近义的词随处可见，如韵律、律动、旋律、波动、颤动、音奏等，更为重要的是前后总有"生命"、"生机"或"生气"紧随："形式的最后与最深的作用，就是它不只是化实相为空灵，引人精神飞越，超入美境，而尤能进一步引人'由美入真'，深入生命节奏的核心。世界上唯有最抽象的艺术形式乃能象征人类不可言状的心灵姿势与生

舞蹈树

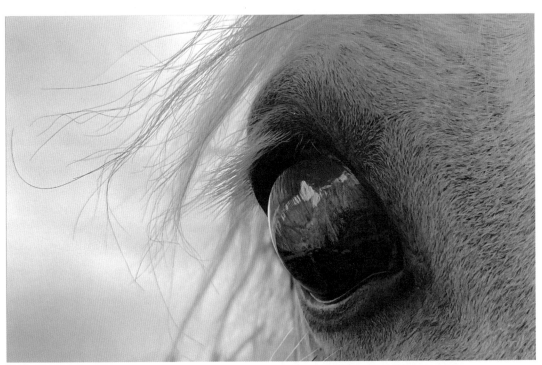

第三空间

命的律动。"也许，陈征在《墨界》中所用的后期影调虚化——这也是他善用的手法，总是在最为合适的时空点上，承接了生命节奏中的虚实相关，既空灵又不失沉稳，放得开又收得拢，自然天成。

所以说，陈征的《墨界》所依托的是文化和视觉感知上的精神依托，其中蕴含着中国传统文化，以及西方哲思下的视觉极简主义，从而成为横跨中西视觉的隐语。或者说，这是摄影家自我的存在，是自我身体的存在和意识存在的一个合谋——每一抹光影都是自我存在的此在，每一种"墨分五色"总是在呈现一个当下的存在，最终以"气韵生动"和生命紧紧地联结。画面是超越时间的，它虽包含着时间，但你却无法看到时间及结果。"墨分五色"在空间和时间上最终都是"空"，而让"气韵生动"和精神的力量同在。尤其值得关注的是，《墨界》中的画面具有相当强烈的构成感，平面的框架中"纵横冲突"的视觉元素最终被巧妙的影调构成融合在一起，凛然大气。这也许得益于陈征多年来在建筑和景观设计领域摸爬滚打

所修炼的大格局，从而让"气韵生动"成为"戴着镣铐跳舞"的精彩呈现。

美学家诺埃尔·卡罗尔从丹托的著述中，推论得出一套艺术品的判断条件，丹托对这些条件给予了认可——当且仅当以下条件获得满足时，X才是一件艺术品：1.X有一个主题；2.关于该主题，X展现了某种态度和观点；3.在展现态度和观点时，采用修辞性的（通常是隐喻性）省略法；4.这种省略要求观众的参与，以填补被省略的部分（解读）；5.作品和解读都需要有一个艺术史语境。

由此推断，陈征的《墨界》为一件艺术品。《墨界》有一个主题，就是人和自然的关系；关于这一主题，陈征表明了天人合一的态度和观点；而在展现他的态度和观点时，选择了中国古代文人"墨分五色"的修辞手法；由于"气韵生动"所营造的曼妙意境，足以邀请观众"可行、可望、可游、可居"；最后，中国山水文化源远流长的历史背景，成了《墨界》作为当代风景摄影最为恰如其分的语境。

从《野外拾回的小诗》说王苗

　　我在多年前的《她的视角》一书中曾经这样写道：面对女性的眼睛，你将会选择什么样的形容词进行描绘呢？尤其是当我们透过镜头，面对的是一位女性摄影家的目光时，我们可以从中感受到一种逼人的力量。无可讳言的是，当代艺术界依然是在以男性为主导的强力话语的支配下，当女性的观点在许多场合被阻拦于权力的大厅或是演讲的通道外时，女性的照片仍以强有力的穿透力进入社会意识之中，让人感到一种无时不在的生命活力。透过历史，当女性为分享正当的利益而奋斗时，尽管会感到摄影对她们来说有着一种特殊的障碍和技术的局限性，但不管怎样，照相机依然成为她们表达和交流激情与渴望的工具，是她们回归自我家园最理想的方式之一。纵观摄影的发展历史以及当今的走向，许多女性在摄影这一媒体中成为当然的先驱，她们的照片所讲述的故事是由心灵、眼睛和照相机共同捕捉的特殊瞬间。在今天，当女摄影家以勇气和自信找到了新的角度并且在复杂的真实中散发出更多的光芒，装点了我们的世界时，在女性的眼睛中所揭示的是人类体验的精神和深刻的理解，她们将历史蒙在上面的面纱巧妙地揭去了。这些摄影家已经将整个世界带入"一个女性的位置"并留下了更好的平衡。

　　……然而作为女性，在摄影的历史长河中，往往是更多地处于被人们所忽视的状态。正统的摄影历史几乎都是由男性完成的，只有极少数的女性在摄影史中散发着仅有的光芒。当然，任何人只要有一双眼睛和摄影的常识，都会发现这样的观点是荒谬的。我有理由相信，论述女性在摄影中的地位以及她们的成就，依然是一件非

我信仰般追随你
你追随死亡

it's my faith to be following you
you following death

北岛

《野外拾回的小诗》一

醒来时，
世界都远了

我需要
最狂的风
和最静的海

—— 顾城

《野外拾回的小诗》二

新娘
睡熟了

在床头挂着
白纱织的头饰且坠

—— 顾城

《野外拾回的小诗》三

雨夜里的舌头
描述着光线
盲目的钟
为缺席者呼喊

tongues in the night
describe gleams of light
blind bells
cry out for someone absent

北岛

《野外拾回的小诗》四

常有意义的工作，而对于读者来说，也应该是一次颇为不平凡的阅读旅程——让我们就从中国女摄影家王苗《野外拾回的小诗》那些并不算遥远的故事讲起，一步一步走进一位女性艺术家细腻而独特的心灵世界，通过她对世界的解读深入了解女性对于摄影作为一种视觉媒体的理解……

在我的博客中，曾经刊出过《野外拾回的小诗》部分作品，包括照片和诗人的文字。我在博客中这样写道：作为四月影会的重要成员之一，女摄影家王苗曾在上世纪80年代初期发表过一组作品，题为《野外拾回的小诗》。当时诗人顾城曾为这些画面写过十几首小诗，北岛也曾在城南的小屋中，用日历纸片，抄录过不少诗歌给她。那时候上百幅画面配上诗歌与音乐，在全国几十所大学放映，获得人们由衷的喜爱。

几十年以后，顾城已经沉沉睡去，北岛也浪迹天涯。这次王苗选了一些画面做成了一本画册，配上顾城当年手写的诗稿，以及北岛重新抄写的中英文诗稿，让人平添一份苍凉的感觉。此次在北京拿到这本《野外拾回的小诗》，介绍给喜欢王苗作品以及顾城和北岛诗歌的朋友。只是这些年过去了，我们的摄影和诗歌究竟有多少人超越了他们？我们的观念是否还停留在一个令人失望的年代？这是我们的过错还是时代的误读？

我还说：80年代和顾城见过一面，那时候学校的诗社邀请顾城来做讲座。我作为校报的记者，在第一排给顾城拍摄了不少照片。可惜那些黑白胶片不知流落何方。只有顾城孩童般的笑容，还深深留在我的记忆中。世界曾经为某些偶然的感动定格，我们却已经走得太远……如今，王苗在书的扉页前的题字历历在目：林路兄惠存。其实王苗长我几岁，送我书的那一年却以独特的气韵和满满的自信给我留下深刻的印象，正如我在《她的视角》一书中所介绍的：

"中国女摄影家的真正意义上的锋芒毕露，应该是在20世纪80年代，在中国进入改革开放的新的历史时期，优秀的女性摄影家不断崭露头角，形成了一道亮丽的风景。比如我们可以在当代中国摄影的浩瀚星空下，看到无数闪烁的女性智慧的星座。其中有在战争和灾难的锋刃上行走的女性如黄文……有洒落人道主义关怀满地碎金的王瑶、居杨……也有将梦幻融化在他乡阳光下的王苗、王小慧……更有闪烁着视觉智慧光芒的李媚、陈小波……不管西蒙娜·德·波伏娃在她的名著《第二性》中认为男性是第一性，女性是第二性，还是让·杜歇在《第一性》中认为女性是第一性，男人是从属的第二性，我们都有理由对现代摄影、对现代摄影中的女性充满自信：做什么？怎么做？为什么而做？对于这些人生的基本问题，女性天生就能回答，只要她懂得倾听自己身心的呼唤，并使别人能够听见。只有第一性重新敞开原始的生命之泉，人类历史的长河才不会因其消失而枯竭。"

然而读懂王苗，真的很容易吗？

曾参与创办中国民间摄影团体"四月影会""现代摄影沙龙",当过"当代摄影学会"秘书长、副主席的王苗,祖籍山西,1951年出生于北京,受过小学和初中三年的教育,16岁时上山下乡接受贫下中农再教育。随后,因病回到北京,在文物出版社当学徒,这时开始学习摄影。之后进入中国新闻社当摄影记者。1986年到香港,先后在中国旅游出版社做记者、采编部主任、副主编以及副社长兼总编辑。

作为新时期最为优秀的女性摄影家之一,王苗曾在香港举办"我眼中的西藏"摄影个展,在美国加州举办"川藏行"摄影展,在台北举办中国当代摄影家系列展之王苗摄影个展——这是中国大陆女摄影家在台湾地区举办的第一个影展,引起了强烈的反响。王苗前期的作品以小品居多,秀美多姿,充分展现了女性摄影的独特风韵,以《野外拾回的小诗——王苗摄影集》为代表。后期的作品转为大气,并在各种现代试验手法上进行了多种尝试,以《重走马可·波罗进入中国的道路》《西藏——神秘的高原》等影集为代表。

她曾经这样说:"我只想用自己的眼睛去观察这个世界、用自己的心去感受这个世界、用自己的理解去认识这个世界、用自己的摄影艺术语言去表现自己所认识了的这个世界。"这是中国女性摄影家的骄傲。

回到《野外拾回的小诗》,在我的博客刊出后,留言十分踊跃——

有人说:诗歌素来是摄影的催情剂,文学修养也是目前国内大多数摄影爱好者所缺失的,看了这些作品多少有点感叹自己文学功底的粗浅,学无止境啊。

也有人说:好梦幻的感觉,想象到人心灵深处的宁静……

更有崇拜者写道:大师,厉害啊!当然我主要是指那些诗。到我读小学5、6年级,大概认识一点字的时候,这个社会就开始流行席慕蓉和汪国真了,今天被林老师一刺激,突然明白,那大概就是"阴谋"最早开始的时候。到了今天也不用"阴谋"了,

《野外拾回的小诗》五

《野外拾回的小诗》六

115

这个世界已经形成了可以自动生成"梨花体"和"芙蓉秀"的结构和机制了；我们也终于可以和"阴谋"者一起安享天年。……以上算是我对林老师最后那句"世界曾经为某些偶然的感动定格，我们却已经走得太远……"自作多情的注解。

其实下面的这段留言正好是补充："这才是真正具有折服力的照片。真是受不了某某老师去了哪儿一趟，拍了一大打儿的糖水片，底下还有一群人说好。今天看了这样的照片心里还宽慰些。……现在终于明白为什么我爸爸以前总是让我多看看好的文学作品（包括散文和小小说）。虽然我不懂诗，但是我看了这些照片，我就明白，文学修养对于摄影创作的作用是巨大的。因为这里的每一张照片都是一首诗歌，一篇隽永的散文。"

于是，还是让我们回到作品本身，再一次穿越历史诡谲的风云，读懂王苗在那样一个特殊的年代对人生的感悟。

轰动中国社会的自然·社会·人摄影展结束后，王苗在中新社找到了拍摄的感觉。也正是中新社给她创造了起点更高、视野更加宽阔的环境。《野外拾回的小诗》就是在那种状态下开始拍的。

陈小波认为，《野外拾回的小诗》奠定了王苗在摄影界"先觉者"的地位。看王苗的《野外拾回的小诗》，就像看惯了风光摄影表现雄伟河山的照片，突然有了别样视角。

这些《野外拾回的小诗》源于1980年王苗看到的展览，也就是在北海公园举行的日本当代著名风景画家东山魁夷的画展。她猛然觉醒：原来自然可以这样表现！这就是陈小波所形容的：东山魁夷的风景画以疏简而静谧，纯洁而优雅著称，是绚烂至极归于平淡的杰作。那时候，能看到来自外界的东西有限，没有资讯，脑子里一片空白，王苗突然看到这样一个宁静的展览，一下被打动了、被征服了——它就是王苗内心想拍的东西！这个画展影响了王苗的摄影风格，奠定了她逐渐成熟的视觉风格基础。

诚如陈小波所说：《野外拾回的小诗》提供了一个新鲜的视觉角度来看自然，通过无名草木感受自然的魅力、自然的灵魂。于是有人称王苗是"赋予草木生命的第一人"。的确，从看了东山的画展开始，王苗就对拍摄宁静的自然产生了兴趣，行走在任何地方，眼睛和心就会感受这样的"小诗"。突然看见山头上的一棵树、脚下的一棵草，她会大叫："快停车！"急不可待地奔跑过去，可旁边的人会认为平淡无奇。王苗所喜欢上的简洁单调、形式感强的构图，单纯色彩，用的是一只尼康80—200mm镜头把周围繁复的东西去掉。这不是简单的"剑法"，而是一种类似于极简主义风格的摄影视点，在80年代可谓是石破天惊，自然不同凡响。即便是到了今天，在中国的风光摄影历经了沙龙风格唯美主义的千回百转之后，许多人依旧没有跳出庸俗的风花雪月繁复羁绊的现状下，回想王苗当年的《野外拾回的小诗》，其"破土"的生命力依然不可低估。

郭际的《山海间》

郭际的黑白《山海间》，妙在苍茫水云间。

古人所言水云，多指水云相接之景。晚唐词人李珣有《渔歌子·楚山青》一词，其中有："水云间，山月里，棹月穿云游戏。鼓清琴，倾渌蚁，扁舟自得逍遥志。任东西，无定止，不议人间醒醉。"他借山河的水云间，说的是一种人生的处世情怀。郭际则是借黑白的视觉语言，镜头中荡漾开了水云间的博大意境！

贡布里希在《论艺术》中这样说道：如果我们能把过去听说的什么青草蓝天的话统统置于脑后，好像从其他星球启航探险，刚刚飘临此地一样，初次面对眼前的世界，就能发现世间万物大可具有出人意料的颜色。有时画家便觉得自己分明是在进行这种探险航行，他们想重新看世界，把肉色粉红，苹果非黄则红之类公认的观念和偏见完全抛开。

在郭际的镜头中，也许只有一种色彩，那就是黑白之间的无穷变数。每一次面对变幻无穷的水云间，他就是"好像从其他星球启航探险，刚刚飘临此地一样，初次面对眼前的世界"，在黑白灰之间"探险航行"，呼唤出山石的永恒不变，水云的变幻莫测。

心中若有桃花源，何处不是水云间？郭际镜头中的水，有时候是凝固的冰，有时候是铺开的雪，更多的时候是虚幻的流动；郭际镜头中的云，有时候弥漫一片，有时候飘逸自如；重要的是，巨大的山石昂然矗立，万世千古。于是，山石的坚稳与水云的舒展相为映衬，一张一合之间，让人看到了这样一种大气的山河律动的本源，从而引向生命的律动。如果没有摄影家随着自然的脉搏跳跃的

《山海间》一

《山海间》二

节奏感悟，简单的形式化的东西也不会具有太大的生命力。恰恰相反的是，我们足以从郭际作品上扑面而来的万千山河中，听到摄影家自身的心跳，这绝非故弄玄虚。可以想象，当摄影家将自己所领悟到的那种大开大合的自然旋律融合于生命体验的高度，借助自己的文化底蕴和思想厚度，自然就有了令人击掌称奇的艺术创造！

这是一种大视野，也是人与自然融合在一起的博大胸怀。而且也令我想到，这样的大视野，正是在"时"和"空"这两个轴心上展开的——横向的空间和纵向的时间，尤其是静态的山石和动态的水云，构成了生生不息的大视野和大情怀。这样的时空关联能让我们看到：一是时空的循环往复，周流不穷；二是生命节奏游刃于虚，生存与时空合而为一；三是由此延伸的中国人的时空观，富有无限广阔的生存厚度与广度。在这样一种根植于山林云水之审美的时空中，人们可恣意遨游，遐想无穷。横向的空间和纵向的时间，就这样一次又一次被郭际的镜头定格在一个个黑白的瞬间，有着横向的波动，又有着纵向的律动，跳跃出一种哲人般思考的柔性心怀……

也许，中国人的宇宙观中，这种移远就近、由虚知实的空间意识，已经成为我们宇宙的特色。生命情怀是曲折流动、循环往复的。我们向往无穷的心，须能有所安顿，归返自我。郭际给我们带来的时空意识，不是埃及艺术的直线通道，不是希腊艺术的立体雕像，也不是欧洲近代绘画的单点透视，他的影像特征是回旋往复，盘桓周遍，流连徘徊，以抚爱万物，澄怀观道，是时间率领着空间前行的，因而成就了节奏化、音乐化的"时空合一体"。这样一种类同于音乐的能量有多大，可以说是无限的。尤其是掌控着黑白灰视觉语言的郭际，更是擅长于从积聚内心、充满能量并摄人心魄的低沉的乐章中，转换出视觉的节奏旋律，让我们面对大气磅礴的山河激情涌动，从而进入人生特有的境界。

法国著名小说家普鲁斯特这样说过：

《山海间》三

"天才作品的创作者，并不是谈吐惊人、博学多才、生活在高雅气氛之中的人，而是那些突然间不再为自己而生存，而且将自己的个性变成一面镜子的人。天才寓于反射力中，而非被反射物的本质之中。"郭际《山海间》的魔力不仅仅因其形式，更是因其对自然精妙的幻想，通过一种由内而外的情怀感，成就了大家的风范。他的作品充满了激情，也正是因为激情的跃动，有时会让天空出人意料地绽开万千光芒，有时会让流水超越想象地铺开无限柔情。就像是一位高明的小说家，一瞬间勾勒一个场景，无意识地迸发一个警句，在难以言说的敏感中抓住一刻的阴影，从而以一种激情，在律动中穿透一个灵魂。他有独特的视力，不在于他看到什么，而在于他看山河和看自己所站的位置，说到底就是一种人生的哲学观点，而不仅是一种简单的观察能力。

这就是芭芭拉·塔奇曼在《历史的技艺》中所说的："艺术家具有外向的眼光和内省的眼光，以及表达出它们的能力。他们提供一种没有他们创造性眼光的帮助，读者就无法得到的观点和理解。这就是莫奈用倒映出杨树的粼粼波光带给我们的，艾尔·格列柯用托莱多雷鸣电闪的天空带给我们的。"也是郭际通过黑白的《山海间》带给我们的水云间！

郭际的《山海间》正在以一步一步逼近的姿态，探索中国人对人生理解的最高境界，把中国文化探讨自由天地的思想精华凝聚在镜头的黑白灰之间。也许在以后的某一天，他会让《山海间》再一次从一般的艺术观、自然观中跳跃出来，成为大于艺术、大于自然的世界观、宇宙观和人生观。或者说，是上至天地宇宙，下达万物万象的通观，让云水间的一切不分彼此，与千山万壑融为一体，通向真正属于中国哲学又带有普世意义的大审美观。

《山海间》四

从蛋糕、摄影和美的思考说罗红

火烈鸟

　　最近去京城参加了一次比较特殊的摄影活动，这就是罗红摄影艺术馆的开馆仪式及其研讨会。

　　罗红摄影艺术馆占地面积180亩，邀请了澳大利亚建筑设计师、日本室内设计大师、韩国园林世家传人来设计主体场馆和园林景观，并邀请了30多位山东传统石艺匠人（最年轻的都有55岁）手工打磨每一块石料，一花一草一木都感人至深，是用真正的工匠精神打造出来的艺术空间。罗红摄影艺术馆主要用于收藏和展出罗红的摄影作品，用他自己的话说：罗红摄影艺术馆不仅是安放他作品和灵魂的地方，也是孩子了解自然、感受自然之美的地方。因此，摄影艺术馆将向所有15岁以下少年儿童免费开放。

　　人们了解罗红，首先是因为他的蛋糕。作为中国著名烘焙连锁集团好利来的创始人，也是首位在联合国设立个人环保基金（罗红

肯尼亚

环保基金）的中国企业家，罗红在1992年因为买不到满意的蛋糕为母亲退休后的第一个生日庆生，"一怒之下"决定从事蛋糕行业，创建了"好利来"。随后的22年里，好利来直营连锁饼店逐渐开遍中国80多个城市，形成目前近千家连锁店、1万多名员工的规模。而在2009年，罗红又创建了"黑天鹅"高端蛋糕品牌，其创意灵感来自他拍摄的一组雪地黑天鹅摄影作品。是否可以这样说，黑天鹅蛋糕的设计也将摄影艺术与蛋糕艺术有机地结合起来，突显尊贵、高雅、唯美。

同时，罗红常年在野外拍摄大型野生动物，足迹遍及全球。曾三十八次走进非洲，拍摄非洲东部和南部种类繁多的野生动物。又远赴南极、北极，拍摄濒危的企鹅群落和北极熊。他擅长航拍，作品大气、唯美，他也善于捕捉野生世界充满情感的细节，为大量野生动物保留了珍贵罕见的瞬间，在国际、国内展览都曾产生较大影响。

这一次，著名摄影家段岳衡受邀任罗红摄影艺术馆馆长。新华社领衔编辑、著名摄影评论家陈小波成为罗红摄影艺术馆的开馆策展人，她说："博物馆、美术馆、艺术馆都是世界上最好的大学。远在古典时代，博物馆以缪斯之名诞生在了古希腊；如今，智慧而富有的人深知艺术比政治更长久，他们要为人间留下一座座艺术圣殿。经过长达六年的建造，几经推倒重来，今天，罗红摄影艺术馆向公众开放。这是罗红送给北京城的一个礼物。"

从精致的蛋糕到美轮美奂的摄影，我在研讨会上先是表达了："罗红的作品不是简单意义上的风光摄影，是在带有写实意味的同时，具有独特美学意味的再现和创作，看他的作品会有一种震撼感，它来自作品本身的力量。罗红将生命的力量注入作品中，诠释人与自然的关系。"但是我也客观地指出："罗红的展览作品过于完美了，每张作品似乎都找不到破绽，从而在某种意义上限制了观众的想象力。艺术家应该尊重观众的想象空间，才会赢得观众的更多尊重。"

这就是我想展开的，关于中国摄影界长期以来因对美的片面追求所产生的有趣话题——

美国哥伦比亚大学名誉哲学教授、《国家》杂志艺术评论人阿瑟·丹托曾在他的《美的滥用》一书中总结了对艺术中的美的各种观念，提出了自己的一些想法——其中带来的最大启示，就是让我们能有机会再一次思考中国摄影界唯美主义风潮的现实，很有意思。当然，这是一本对美的观念进行重新解读的书，尽管不是针对摄影而言，却对摄影人有着重要的启发。我们习惯上对于美的认识，源于希腊人发明的美的概念，从而一直将其作为理想的追求。回顾历史，就在人们对美的定义还在争论不休的时候，从20世纪初，现代艺术就开始了对美的颠覆。

丹托也是在20世纪80年代开始面临这样的一个困惑："艺术家可以真正地做任何事情，似乎任何人都可以成为艺术家。"这让丹托很苦恼。接下来他想清楚了："我们已经真正进入了一个多元主义的时期。不存在一个正确的创作艺术的方式。"于是，他在书的中文版序中告诉中国读者：中国由于特殊的历史原因，并没有"经历现在的艺术世界演变过来的那段历史"，但是没有关系。尽管，"中国艺术，特别是中国画曾经遵循非常显著的传统道路。多元主义意味着人们仍然可以是传统艺术家，但只是作为一种选择"。因为除了美以外，还有真与善的价值。而且"在某种程度上，艺术中的真可能比美更重要。它之所以更重要，是因为意义重要"。这真的是一针见血，说出了美的滥用的根源。尤其是"今天的艺术批评更关注于这些意义是否同时具有真实性，而不是关注传统的视觉愉悦的观照"。其实艺术事实上就是关于亲历了艺术的那些人，"它也有关我们是谁、我们如何生活"。前些年我关于"清算"风光摄影的论述以及涉及的关于唯美主义摄影在中国泛滥所带来的害处，其实也正是基于这样的背景提出的：失去了个性化而且无关现实意义的千篇一律的唯美，不仅不是艺术，而且是有害于生活的。

云开

霞光

回到罗红的蛋糕和摄影——他以美的理念创建了独一无二的蛋糕品牌，无疑是成功的。他同样以美的理念建造了可能目前来说是世界上规模最大的摄影艺术馆（面积超过了曾为世界第一的东京都写真美术馆），在设计上也是美轮美奂。但是单单有规模和美的设计是远远不够的，东京都写真美术馆收藏作品约二万五千件，藏书约六万七千册，是值得骄傲的世界规模级的收藏。在这一点上，也是罗红在今后的发展规划上需要好好下功夫的。当然，从常规审美角度来看罗红的摄影是完美无缺的，但是正如前面所说，光有完美却是远远不够的。当所有的观众面对这些巨幅画面发出惊叹之后，留给观众的想象力空间有多少，这绝不是光有美的支撑可以完成的。尤其是一位艺术家留给后人的，不仅仅是通过完美的手段记录了什么，更重要的是告诉后人，曾经有这样的艺术家通过和别人不一样的个性方式记录了这一个时代。网上的读者看了罗红的作品之后，惊叹之余，也有人认为这些作品只是一些"高级糖水片"——尽管这样的说法是有偏颇的，因为如果你没有站在罗红摄影艺术馆的大厅里直接面对这些作品的话，做出"高级糖水片"的判断肯定是不公正的。但是这样的说法也在提醒我们，美的本身只是艺术创造的元素之一，甚至不是唯一。只有用更为个性化的观察力和想象力进入艺术创造的空间，上升的层面才可能更高、更有价值。更何况，面对非洲的土地，除了美，在真和善的层面，是否还可以带给世人更多并不完美的思考空间，从而促使更多的人为这个世界贡献什么。

记得王春辰在《美的滥用》一书的译后记中不无幽默地写道："没有美学之前，有哲学，哲学没有将艺术据为己有，甚至有点排斥；而有了美学之后，美学试图将艺术的阐释权据为私产，对艺术进行了长达两个世纪的霸权，将所谓的'美'的绳索套在艺术上，制约着人们对艺术的认识和创作。"因此直到今天，"众多美学研究与美学教材陷于这个单一概念的仍然不在少数"——如今中国的摄影教材就是一个典型的例子。正如王春辰所说："……当代艺术不是那种世人在惯性中所理解的艺术，更不是那种趋附风雅的艺术"……中国摄影要做的事情真的还很多！

罗红的蛋糕成功了，罗红的摄影艺术馆有了一个成功的开始，罗红20多年的摄影实践也给人们带来了新的思考空间——摄影家留给观众的应该是一种审美的期待，他将巨大的审美空间推到了观众的面前，让人们根据自己的体验去理解画面背后的深刻含义，而非将所有的答案都告诉观众。同时，摄影家的指向也绝不是含糊不清的，人们很容易在他的暗示下拓宽图像的张力，找到属于自己的审美需求。可见，优秀的摄影作品不仅仅是现场目击者的记录，它同时也具备无限可挖掘的视觉空间，具备可以获得的审美期待。

接下来，我突然想起清华大学建筑学院教授、著名的建筑教育家、建筑理论家和建筑史学家、中国近代建筑史研究的奠基人汪坦先生关于摄影的观念，他曾说"照出来的东西总不能有深刻的感觉"，理由是："摄影永远是平面的，没有空间的感觉，和'动'的情绪。Wright（指美国建筑家赖特）的起居室的照片没有一张能真表现出他的全部的美的……"接下来他借助绘画，深入描绘了对摄影的遗憾："关于中国画，所谓虚并不是空，是无穷，令你思索——不尽是走向完善（尽）的路。一张山水画，层峦起伏，到纸边是并未尽的，却给你以追寻完善的感觉，仿佛在画外尚有千万沟壑，这称之丰富，并不是照相的剪裁，从平庸中辟出一股精辟来，而是从这一股精辟给你无穷尽的精辟。"话说得有点拗口，但是仔细想想，他对摄影的本质有着非常独到的认识，尤其是在60年前，实属不易。

汪坦先生的意思是，一幅中国画，通过留白，将无尽的想象力空间留给观众去发挥，因此可以称之为精辟中的精辟。然而摄影，只是摄影师从平庸的景观中攫取比较精辟的一部分，但是不可能让观众再去联想画面之外的精辟——因为画面之外原本就是平庸的。60年后的今天，摄影的普及和发展令人难以置信，但是我们大多数人对摄影的认识是否已经达到或者超越汪坦先生当年的摄影观，我看未必。摄影的简单化和宣传功能被不断地扩大或者说在膨胀，让人有一种越来越肤浅的生厌感。各种媒介和喉舌不仅没有让摄影变为"精辟中的精辟"，反而让摄影从精辟走向平庸，简单地完成所谓的宣传任务就大功告成了。汪坦先生如果今天还健在，不知又会作何感慨？或者说，在铺天盖地的所谓"正能量"之外，是否能有更为清醒的摄影人借助可能的"负能量"，排一排毒，对于防止"三高"应该是利大于弊的吧——从蛋糕说到摄影，关于美的话题，我想还会继续……

王琦影像中的具象内敛与抽象外化

《高原》一

　　王琦在青藏高原航拍，从高空瞄准了大地的血脉——水。在人类学的高度，将青藏高原水的姿态重新整合在一个耐人玩味的时空节点上。

　　王琦的高原之水，首先呈现的是一种抽象化的结构形态。回想摄影诞生伊始，曾以其具象的写实力量，将古典绘画逼到了绝路，从而导致绘画现代主义的滥觞。然而当摄影写实主义的大潮汹涌而至，一些摄影家开始尝试抽象呈现魔力。抽象的最初目的，是使得欣赏者很难辨认甚至无法辨认客观对象的原来面貌，从而将注意力引导到对象的形式美感上，获得审美的愉悦；或是进一步利用这些人们心理上没有准备的形式感，形成对欣赏者的情绪冲击，引起心

《高原》二

《高原》三

灵的震撼。

　　抽象也许是艺术中的至高境界。比如被冠之以无冕之王的音乐，就是以其抽象的力量征服世界的。至于摄影，作为一种凭借高科技迅猛发展的媒介，在经历了具象的"磨炼"之后，其抽象表现力也逐渐显得强大起来。当然，抽象作品的创作对象来自客观世界的具体形象，是对具象的独特提炼。正如美国摄影家阿诺德·纽曼说的："摄影是创造性的选择。"摄影的抽象呈现不再是通常具象摄影那样"记录"或展示现实，而是创作者对景物经过观察、分析、概括、综合以后，抽取被摄体本质属性部分蜕变而成，成为创作者心象的抒发。

然而从空中俯瞰大地，仅仅发现抽象构成是不能让人满足的。我由此想到了德国摄影家古斯基，他的作品之复杂性，不仅尽可能呈现出简洁的风格，也就是抽象化，更在于他的影像会不断地渗透到各种社会事件的中心，同时对画面的构成也注入了诸多敏感的元素，在现实与虚无之间摇摆不定。最终，古斯基将生活中的主题，融进莱茵河的记忆中某种神秘的关联——抽象最终回到了内心的理念。

王琦的青藏之水似乎和这些世界知名摄影家作品有许多相似之处，只是整个精神世界如同潮起潮落一般，更多地不断摇摆于具象和抽象之间。当然，这是一种开放的状态，后面隐藏着他的雄心和明确的目标，最终还是和人类学相关。正如王琦所言："通过高空鸟瞰，我看到一个残酷的现实：人类的欲望在让冰川退化，工业化的进程正在使自然环境急剧恶化！在藏南的高空，我看到的喜马拉雅山脉，常年积雪的山脉雪峰在渐渐消融。有的冰川已退化了几十公里，像纳木错这样的神湖也在萎缩，露出了那苍老的痕迹。我仿佛听见了大地的呻吟。"也许作品本身在抽象构成的背后，不仅仅是简单地图解水作为生命之源、万物之本这样一个命题。水具有一般资源无法比拟的自身优势，具有可持续利用的本质。然而所揭示的问题，又非简单的、一览无余的，而是将问题隐藏在水的画面之中，让人突然间警醒！

我又很自然想到了加拿大摄影家伯丁斯基，他在过去多年时间里，一直在关注水的各方面问题，包括事故、控制问题，农业、水产养殖、海滨及水源问题。但是从画面的表现力来说，伯丁斯基要么从抽象的角度展开水的视觉魅力，要么从具象的空间表现水的当下现状，一开一合之间，既对立冲突又和谐相生。但是纵观王琦的青藏之水，则是始终在寻找一个契合点——游刃有余在具象和抽象之间。或者说，以具象的内敛与抽象的外化的超脱之力，在形式抽象的视觉愉悦之中，隐藏着对这个世界具象的诉求，从而需要一点一点从源头剥离才能顿悟。

正如那日松所言：我们看到了一种摄影的抽象艺术——表现性风光摄影。彩色与黑白带来的对具象事物的抽象表达，呼唤着人类的原始激情，面对圣域青藏高原的大地、雪山、森林、河流，心灵得受洗礼。局部与整体，具体与抽象，这种模式亦普遍存在于人类社会及自然界，使得我们在视觉愉悦的触感下，瞥见一种美丽的哀愁，试图唤起我们对自然界的尊重和敬仰之情，身体力行地对环境生态、精神信仰示以爱的行动。透过这片地理图式，它难道不是在呈现物质与精神世界的法相吗？如果我们护卫了自然的法相，不就是在护卫我们人类自身吗？

其实我上面的论述，也只能是在那日松观点的基础上做一点延伸与铺展，尤其是如何在具象的内敛与抽象的外化的探索过程中走得更远，真正让"血液的涌动，铺开了生命的畅想"，才是更重要的。

叶文龙时空漫游的视觉思辨

空山新雨后

　　当我们回顾叶文龙这些年的艺术实践，不禁会感叹：这是一次漫长而深邃的时空漫游啊！他的每帧作品仿佛都通往不同时空，充满了无限的可能性，将我们带入了一个既熟悉又陌生的世界。他的镜头快速而准确地捕捉了那些瞬间的美好。这使我想到一只蓄势待发的豹子，它屏息静气，时刻等待猎物的出现。无论何时，它都保持着高度的警觉和完美的准备状态，随时要对猎物发起致命的攻击。

　　在忙碌的生活中，我们常常疲于奔波，无暇顾及身边值得欣

山水诗行

赏的美丽景色，渐渐丧失了对生命本质的领悟。然而，沿着叶文龙作品画面中深深浅浅的痕迹，我们却已走入一个充满奇妙的视觉思辨的世界。在这个世界里，我们可以看到黑和白，夜与昼，高速和延时，揭示和隐藏，无限和有限，自然和构成，有规律的和不可思议的，活动的和静态的，直至真实和梦幻……感受到自然与构成的交融，领略到真实与梦幻的无缝对接。

在他的作品中，我们看到了自然与文明的交融，也能感受到生命与宇宙的联结。当忽远忽近的黑白影调浸漫了当代人枯竭的心灵之后，突然就留下了视觉思辨的快感。

叶文龙的创作起点，源自他的故乡。因为远离，所以记忆里的家乡是向远方延伸的，是有一点灰色影调的。从柔和的丛林灰色到水雾翻飞的浓密灰色，家乡在他思乡的梦里一点点转化成独特的影像。因此，《空山行游》以惊人的还原力将他的思乡之情呈现给观众，让人们沉浸其中，感受到了他对故乡的无尽情怀。于是，故乡的光影和情怀成为他摄影艺术中永恒的主题，也成为他走

向成熟的转折。

后来，随着《山水诗行》系列的推出，叶文龙进一步拓展了视觉思辨的广度。他以超长比例的画幅，引领观众穿越山脉、走过人迹罕至的道路，漫游在白雪和飞瀑中，感受未被开发的纯净自然。看到这些超长比例画面的横轴或立轴，往往就会有一种让人漫游其间的欲望。观看者也许很容易进入叶文龙的人生纬度，寻寻觅觅直至无垠。这些画面让人置身于未曾踏足的秘境，可以展开无限的想象。他隐匿在神秘的光环中，又游离于有限和无限的空间——在隐藏和揭示的对立中逼近无限。似乎你面对的，就是一片终年沐浴着古典光芒的土地，属于过去的时代，也可能从过去指向未来。叶文龙通过这些作品，引领观众用心感受自然之美，探索未知的世界，感受自然与人文的交融。于是，我们也从横向的拓展中，感受到了叶文龙如此丰盈的创作空间。这丰盈，源自他内心的深处。

冬雪的盛大登场，简直是摄影界的重磅炸弹！在神秘的夜色里，它悄然释放出无尽

的活力和魅力。当闪光灯划破寂静的夜空，漫天的飞雪瞬间被点燃，化作一群古灵精怪的精灵。它们以强烈的冲击力和震撼力闯入我们的视线，却又如此自然。

最让人惊叹的是，叶文龙用他的镜头让我们重新审视起那些熟悉的自然景象。他赋予这些景象一种深沉的哲思，一种几乎触及灵魂深处的探索。在摄影的实践中，他精准地把握了长时间曝光和瞬间闪光的魅力，并巧妙地驾驭着这些元素，让它们在镜头下绽放出完美的和谐。这些画面看似风平浪静，实则暗流涌动，充满了对立与冲突的张力。每一张照片都仿佛在讲述一个关于时空与信仰的故事，让人在欣赏的同时陷入深思。

叶文龙的摄影作品就像一场视觉的盛宴，让我们在欣赏美的同时，也思考着更深层次的问题：风景具有了独立的性格，不再只是某时某地的某一处风景，而是处于杳无人烟的风景和现代文明领域的交汇点上——自然就是人和物的共同栖居之处。他的镜头捕捉到了那些容易被忽视的细节，展现了一

个充满无限可能的世界。这些作品都是对生命本质的深入挖掘，是对自然与文明关系的深刻思考。不仅让我们重新审视自然与生命的关系，更让我们在欣赏美的同时，思考人生的真谛。每一次翻阅他的作品，都仿佛进行着一场穿越时空的旅行，让人心潮澎湃，难以忘怀。

感谢叶文龙，用他的作品提醒我们，生活中的美好无处不在，只要我们用心去发现、去感悟。他的每一幅作品都是一份诚挚的礼物，让我们在忙碌的生活中找到片刻的宁静，重新找回对生命本质的领悟。

面对叶文龙的作品，我们也不禁要问：它究竟属于传统的画意风光摄影，还是属于当代观念性的实践？事实上，这个问题并没有唯一的答案。叶文龙的作品游走在两者之间，打破了传统与现代的界限。他以时空漫游的视觉思辨，不断地吸引每一位观众，激发着我们对生命与自然界的深度思考。

站在他的作品前，我们仿佛被带入一个全新的世界。

《冬雪》两幅

王琛如何解读地球的表情

　　我曾经说过，每一个人面对自然风景，或多或少都会产生一种冲动。大自然以其独有的生命姿态，或是以宏观的视野，或是由微观的细节，留给每一个人不同的感动。对于一个摄影家来说，甚至可以比诗人有更为淡漠的情怀贴近自然，比画家有更为超越功利的可能走进自然。但是，进入21世纪的地球表面，已经不再是一片纯粹的风景，自然的交响已经渐渐远去，人类的痕迹正在步步紧逼，从敬畏到忧虑，正可谓百味俱陈。

"地球表情"之一

　　于是，王琛不遗余力地从一个高度（不仅是地理学的高度，更重要的是从人文思维的高度）给我们带来了可以重新阅读地球表情的可能。或者说，这些独特的画面至少展示了这样三个层面：一、构成了摄影的特殊价值，也就是将影像的力量推到了某一个层面的极致；二、让人了解了真实的新世界外表，地球的表情究竟有多少种可以想象的惊奇；三、可以通过视觉表面获取更为深入的信息，让每一个深爱自己家园的人感受到完全不同的生命体验。

　　王琛的作品使我联想起了这样一幅图景：照相机从太空中拍摄的地球，一个青蓝色的人类的梦境，一个流动的、浑圆的整体。看不清亚当斯的约塞米提山谷，看不清韦斯顿的奥西诺沙丘，没有传说中可以分辨的万里长城，更不用说已经列入世界文化遗产的黄山景致……然而，王琛让我们一步一步走近这个浑圆的整体，体察每一处神秘的细节……只要我们坚信这就是养育了多少代人的地球，是人类赖以生存的家园，我们就没有理由不把所有的爱奉献给她——可以通过照相机的镜头！

黄新的心禅与影韵

　　早些日子从杂志上偶然读到黄新的作品，十分喜欢，从网上找到一些电子图像，做成课件给摄影专业的学员讲课，深得好评。近日又在淮安的新画意摄影研讨会上结识黄新，更有了写点什么的欲望。先读作品而后见黄新，曾主观感觉这些西湖和西溪的画面大气且有相当的厚度，大概不会出自女性摄影师之手。然而判断的错误，平添了心中的好奇感，也是更想说些什么的缘由来。

　　黄新的《西湖雪烟》和《西溪梦雪》都和杭州的雪有关，也和梦中的烟云缠绕在一起，于是就有了几分仙气。然而"隔水听禅"，才是心灵的密境所在。初望去，画面简繁得当，既不堆积无用之物，也不刻意极简随流，一张一合之间，就是自然最淳朴的呼吸，在吐纳天地之气的那一瞬间，也就有了禅意。从西湖蜿蜒而去西溪，一开始还有些六朝文人的故迹为禅意之发端做些铺垫，到后来竟然就是天地间的世俗之物，或隐或现在纷纷扬扬的雪落雪停之际，可见心禅才是画面的终极之韵所在。

　　这是一种独特的审美追求，由于急切地想听到心中的禅意之呼唤，黄新不是凭借偶然的机遇挑战现实，而是以坚韧的目光始终不渝地展现西湖和西溪这个身边世界的稳定性。黄新让身边熟悉的自然世界，浸透了一种神性的沉思。正如前面所说，她的画面体现出一种平衡的艺术，但并非那种温和、四平八稳的效果，而是在简繁之间让对立冲突得到完美的出场秩序。她的兴趣在于引领我们完成一次心灵的探索，穿越林木掩映的溪流，穿过似乎无法逾越的水域，走过长长的人迹罕至的道路，漫游在白雪或迷雾中，到达一个对她而言的神秘之地，终于绽放出一片妙不可言的心禅。

回顾摄影史，我们也许可以简单地将黄新的作品归入画意主义的传统。这一传统起源于19世纪中期，式微于20世纪初，其目的主要是将摄影从传统的机械记录的偏见中解脱出来，释放在艺术的领域。然而当时的画意摄影，主要技巧就是使用特殊的镜头，或者多底合成，从不同的角度模仿绘画的样式。就黄新而言，她则是力求通过对瞬间间歇性的张力把握，强调一种特殊的氛围，从一个她所创造的特殊角度力图摆脱平庸。换句话说，她的摄影语言具有非常纯粹的艺术特征，具有确切的情感冲击力，甚至是多愁

善感的魔力。可以想象，一旦预感到即将降临的雪日，黄新内心的张力也会随着稍后不期而遇的雪中的西湖和西溪，迸发出漫天飞舞的意象。

黄新的作品也许源于幻象的构成和意外的揭示。一开始，一切对于我们来说都好像是未知的，但是一旦看到这些被黄新提炼出来的影像之后，却又发觉是非常熟悉的。画面独特的构成又像是从禅宗的角度揭示了世界核心的秘密，经过精粹的提炼，成为世界已经失落的挽歌，似乎只有从影像中才可能赎回。或者说，这是一次漫漫旅途中基于氛围的营造和灵性的启迪，旨在激发我们视觉和心灵深处的东西。我们就必须站在一个独

童话

特的位置观看，摆脱一切既有的陈词滥调或陈规旧俗——不仅是摄影的，也包括绘画的影响。我们可能会联想到19世纪英国著名的摄影家比特·爱默生所说的："一个人越是崇拜自然之美，也就越是会相信自然的和谐远非画家所能表达的。"

黄新带我们进入的像是一个嘈杂混乱世界中的岛屿，其实西湖和西溪何尝不是人类心灵可以寄托和安身之处——宁静而安详。然而她并不只是说出了西湖或西溪的神秘，同时也展现了人类的状态，一种寂寞与孤独，一种爱和迷惑。而且一时间，似乎觉得已经失去了真正的时间感，一样的天空、构成以及其他的细节，让人有一种模棱两可的恍惚。甚至看着看着，居然看出了一些不安，看出了象征着荒芜的未来。所有这一切，都包含在这样一层青灰色的影调之下，表面上给人以诱感让人迷恋，同时以魔幻的力量，让人感到恐惧。就像是一场梦，了然无痕的春梦，以无可否认的力量呈现难以捉

摸的意味。

再回到画意摄影的话题，当摄影师手持照相机登上历史舞台之后，不但又一次"徒劳地仿造现实事物"，而且刻意地模仿绘画，以至于将自己放在一个十分尴尬的位置上。有这样一种说法：摄影毕竟不是古典绘画，最重要的差别也许在于前者没有那种体现出创作过程轨迹的笔触。在绘画中，笔触作为视觉要素中最基本的个性特征，把已完成的、对象化了的作品同画家的创造性活动本身联系起来，从而使作品的语义有了可以理解和触摸的细节和深度。摄影则不然，作品一旦完成便孤立化了，人的活动过程被物理、化学的反应效果所掩盖，剩下的只有起初的意图和最后的效果这两极，中间被掏空了。这样的一个真空地带是非常难以让人解释的，因为对于批评家来说，摄影的画意变成了浅显易懂而缺少深度的散文语言。而正因为比真正的古典绘画浅显易懂，受到一般欣赏者的欢迎，甚至人们就简单地将画意作

逝秋

广寒

空山

品称为"艺术摄影",令人陷入了一个两难的境地。然而这一次,从黄新的西湖和西溪的景观中,分明看到了影像的"笔触",看到了在青灰色调性中摄影人或深或浅发力所致的厚重影韵——摄影"笔触"中可以触摸的细节和深度。这些"笔触"就是不同凡响的视觉力量最为充分的、达到顶点的呈现。影韵的"笔触"击打出忧郁的和弦,包含着神秘的光线,充满渴望和辉煌,同样来自神秘心禅——恍惚随着肌理深浅,将人带入催眠的状态。

我突然想到了前些年对中国摄影产生过重要影响的英国摄影家肯纳,他喜欢在东方旅行,日本的湖泊,中国的黄山。他尤其喜欢日本诗人芭蕉,吟诵他著名的俳句:"裸露的枝条上/一只乌鸦栖息。/秋之黄昏。"此时的摄影家如同隐匿在神秘的光环中,游离于有限和无限的空间——在隐藏和揭示的对立中逼近无限。真的很神似——肯纳以其近乎高调的黑白画面在表面的空灵中隐藏着一份禅意的厚重,而黄新,则试图在青灰色表面的厚重调性中,神清气爽地舒展着空灵的禅意。我们也许只需倾听自然,在和谐中汲取最神秘的精华,甚至呼吸到来自远古的神秘气息,渗透在宇宙之间。也许摄影就是如此,不需要表面化的强烈冲击力和震撼力,只是如同"随风潜入夜,润物细无声"的自然,和我们日常生活的节奏同步,从西湖到西溪,一路听风观雪,散落了无痕迹的心禅与影韵……

/观念当代

解读高辉的《山水间》

解读高辉的《山水间》，可以有几个有趣的切入点。

首先是关于宽画幅——教科书上说：使用全景宽画幅拍摄风景是非常有效的。宽画幅所提供的视野，很适合人类眼睛的左顾右盼，尤其是面对宏大的风景时，我们的目光习惯于平行地扫描，而宽画幅可以让眼睛有更多的浏览时间。然而，宽画幅的视觉营造是有一定困难的，需要更为细心的观察，以满足画面每一部分的苛刻要求。成功的关键就是跨越整个画面都必须有一定的能够引观者注目的兴趣点，要避免出现大面积浓密的阴影以及大块面毫无特色的色彩，因为这些元素可能造成画面的不平衡。

对于宽画幅所产生的视觉活力，我们可以有很多控制的方式，尤其是我们可以从电影摄影师那里汲取营养。当地平线的空间位置有许多吸引人的元素时，将其组合在一起构成宽画幅就是一个明智的选择。当然，高辉还凭借其智慧的灵感，在其中植入一些东西，补其不足的同时，又让宽画幅的灵性有了质的飞跃——这点留在后面详细论述。

从摄影史的开端，我们看到了宽画幅的魅力：全景照片，包容万象，还有——观点。正如摄影人利特雷所说：要看到所有的事物，每样东西都应被浓缩进一个空间，一眼就要可以囊括全部——早期的摄影是这样观察的，也是这样操作的。其实再早一些，在摄影诞生之前，宽画幅的魅力就早有显露：古波斯帝国都城波斯波利斯，宫殿中的大厅，每层的楼梯上矗立着手持武器的勇士雕像，保卫大流士的安全——这就是典型的全景宽画幅视角。日本平安时代

小说《源氏物语》中的爱情冒险故事，分卷构成的连环画卷——这也是全景的视角。同样是中世纪，英国的贝叶挂毯内描绘诺曼底入侵事件的传奇，长度超过68米的彩色羊毛壁画——这仍然是全景的视角。接下来，1845年，德国的一名技师成功地为银版照相法发明了全景相机，并由马顿斯推动发展了这一技术。后来的继承者们都曾投入了极大的精力，拍摄尽可能长的画幅照片，包容天地间尽可能多的灵气。直到镜头可以旋转，相机能够移动拍摄，摄影师甚至不用自己不停地运动，也能拍摄接近电影那样壮阔的全景。20世纪的人们曾经为全景宽画幅而着

迷、惊讶，甚至震惊。因为它能够如此精确地记录现实，逼真地再现人物，同时超长比例的画面又能让观者的视线连续运动……

　　确切地说，一张宽画幅的全景照片就相当于取景时空间被拉长，然后突然被限定，一段时间在此被定格——这就是摄影本源价值所在。高辉选择了这样的表现方式，其实也就是选择了摄影本体语言中最为精妙的部分并发扬光大，或者挪用了数千年来中国画散点透视的精髓，这绝非虚妄之词！

　　接下来我们看到，宽画幅的全景为高辉的山水奠定了一个宏大的基调，诚如高辉所说："站在高原的山峰上，不仅找到了自然

《山水间》三

的高度，也领略了精神世界的巅峰，人生壮阔的生命景观由此打开。"

　　法国科学家、哲学家布莱士·帕斯卡在《沉思录》中这样说道："人类有怎样的奇思怪想啊！那是多么创新，多么可怕，多么混乱，多么矛盾，多么了不起！他们高高在上发表评论，他们是没有思想的地球寄生虫，他们是真理的汇集，是怀疑与谬论的综合，他们是宇宙中美丽与丑陋的共同体。"从这样的悖论出发，我们倒可以真正领略到山水间的迷人魅力。因为这个世界正是在悖论中生长的，高辉的宽画幅山水人物图卷，其实也展现了彷徨不定的思绪，从而错落成山水间的奇思怪想，将唯美的世界剥离开来，注入了崇高的力量，又留下了疑惑的悬念！

　　我突然想起一位评论家对捷克著名摄影家寇德卡宽画幅作品的评价——"我宁可旁若无人，无视任何信息或先前就存在的观念，直接进入他那些风格独特的影像内部。也许我所了解的古往今来的摄影家，很少能像寇德卡这样，在桌子上摊开如此全景画面的摄影作品，展现出丰富的多样性，包括构图的技巧，自由安排的元素。尽管摄影家本身常常会给我们带来意想不到的惊喜，但是他的作品却始终保持严谨的特性，每一个框架都是精心构成的，从而为他的主题带来了真实的、强烈的、最为意味深长的切合实际的表达意

《山水间》四

《山水间》五

《山水间》六

味。"其实高辉的实践，也正在朝着这样一个方向努力着，也同样能够带给观众深深的震撼！或者说，从中可以窥探摄影家处心积虑的思维轨迹。

高辉说："这或许就是一种高原的精神，一种居世界之巅让庸人哀叹不及的气质。攀上高原之巅是需要勇气的，而敢于创造生命高度景观的勇气，能让你领略到高度带来的视野与辉煌气度。而拥有了这种精神品质，我们便会拥有包容之心，我们的灵魂就能沐浴在神山圣水的洗礼之中，享受这自然博大境界的熏陶和启迪。"接下来，站在这样的高度，横向移动你的视野，恰到好处地安置你对高原所有的热爱，尤其是常常可借助夹缝中的对称构图，恍如天地间缓缓展开的帷幕，抒发对人生莫名的感慨。

评论家德尔佩幽默地说过：有一种流传的说法，将摄影家称之为掠夺者。这样一个直率的比喻让人联想到等待猎物的记者一直在搜寻稀有的瞬间。如果说高辉的目光是犀利的，一点不错。但是这样的词汇还不够准确，也许更为准确的形容应该是，就像史前的猎人，为野牛、驯鹿所设置的陷阱。他并不试图去解释什么，但是的确在观看、取景、隔绝什么，靠近主体，孤立其相关的联系，使其独立存在。那些刻满经文的巨石，那些傲然千秋的佛塔，那些深黑色牦牛、马匹的身影，在一片湍急的激流中，在一片云雾的舒展间，在一道微光明灭之处，凸显了人格的力量，进而在山水交响乐中，使得"自然万物，秉性相通，人性亦然"。

其实当代摄影作为艺术的传媒工具，在现代社会中已经普及到每一个层面，同时也引发了一个关于摄影美的讨论。然而高辉的实践价值就在于：将唯美的力量推向极致，自由挥洒心灵的色彩，力求寻找可能的深度，就是我得到的第一印象，也是挥之不去的深刻的印象。尤其是他所擅长的"植入"

的手段，将唯美巧妙地推向了观念的境界。这让我想起了画家吴冠中20多年前在一次研讨会上说过的话："我们这些美术手艺人，我们工作的主要方面是形式，我们的苦难也在形式之中。不是说不要思想，不要内容，不要意境；我们的思想、内容、意境……是结合在自己形式的骨髓之中的，是随着形式的诞生而诞生的，也随着形式的被破坏而消失……"20世纪80年代关于"形式美"的讨论使人们开始重视艺术语言本体，使艺术家们意识到，在现实主义以外还有其他的许多东西，有些本来就潜在于人的内心里，现在可以激发出来了。这在高辉的实践中也得以体现。

说得远一点，美是一个永恒的命题，艺术家对美的追求也顺理成章。自从摄影术诞生之后，尾随着画家步履姗姗来迟的摄影家自然也将美作为终极的追求目标。然而对于美的定义，在整个美学史上莫衷一是。比如有美的"主客观统一论"、美的"纯客观论"以及美就是"人化的自然"等不同的观点。其实柏拉图早在《大希庇阿斯篇》中就已强调把握美的本质是有难度的，因而不得不引用一句古谚："美是难的。"甚至在当代美学领域，"美是可疑的""美的泛滥"也已经成为一种警示。高辉的努力告诉我们，美和崇高的照片是如何在恰当的时机中才能完成。这些画面也让我们发现自然中栖居着多么巨大的诗意，或者说是拍摄者的洞察力将其深深地凝聚在一起，从而转换成更

大的表现力，更多的热情，更为细腻敏感，常常令人因此而感受到崇高。从这个角度来说高辉的作品进入了观念摄影的层面。

是否可以结合高辉的作品对当代观念摄影做一个相对清晰的解释：当代观念摄影是在20世纪60年代以后呈现的一种摄影形态，它在现代摄影对表现形式多样化和极端化探索的基础上，介入了对当代各种政治和社会议题的讨论，并且在表现手法上更多地从拍摄照片进入制造照片的层面，从而更好地将艺术家的观念通过和社会的对话融入当代生活。高辉的影像"植入"过程，既植入了他对艺术创造的热情，也植入了他对自然与人的话题和由此引发的思考。

回过头来再一次浏览这些画面，我们世界中的一切，每一个生活的切面，每一块石头或是滴落的水珠，甚至四周的空气和光线，都折射出和反映出上苍的荣耀和风范，唤起我们的惊叹和赞美。透过镜头，我们可以通过唯美的极致构成生命与自然完美融合的一部分，也可以突破唯美的局限找到更多元的创造空间，只要是创造出属于自己的一份感动，自然也能感动更多的芸芸众生……还是高辉说得好："大自然的山水似乎不仅仅只有天地的美景，也因为人类的造访与欣赏，丰富了自己的人生履历，并由此而拥有了一段不可复制的精神财富。"

山水之间，自然无限，人生阅历，记忆永恒——这也是高辉说的！

严明镜头中现实深处的虚无与荒诞

夔门的猴子

　　早在北京三影堂新人作品评选之前，我就看到了严明的作品。我在总的评述中这样说："中国摄影新生代的发展空间是否已经在这里完全呈现，我没有把握。但是至少可以从中感受到一种奇妙的力量，推动我的思维和这些新人的目光对峙——似乎在考验我有多大的宽容度来接受新一轮的挑战。"而且，我在众多的新人作品中，一眼就看中了严明的画面，给我留下了深刻的印象。当时我是这样写的：

　　"其实我们在拍摄那些芸芸众生的时候，你是否想过，你是在拍摄'我们时代的脸'还是拍摄那些'感兴趣的脸'。前者和社会学有关，后者则仅仅和你自己相关。尽管两者有时候并不矛盾，但

145

是展开想想，却是很有意思的一件事情。"

接下来我举了日本摄影家荒木经惟的例子，主要是他早期曾经花了十年的时间在地铁里拍摄他感兴趣的脸。对于荒木经惟来说，拍摄也许和社会学无关，更多的只是和人的关联。他只是想到人的有趣，仅此而已，没有涉及什么信仰。他不会说"这是我们时代的脸"或者其他。如果你只是盯着一个人看，看很长时间，总会看出什么的：一种怪癖，或者说，一种腔调。他所感兴趣的，就是随机性地遭遇恰巧在你面前出现的某个人。这样的状态总是让人着迷。人们突然间降落在你的面前，展开他们的生活状态，对你来说一切都是新鲜的——然而荒木经惟以为在他的内心得到了爱。

于是联想到严明的作品，当时我说，他是在纪实的成分中，融入了太多的荒诞的色彩。也正如他自己所说，我的照片不是传统纪实，不是当代艺术，而是用当代眼光去刻

画当下。很好，因为一旦客观现实被强烈主观化但是又通过貌似客观的空间展现出来时，荒诞色彩的出现也就不足为奇了。他照片中的人物似乎都在为这个空间摆布一种姿势，但是在快门按下的那一个瞬间，却是希望他们依旧有活着和运动的感觉。那就是照片的精彩之处。其实人们的整个生活可以用一个简单的怪癖和姿势来表达。一个怪癖或者一种其他的什么表达，都意味着一个人的存在，那才是最伟大的。任何表达都有这样的可能。他们都活着，这就够了。这又让我想到了上面的那个命题：至于是"时代的脸"还是"有趣的脸"，恐怕已经不再重要，重要的是，人们记住了一张又一张的脸，而且永远是活着的状态……

进一步想到的是，荒木经惟否定他的拍摄与社会学的关系，其实这也只是一种托词而已。因为当你面对社会上的人群，记录了芸芸众生，一定无法脱离社会学的干系。只

拎鱼的妇人

下班的米妮

是有人将这一切直白地披露出来，有的人将其隐藏得更为深沉一些。严明的作品，也许更接近后一种可能。因为当我们第一眼看到严明的这些画面，会产生一种错觉或者恍惚，误以为这是一幅幅淡雅的水墨画风景摄影。因为在许多画面中，人物很小，或者说被若隐若现的雾气所包围，成为整体环境中的一种象征。然而仔细看去，随即会感到震惊——那些看上去并不显眼的人物或者生物以其超然于现实世界之外的独立姿势，逼得人喘不过气来。若有若无的雾气所营造的只是一个人生的舞台，在这个舞台上表演的，是一出出具有荒诞色彩的悲喜剧，社会学的文本，竟然以一种脱离常态的方式，演绎得舒展自如。这就是作品的妙处所在。

然而，如果你停留在这一点上，仅仅将其作为荒诞剧来阅读，似乎又会显得有点不满足。戴学锋曾经撰文说："然而，严明在轻轻地玩了一把超现实的游戏之后，还是把情感的铁锚抛入了属于他自己的浅滩。我们之所以深受感动，是因为我们在这一片昏暗之中看到了影像的真诚。"这就对了。也正如严明自己所说："我拍的人物，我爱他们，从某种意义上说我也是他们其中的一个。"我可以想象当严明举起照相机的那一个个瞬间，其实他自己也被笼罩在这一片氤氲的氛围中，真实的生活和虚空的幻境已经分不清彼此，但是却在第一时间感受到了自己的心跳——或者说，感受到了这些平凡的芸芸众生的心跳节奏。这才真的是作品的力量所在之处。

回到我以前的评述：这是一个充满机遇同时又面临挑战的年代，传统的和数码的，纪实的和观念的，古典的和先锋的……许多朋友都和我探讨这样的问题：影像的出路何在？什么样的可能才得以占得先机？其实答案只有一个：选择并不重要，重要的是是否将你的个性和天分发挥到极致，创造出属于你心灵世界的视觉语言。其实严明以及许多类似的摄影师给我们带来的都是一些已经具备了人文精神或者人文内涵的视觉文本，尽管它们的出现可能导致很多人欣赏上的不习惯——是因为中国观众以往看到了太多甜美的景观和有意粉饰的民俗空间。在以往的习惯思维中，大多数拍摄者都将自然的景观和街头人物当成审美对象，而非把它当作当时的人们一代一代地生活过来的空间和有着七情六欲的活体。说穿了，一旦将风景和人当作死的遗产时，它们才可以好像没有历史那样地被当作一个审美物体来凝视。然而我们所缺失的，是恰恰忽略了"人文空间"不仅是审美空间，不仅是诗歌所写的空间，也是人们生活其中的空间。这个空间不一定唯美、干净、漂亮、完整，却应该有更为多样化的社会的、风土的和宇宙观上的深入观察。

所以，严明作品中影调的浪漫以及画面人物之荒诞，构成了现代人生的二律背反。因此严明才会说："我爱这哭不出来的浪漫。"还有什么能比这样的注解更有力量？！

从斯特鲁斯、弗里德兰德到郑知渊

外滩2008年

武宁路2009年

近日，郑知渊的"上海地理"影展在C14画廊开幕，让我联想到城市形态学——近年来已成为一门显学，因其关系到高速发展的城市生活空间的诸多方面以及人类生存命运的切身利益。的确，城市形态不仅仅是指城市各组成部分有形的表现，以及城市用地在空间上呈现的几何形状，更是一种复杂的经济、文化现象和社会过程，是在特定的地理环境和一定的社会经济发展阶段中人类各种活动的结果。当然，也是人们通过各种方式去认识、感知并反映城市整体的意象总体。

从摄影诞生伊始，生活在都市中的摄影家就以其敏感的视觉神经，对城市的生态产生了极其多样化的兴趣，从而也给摄影史留下了诸多变幻无穷的生态学痕迹，尤其是面对景观所呈现的纷繁复杂的视觉可能，通过不断地解构和重构，将城市各有形要素的空间布置方式、城市社会精神面貌和城市文化特色、社会分层现象和社区地理分布特征，以及居民对城市环境外界现实的个人心理反映和对城市的认知，等等，旋转出万花筒般的魔力，从而直抵人心深处，挖掘出丰富的宝藏。郑知渊的上海，就是其中的一朵奇葩——当然，且让我先从斯特鲁斯和弗里德兰德说起——

德国摄影家托马斯·斯特鲁斯崭露头角于20世纪70年代，在欧洲的艺术学习过程中，以其鲜明的个性逐渐在当代德国艺术中浮现。一开始斯特鲁斯就以大画幅彩色作品的媒介确立了其在当代摄影中的独特地位，同时也以这样的角色使其摄影创作游弋于当代艺术的边缘地带，从70年代直到今天。在继承了最为尊贵的直接摄影的传统基础上，他以精确的视觉力量将其研究扩展到当代世界的各个领域，包括社会的、心理的以及历史的叙述范畴。

尤其是斯特鲁斯的都市景观所留下的生态学影像，融合了观念艺术的可能，具有冷静的判断力和强有力的张力，让观众进入自身的世界，再一次利用摄影的丰富性和洞察力创造出艺术的、自然的以及人性的可能。其中，斯特鲁斯的大画幅摄影以其异常冷静的纪实观念，为当代德国城市留下了无可匹敌的历史文本。他曾经拍摄的魏玛、莱比锡以及其他德国城市，在90年代都发生了巨大的变化，就连杜塞尔多夫的街道，20年以后也和斯特鲁斯当年镜头中的景观截然不同。

是否可以这样说，斯特鲁斯的艺术是为历史准备的，然而又瞄准了当下。他的作品以规范的模式出现，包括审美的规范和观念的继承，置于全球化意义上的商业、文化、人物和风景的普遍领域。斯特鲁斯通过优雅的感官判断力分析现实，提出什么是值得观看的，什么是值得捕捉的，从而以看似直观的平面超越日常的观察。斯特鲁斯的艺术，围绕着城市和人物、自然和文化、风景和工业，融合了视觉的纬度和广袤的空间，甚至在看似平淡无奇的影像中注入了荒诞的色彩。

斯特鲁斯曾说：拍照片就是从外部世界选择好奇部分的过程。如果你相信这一点，那么一张照片的价值意味就在于一个论题、对立面以及相互间的交流。尽管每一幅画面看似具有一个清晰的语汇，然而公开说出的不仅仅是一个主题，比如人物、建筑、风景，还是一连串的复杂的混合体，此外也和摄影家对这些事物的态度密切相关。在这一点上，一张照片永远是一个客体。

评论家安·戈登斯坦因此解释说："考虑到一张照片就是一个客体，斯特鲁斯并不是从一个透明的小窗观察世界。"斯特鲁斯的实践基于一个研究的过程，试图理解和描绘我们与观看中的现实世界的连接和关联，这样的观看又是如何受到我们自身和其他人的影响——比如他的都市空间。说到底，斯特鲁斯的探索就是一种自我的折射和分析，就像他的照片本身也是一种复杂的折射体，通过照片的图像，结合了现象、历史以及本身的物理特性。所以，面对他的城市景观，巨大的建筑森林扑面而来，独有的形态学研究的深厚底本，也就有了不一样的生长可能。

再来看美国摄影师李·弗里德兰德——2005年哈苏奖授予他时的理由是：弗里德兰德的作品之所以有别于其他人并不是因摄影技术，而是因其视觉和美学理念。通过记录每天的日常生活现象以及观察其周围的世界，弗里德兰德确立了自己的流派——该流派完全基于"社会风光"这一基本理念。其作品具体地表现了"新写实主义模式"，而他在实践中表现出的形式创新和自由发挥，更对此后几代摄影师产生了深远的影响。

弗里德兰德属于具有很强的纪实摄影特征、同时又彻底改造了纪实摄影基本理念并将之付诸摄影实践的那一代美国摄影家，而且是其领袖人物。的确，弗里德兰德的摄影作品被评论界评论为确立了"社会风光"理念，但其实这种艺术风格并不涉及风光摄影，而是反映了人类本身及其与生活环境之间的相互关系。他试图在公共空间——诸如城市街头、机场和公园等处发现他所希望拍摄的内容，而且很自然地反映其存在状态。此外即使他所拍摄的题材十分平凡，甚至达到平淡无奇的地步，他也坚持每天拍摄。弗里德兰德在拍摄过程中力求避免那些使人感动的、畸形的场景以及其他各种廉价的、但能够"出效果"的场景，反而更喜欢那些朴素的，甚至具有讽刺效果的场面，同时他也不会对所表现的社会风情加以判定，从而创作出一部他所看到的美国历史。弗里德兰德将这一题材形容为"美国社会风光及其存在环境"——也许，这就是典型的"形态学"的景观折射。

在长期的摄影实践中，弗里德兰德有意识地以一个旁观者的身份观察三维世界中混沌的状态和形状向二维世界整齐、完美、理性的状态转变的过程。同样地，他的摄影作品也使得观看者有意识地对摄影传统习惯的断裂提出自己的疑问。即使如此，他的照片也不是干涩的艺术理论的图解，不但养眼，甚至就是一场视觉的盛宴。比如，他善于运用街道上店铺的窗玻璃、金属的反光，对汽车、树木、建筑物、人体各个部分等景物的透视的扭曲或相互交叠，加上所捕捉到的各种符号，使得那些看起来十分不起眼的物体转变成超现实主义的心理体验，给观众带来一种挫败感，防止观看者通过看而不是心理体验来揭示摄影者所注入的主题。在此基础

外马路2010年

上，弗里德兰德将其系列作品命名为《建筑学的美国》，奠定了其独特的风格。

如果说，被斯特鲁斯解构和重构的城市形态还显得相对工整并且具有无比稳定的形态结构的话，那么，弗里德兰德镜头下的《建筑学的美国》已经到了几近崩溃的边缘，但是一切却又在即将崩溃的瞬间被强大的心理机制稍稍"扶正"了，从而"站住"了。接下来，我们看到了年轻的摄影家郑知渊登场了——他的上海，作为城市形态样本的上海，恰恰介于前两者之间，在"工整"和"崩溃"之间摇摆的过程中，重新整合出一种莫名的崇高感，稳稳地坐落在一个无比荒诞却又养眼的视觉画布上。

正如策展人姜纬所言：郑知渊的照片，是华丽与细微、丰富与森严、理性与感性的精妙对位和平衡。我们只需要把他的这些照片想象成中国的传统戏剧，舞台或许并不很大，然而却是某种更宏大秩序的一部分。戏无限地红火、繁杂、喧闹，甚至五彩纷呈，但同时也无比简明、无比的冷。

也正如郑知渊本人所说："我不追求很怪异的视角，也不为事物确定任何界限。我喜欢看那些视野中微小的窗户，它们不断叠加累积在一起时，有类似DNA排列的生命感。我喜欢密密麻麻、混混沌沌的感觉。我的照片想表达一种无限感，无限的繁复，也是无限的延展与循环。"

或者说，他的作品是将斯特鲁斯的城市景观狠狠地挤压了一下，使其更为平面化，在一种看似缺乏深度的模拟空间，延伸了心理的深度。也或者说，他将弗里德兰德的不稳定的"社会风光"再一次稍稍"扶正"了一下，加上了一抹亮丽的色彩，看似更为赏心悦目，却又显得更为荒诞。这也是郑知渊能够在我们这个时代脱颖而出的理由所在！可以想象，中国现代城市的蓝本是欧美城市，近年来还在日益美国化——这是一个不太妙的趋势。其实，诚如一些研究者所言，欧洲城市多出现在宗教文化比较薄弱的节点上，它们的先天优势在于其成形期：多数名城出现在手工业繁荣的中世纪，机器时代来

十六铺2010年

东大名路2012年

临之前。居住与商业活动糅合在一起，优哉游哉的步行节奏千年不变。在触手可及的、丰沛的可感受性当中，传统的市民生活和文化事件充盈在城市的街道和广场上。从而，一方面随着城市生活的开展，街道历时上百年逐渐生长，呈现出自然、自由、看似随意的脉络；另一方面，街道界面无微不至的累累细节也是顺理成章的副产品。在保持原有生活方式的主旨下，为了改善旧城的基础设施，满足现代化生活的要求，更多财力与心血的投入不可或缺。由此，斯特鲁斯的德国城市，自然有其一脉相承的视觉呈现。

与此相比，美国立国于工业化时期，城市的设计性、计划性向来就极度明显而重要，机器交通方式也早已渗透在生活的方方面面——由此，效率性也就在其中了。城市本来就无法冀望建筑细部造就其多样性，唯有期待街道界面所包含的功能内容变化多端。街道界面不再是有细部内容、与行人交流的街面，而是一层起着封闭作用和广告作用的建筑外墙；城市不再有令人眼花缭乱、流连忘返的街市，只有通行效率参差不一、仅对汽车交通有意义的道路，极大比例的城市用地被汽车从人类的脚下抢占，一种人性的城市公共空间消失了。漫步美国街头的弗里德兰德，也许就是从这一层心理的焦虑中，让镜头产生了莫名的倾斜。

回到中国的现实，大规模的城市建设都是在一张白纸上进行的，即便是基础最好的上海，也经受不住长官意志的指挥棒下"点

铁成金"的肆意改造，呈现出越来越让人焦虑的空间形态。郑知渊是敏感的，也是机智的。他兢兢业业从上海街头收集而来的这些彩色的叠加画面，无不每时每刻撩拨着每一个人脆弱的神经。我们也许可以这样说，他的城市形态学的景观呈现，之所以和前面提到的两位摄影家有所区别，也许和使用的器材不同有关——斯特鲁斯所选择的大画幅相机，其天生的稳定性和工整性让你不得不心存敬畏、恭恭敬敬地按下快门；弗里德兰德所选择的小型相机，由着他的性子"狂轰滥炸"，将都市的景观拍到现在这个份上已经实属不易。而郑知渊恰恰介于两者之间，他所选择的中画幅相机，既让他有足够的深思熟虑的时间，同时也给了他"放手一搏"的自由程度，从而在前后左右的自由腾挪之后，完成最终的"致命一击"。

当然，更重要的是摄影家的心态，是独特而敏感的心灵深处所散发出来的幽幽的光芒。但是我深知，类似郑知渊作品里这样的城市形态学的景观呈现是很难被当下更多人所接受的。或者说，当习惯了将自然风光摄影的日出日落、云蒸霞蔚的拍摄手段轻而易举地移植到城市风光摄影的那些"大师们"给中国观众带来诸多美轮美奂的城市风景明信片之后的今天，许多人肯定会对郑知渊的城市形态学景观一脸的困惑。更何况这样一种经过解构和重构后的视觉"拼贴"，要想在习惯了简单地接受宣传画式的长期渲染的心理背景上占有一席之地，其难度之高是可

长寿路2011年

想而知的。但是我还是想提醒所有生活在这样一个"魔都"氛围中的观众，静下心来读一读郑知渊的这些独特的画面，会让你对这样一个也许是司空见惯的城市产生一种刻骨铭心的记忆。比如，当你站在那幅我最喜欢的标有"外马路"路牌的画面前，从前景的小车包括车窗内方向盘上的红色符号开始，随着路边的围栏蜿蜒延伸到远处的"帝龙海鲜"牌坊以及牌坊下的龙头和隐隐的街巷，最后从重重叠叠、密密麻麻堆积得让人喘不过气的视觉符号中逃脱，呼吸到仅有的一线天空的蓝色时，你会对这座"耳鬓厮磨"的城市产生什么样新的感觉，又会对郑知渊"压缩"后的城市样本有何感叹？

有人说，从古希腊经文艺复兴到电脑时代，人类文明完成了一个三级跳——是的，从三维的真实立体世界，经由平面与立体、真实与虚假的大搏斗，终于高奏凯歌地迈向二维的虚拟平面世界。郑知渊镜头下的"话语"就是一次活色生香的证明。这样一个平面化世界，就是我们真正应该警惕的"美丽新世界"。

记得文人董桥说过："机械文明用硬体部件镶起崭新的按钮文化；消费市场以精密的资讯系统撒开软体产品的发展网路；传播知识的途径和推广智慧的管道像蔓生的藤萝越缠越密越远；物质的实利主义给现代生活垫上青苔那么舒服的绿褥，可是，枕在这一床柔波上的梦，到底该是缤纷激光的幻象还是苍翠田园的倒影，却正是现代人无从自释的困惑。生活情趣和文化艺术于是开始在高雅和通俗的死胡同里兜圈子，始终摆脱不掉消费社会带给他们的压力。"面对郑知渊的上海，你感受到这样的压力了吗？

我们真的是生活在周明的影像空间里吗？

解读周明这一组宽幅的景观作品，是有一定难度的。其实顾铮已经在周明的展览前言中这样说过：周明的摄影展所要呈现的，是这个时代飞速变化的现实景观。而在当代中国的自然风景与社会风景之综合的现实风景向"疯景"的迅猛转变过程中，他抓紧一切机会去寻找这些迷人的同时也创作出令人困惑的非常景观并且呈现之。

"迷人的同时也令人困惑"，正是作品解读的难度所在。我在早些年的评述中就已经写过：周明的都市更多的是关于城市的景观——一种空间的构成。尽管他的空间不是去猎奇的，然而在他的画面中常常会有"奇迹"发生。看似轻松幽默的场景，一旦当你的目光离开了画面，却发现在照片的背后还隐藏着一些更为沉重的东西。只不过，在这里，表面的轻松幽默被夸张的构图隐藏到了画面的深处，而原本背后所隐藏的更为沉重的东西，也就实实在在地呈现在超宽画幅的构成中。这样的一种"倒置"，从哲学的意味上考

"似是而非"之一

量，显得有点诡异，让人不知所措，从而也更容易猎获观众的目光，引起更多的迷惑。

先来比较一下捷克著名摄影家约瑟夫·寇德卡早些年同样形式的宽幅全景画面。评论家罗伯特·德尔佩认为：很少有人能像寇德卡这样，在桌子上摊开如此全景画面的摄影作品，展现出丰富的多样性，包括构图的技巧，自由安排的元素。尽管摄影家本身常常会给我们带来意想不到的惊喜，但是他的作品却始终保持一贯严谨的特性，每一个框架都是精心构成的，从而为他的主题带来了真实的、强烈的、最为意味深长且切合实际的表达意味。……他并不试图去迷惑什么，但是在观看、取景、隔绝什么，靠近主体，孤立其相关的联系，使其独立存在。尽管有时候是稍纵即逝的，但是更多的时候只是一棵树，一片风景，一个人。

与寇德卡恰恰相反的是，周明则是竭尽全力在搜罗什么（而非隔绝），让更多的元素延伸到画面之外，构成一个意味深长的足以诱惑你进入的虚拟空间。

可以假想一下，我们就站在周明当时所目击的这些景观面前，和观看照片的心境会有什么不同？肯定不同！我们会对这样一些司空见惯的场景感兴趣或者思考什么吗？也许不会！其实超宽画幅的容量中，一种偶然往往就是一种必然，一种无形的张力和独到的理念将照片的瞬间冲击感糅合在构成的理念之中，让人在惶惶不安的揣摩中无法终止对这个世界的最终认同。不管是面对横构图还是竖构图，你不可能一下子完全进入画面所预留的空间，你只能左右摇晃着脑袋或者上下移动着目光跟着周明的节奏前行。在他眼中，这些景观都是进入世相之"像"的内部、破译人生的密码。关键是相机镜头让破译之后的秘密都带有一种飘浮感，让观众对自己的记忆空间产生了怀疑——即便面对如此熟悉的景观，也难免会被这样的影像惊得跳起来，同时问自己：我真的是生活在这样的空间里吗？

其实周明在先前的访谈中早已说出了其中的秘密：这跟摄影的本质属性有关，现实中的很多事物，即使被拍成照片，你有意识选取的只不过是视角或画幅，但无意识间却记录下你顾及不到的东西，它们客观而真实，里面隐含着图像要告诉你的东西。……上世纪90年代初我拍照时自以为是创作，现在看倒是充满了史实。现在也仍然想创作，也会从社会学等方面考虑一些问题，但将来别人会按照我的认识来理解吗？我相信，有时现在清楚的将来会模糊，现在模糊的将来会清楚，答案应该到未来去找。

到未来去找？那么我们今天只能生活在周明的影像空间里吗？这是一个伪命题，却说出了当代摄影的许多秘密——当代摄影最为本质的价值意义，不是建造出一座座供人膜拜的艺术神殿。除了美学价值之外，摄影更强调其内容意义和对社会话题的介入。面对社会、政治力量带给人们的恐惧和偏见，面对社会矛盾所交织成密密麻麻的网，摄影以其迅捷而独特的媒介手段，将这些话题所编织的无形的网化为影像，成为人类视觉的具象化。

然而摄影图像所创造的是一个复杂的世界，它似乎可以让人们以最有效的方式了解世界、掌握真相，但是它又阻止了人们真正地、全面地了解现实。周明也许就是在和我们玩这样的游戏，尤其是画面中细节的丰富缜密和空间的放浪形骸既相互排斥，又共同密谋，构成了超现实的异化。

所以，我们只能生活在周明的影像空间里，等待救赎者的出现？

"似是而非"之三

"似是而非"之四

严怿波的都市物语

现代都市已经成为一个巨大的容器，古往今来人类的骄傲和失落无不包容其中。镜头中的都市物语在历经了170年磨难之后，也应该有一个棱角分明的全新版本。严怿波的上海街头影像，也许可以从这样的角度开始验证这一切的可能。

不管摄影家是如何介入都市生活，有一个共同点就是他们始终以独特的目光注视生活中的变异，将高速发展的都市笼罩在色调迷离的幻觉中，为人们重新理解都市生活留下了变化中的注脚。其中我们不难发现，都市的进程始终摇摆于城市与时尚的悖论之间，同样也演化为一些艺术家与作品的悖论：一边制造返璞归真的神话，

《都市物语》一

《都市物语》二

一边制造具有更多符号价值的作品乃至商品。从严怿波的上海都市影像一路看去，你会看到这些独具象征意象的符号闪闪烁烁，在明明灭灭之间，变成了都市的神话载体。你一方面会提醒自己说，这是我们生活的都市，是我们朝夕相伴的、再也熟悉不过的原型空间；然而另一方面，你又会不时地被摄影家的影像导入迷惘的旋涡，置身于一个超现实主义的梦魇，无力自拔。这不是拍摄者的"过错"，这是我们自身对都市生存过于依赖又缺少反省的结果。严怿波的画面让我们产生多少惊颤，也就证明我们对自身生活空间缺乏多少理解。尤其是当他将两两相对的画面组合在一起时，也就益发错乱了我们习以为常的思维惯性。

因为面对万花筒般变幻莫测的都市进程，没有人能够把握住自己前行的脚步——摄影家也不例外。为了不被都市的潮流所裹

挟，他们经常以浪漫的姿态表现出幽默甚至嘲讽的人生态度，尽量和都市的节奏保持一定的距离。严怿波镜头所呈现出来的张力，尤其是广角镜所带来的肉眼所无法体验到的惊奇，更是以夸张的口吻刺到了我们的痛处。就像当年日本摄影家森山大道以"一条狗的回忆"来命名他的作品一样，折射出的正是一个民族旁落无依的困顿。那些飘移不定的思绪连同作品中渐渐粗化的颗粒，凝固成一种永恒。

对了，严怿波对我说起过他的情感空间，说起过他在漫无目的的等待过程中终于释放出心中积郁已久的情绪时那一种快感。这时候我才敢断言，那些在他镜头中缤纷叠加的符号，正是摄影家自己心绪的一次又一次外化，或者说，是一次又一次的释放。只不过那样一种淡淡的、隐隐的生命的情感力度，往往不易为人们所体验，也就容易被人

们所忽略。我们更容易被那些意象所干扰，所震颤，其实这时候，心绪的感染也就在其中了，才可能将他的《都市物语》读作一段传奇。

这也让我想到了美国摄影家弗里德兰德的都市摄影，他试图在公共空间——诸如城市街头、机场和公园等处发现他所希望拍摄的内容，而且很自然地反映其存在状态。即使他所拍摄的题材十分平凡，甚至达到平淡无奇的地步，他也坚持每天拍摄。弗里德兰德在拍摄过程中力求避免那些使人感动的、畸形的场景以及其他各种廉价的、但能够"出效果"的场景，而是更喜欢那些朴素的甚至具有讽刺效果的场面。同时他也不会对所表现的社会风情加以判定，从而创作出了一部他所看到的美国历史——"美国社会风光及其存在环境"。从这样的角度研读严怿波的作品，是否觉得画面的棱角过于分明，画面的锐气过于张扬？其实这就对了，严怿波还很年轻，涉足摄影的空间才刚刚开始，如果现在就让他拿出老气横秋的画面，毕竟是不现实的。英国艺术史家赫伯特·里德曾经这样说过："整个艺术史是一部关于视觉方式的历史。关于人类观看世界所采用的各种不同方法的历史。天真的人也许反对说：观看世界只能有一种方法，即天生的直观的方法。然而这并不正确——我们观看我们所学会观看的，而观看只是一种习惯，一种程式，一切可见事物的部分选择，而且对其他事物的偏颇的概括。我们观看我们所要看的东西，我们所要看的东西并不决定于固定不移的光学规律，甚至不决定于适应生存的本能（也许在野兽中可能），而决定于发展或构造一个可信的世界的愿望。"那么，在"发展或构造一个可信的世界的愿望"过程中，姑且就将这些影像作为严怿波都市物语的开篇，期待着更精彩的未来！

王昆峰"国色天相"的演进路径

"惜花常恨春归早，更何况落红无数"，从花开到花落的短暂瞬间，也许就是人生无常的象征。而古人的那种"只恐夜深花睡去，故烧高烛照红妆"的感时伤怀的情绪，也一直延续到当代。只是当时的诗人只能燃起红烛，在夜深的花园里流连忘返，独自和花喁喁低语，最终无法挽留花之美丽。而在王昆峰的镜头中，我们看到了他对牡丹的重新诠释，让我们感受到牡丹摄影之潜在的无穷可能。尤其是王昆峰通过全新的现代构成意识，将一种经得起时间检阅的阅读方式推到了我们的面前，进而将牡丹之"天香"引入"天相"的神秘之境。

天相，意指上天佑助。国色"天相"，以其与"国色天香"谐音，说的是牡丹的前世今生，之所以成为百花之首，源自上天的佑助。王昆峰牡丹摄影的一路走来，也许恰逢其时深入到牡丹神秘的内核，其神来之笔，莫非也有上天佑助？不妨跟随王昆峰这些年来牡丹摄影的演进路径，窥其"天授"之秘！

我在前些年的评述中曾经这样写道：在对摄影创作历史流变过程的观察中可以发现，影像实验和冒险的最为密集点发生在两个阶段：一个是20世纪初期，另一个就是数码影像的时代。第一个阶段，现代艺术运动掀起了前所未有的革命运动，特别是"物力主义""力量"和"运动"，都成为当时艺术世界中革命性的重要词汇。而蜂拥而至的影像中动感、抽象等表现手法不仅仅是科技进步的结果，更重要的是转化成许多摄影家的思维词汇，并成为一些摄影家个人风格中的主要特点。然而这一时期的影像实验和冒险，受到技术条件的相对限制，很难达到一定的高度，或者，难以在更大的范围中调动起更多艺术家的实验兴趣。于是当摄影进入数码技术广泛普及加之飞速提升的年代，新一轮的创意竞争和观念较量就有了更大的空间和平台，才得以释放出新的能量。当时我认为，王昆峰在1亿像素的飞思XF100MP相机、微距镜头、现代灯具和用于后期的图形工作站的技术能量支撑下，面对洛阳牡丹所进行的实验和冒险，印证了第二个阶段的无限可能。实验和冒险的路径峰回路转，让我们看到了王昆峰的牡丹"花开"，呈现出一重又一重生命的气象。

当时面对王昆峰的洛阳牡丹，我读出的是三个维度的审美价值。第一个维度属于极简化的微距特写，然而光影迷乱之处，我们依旧看出牡丹妖娆的身影，美则美矣，却似乎很难有更多奇妙的联想，或者在光影迷离之外，带我们进入一个更为心旷神怡的世界。如此高的像素呈现如此微小的局部空间，我们知道其中的控制能力和表现可能往

往都已经达到了极限，但是仔细审读之后俨然意犹未尽。第二个维度进入的是联想的空间，其中多幅作品更是达到了隐喻与象征的境界。这些花卉的客观瞬间形态已经产生了异化，尤其是微距镜头的逼近，加上特殊的光线效果的烘托，那些流动的叶片，舒展的花瓣，摇曳的枝干，往往会因为出人意料的切割或构成，或者是不同寻常的光线氛围，使观众在似与不似之间徘徊不定——我们明明知道艺术家给我们展现的是花卉，但是往往我们又不忍简单地将它们作为花卉来欣赏，因为生怕这样一来会使艺术审美的空间局限化和单一化，失去了和艺术家在多重空间对话的可能。在依然可以辨认的形态中，花卉带来了更多的联想，尤其是那些如同人类生命形态或自然造型的美丽幻影，将生命无可抗拒的活力和华丽柔美的形态巧妙结合在一起，每一处光影形态，都成为具有联想妙趣的"一花一世界"。是否可以这样说，王昆峰借助洛阳牡丹对生命形态的挖掘，就是在这样的基础上凭借当代高科技的力量加

"极简"之一

"极简"之二

以延伸的。或者说，在这样的想象力背后，正是一次次生命独特的体验过程！第三个维度就是纯抽象——如果说第一个维度我们面对的是牡丹自身的美，第二个维度是借助牡丹联想到了万千世界的丰富多元，那么在抽象的这个维度，牡丹在画面中已经抽身而去，幻化成纯粹的形式空间。这样一种由具象到抽象的蜕变，让人想到了一个话题，就是"有意味的形式"——英国文艺批评家克莱夫·贝尔在19世纪末就认为："在各个不同的作品中，线条、色彩以及某种特殊方式组成某种形式或形式间的关系，激起我们审美感情。这种线、色的关系和组合，这些审美的感人形式，我称之为'有意味的形式'。'有意味的形式'就是一切视觉艺术的共同性质。"贝尔的假说对西方现代派艺术产生了深远的影响，"有意味的形式"成了美学中最流行的口头禅，也为王昆峰的实验提供了一个坚实的基础。

当时我就由此推断，王昆峰的实验和冒险才刚刚开始，或者说还远未有结束的可能。他对牡丹的拍摄，所继续的是超越一般意义上的美丽、构成、联想和抽象等空间状态，进入对人性、对人的潜意识以及观念形态更多大胆的探索，让镜头下的"唯有牡丹真国色"，在影像实验和冒险的历程中再一次"花开时节动京城"！

果然，又一年花开，又一年花谢，王昆峰先是给我们带来了逐渐凋零的牡丹，或者说在生命的最后时刻开放成不一样姿态的牡

"潜影"之一

"潜影"之二

丹。结实的、饱满的牡丹意象，渐渐地在凋零的过程中反而变得姿态鲜活起来，如同敦煌壁画中的飞天，舞动出无比曼妙的视觉惊艳。这是一次何等冒险的"演出"，让生命的凋零聚集起千百般能量，"举手投足"之间更显现出得到"天佑"的神韵，让人在"花非花"的叹息中振作起十二分精神，迎接又一次新生的可能——"花非花，雾非雾。夜半来，天明去。来如春梦几多时，去似朝云无觅处。"——白居易的千古佳词在当年也许就是为王昆峰今天的探索埋下了伏笔——影像的描述隐晦而又真实，朦胧中又

"蜕变"之一

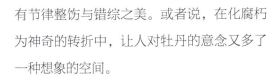

"蜕变"之二

有节律整饬与错综之美。或者说，在化腐朽为神奇的转折中，让人对牡丹的意念又多了一种想象的空间。

美国抽象表现主义摄影艺术家艾伦·希什金德写道："物体在某种意义上已经进入图像中，它直接被拍摄，但常常无法辨认；它从正常的环境被移除，脱离了惯常的邻近之物，被迫进入到一种新的关系体系中。当我拍摄一张照片时，我期望它是一个全新的、完整而独立的被摄对象，其中的首要条件是秩序。"王昆峰的牡丹系列，正是他在寻找世间万物的秩序中，借助具有灵性的牡丹，向人们敞开了艺术创造的无限可能。

这也让我想到了日本艺术家松尾芭蕉对于艺术的认知，他认为俳句（或艺术）之本质、自然观照及表现技法大约有三：第一，真正的技巧应具有真正的"批评眼"，即要敏锐、精细、慎重而正确地捕捉应该表现的东西和内容；第二，获得正确捕捉的表现的东西和内容，同时要保持应该表现之物的原本面目，即避免刻意雕琢技巧，否则会扼杀事物的本质；第三，真正的技巧与生活态度是相关联的，技巧深化生活，生活也深化技巧，两者不可分割。而王昆峰牡丹系列的演进，正是在生活态度和技巧深化的相互融合及推进的过程中，带给我们从牡丹的"天香"升华为"天相"的审美享受。

《启示》与贺肖华的幽默人生

《启示》一

　　贺肖华的《启示》是在系列作品《它界》基础上的延伸。正如贺肖华所说：因为各种原因，人们普遍存在缺失快乐、幸福、自由，没有存在感。何处是我们情感和灵魂的家园？人类应该有着怎样的存在，应该有着怎样的发展，怎样才能获得真正的快乐与自由？在最终选择回归自身，关注与个体生命、生活体验相关的这些节点上，他有这样一些比较敏感的空间，包括：存在与消亡，生命沉重悲苦，人类有时很可笑，万物都有灵魂以及世界的本质就是物的形态和能量不断的转变与转换。《启示》正是在这样一个背景下，提炼出了一种似是而非的生命能量，将人类的命运借助和动物（即便是人类"创造"的动物）的关联凸显其荒诞性。也正如贺肖华所说：生活中，我选择用轻松幽默、乐观的态度来对抗现实的悲

《启示》二

《启示》三

苦、沉重，更想用喜剧的方式来表达悲剧，希望在调侃中完成批判性。"生活中有一千个原因使我们哭泣，那我们就寻找一千零一个理由让自己欢笑。"

之所以选择用轻松幽默、乐观的态度来对抗现实的悲苦、沉重，这和贺肖华对自身生命哲理的理解有关，也和他所生活的地域和时代有关。观念摄影源于20世纪60年代，西方社会已经经历了一个从现代社会进入后现代的时期，一个以城市化、消费化、信息化为特征的后现代社会已经完全更新为在政治上民主化、经济上市场化、文化上自由化的现代社会。而今天的中国却处于一个前现代性、现代性、后现代性混杂交织的时期，真正有良知的艺术家要想找到一个社会批判的缺口，既不能剑拔弩张，又不可能隔靴搔痒，照搬西方的表现模式也难以两全其美。所以，贺肖华就将其天生的幽默情怀转换成无比"美妙"的释放出口，在模棱两可的影像视觉语言的夹缝中恰到好处地完成了一个

系列的"历史使命"。

从这一角度也就容易进入贺肖华的《启示》了——画面中的世俗百姓和各种各样"动物"的关系，正是当下中国人与这个奇妙的社会若即若离的关系呈现。面对"动物"，有的兴高采烈，有的无所事事，有的心事重重，有的恍然若失……人生的许多得意和不得意，都在和"动物"的"沟通"过程中显露无遗，让观众在哑然失笑的瞬间，暂时忘却了生活的烦恼，却又恍然暗自惊心——这不正是我（观者）自身的"绝妙写照"？所以一旦缓过神来，聪明的观众一定会感慨贺肖华的"刻薄"，将如此司空见惯的人生故事，变成了一个符号化的哲理，通俗易懂（其实真正读懂还是有一定难度的），直击内心！

也许是了，世界只是一个偶然，价值或意义归根到底是被人类赋予的，为的是给生存一个合理的解释。贺肖华通过幽默人生给出的提问，你能解答吗？

"王小慧现象"之我说

第一次见到王小慧，是在1997年，上海美术馆的王小慧摄影回顾展开幕之前的新闻发布会上。除了拿到她的作品集和一些资料之外，简短的采访可能还不到10分钟。可就在那天晚上，我一口气为《人民摄影》报写了数千字的评述文章——不仅仅是被王小慧传奇般的经历所感动，更重要的是从她的摄影作品中读出了一种生命的激情。接下来的10年，我在和王小慧的不断接触与了解的过程中，陆陆续续写下了10万字以上的文章，发表在国内各大媒体上——或许可以这样说：岛子是第一个为王小慧写评论的中国评论家，而为王小慧写过评论最多的人，恐怕就是我了。

如果选择一个词来概括王小慧这些年的创作实践以及所走过的生命历程，我想，"王小慧现象"恐怕是最为合适的。

"抽象"之一

"抽象"之二

"花卉"之一

"花卉"之二

"花卉"之三

所谓"现象"，是指事物表现出来的，能被人感觉到的一切情况。"现象"是人能够看到、听到、闻到、触摸到的。而"王小慧现象"这个命题的提出，正是借用"现象"这个词，说出一种通感的社会性的、综合性的存在。王小慧以其非凡的创造能力和巨大的生活能量，完成了在艺术领域乃至超越艺术领域延伸到社会领域的华丽诗章，这样一种独特的现象确实值得我们加以深入地研究。

那么，如果进一步分析，"王小慧现象"大致包含以下一些特征，或者说，可以用三个"符号"加以概括。

首先，"王小慧"已经成为一个极富创造力的"符号"。王小慧的创造力是从摄影开始并且发挥到极限的。从传统的意义上看，摄影在空间的拓展上是无限的，但是在时间的延伸上却具有局限性。摄影的瞬间力量究竟可以释放出多大的能量，在160多年的历史中不乏优秀的探索者，也留下过诸多的遗憾。王小慧最早的摄影表现方式可以被称为一种"纯美的注视"，主要是对自然和人生表达一种天真而执着的审美情趣。后来，她对抽象的或者说是带有超现实风格特征的影像实验也有过尝试，但时间并不长。由于一些意想不到的生命经历，她的创造观念和方式都发生了很大的变化。她在创作一些具有哲理性的人体摄影作品的同时，将镜头更多地对准各个阶层的人，尤其是在旅途中通过照相机的镜头一次次与芸芸众生对话的过程，触摸到了生命意义的敏感部位，也更多地体验到了心灵交流的可能。这一结果就是《从眼睛到眼睛》这本画册的诞生。这以后，读王小慧的花卉摄影，可以平心静气地感受自然的缤纷多彩，也可以领略艺术创造的多种可能，更重要的是由此可以知道，什么才是真正的艺术作品，几乎无法使用任何语言来描绘内心的感受。当时，"瞬间的变异和重构"，正是我对这些花卉摄影感性领悟之后的理性分析。接下来，在最近的几年中，王小慧在观念摄影的实践中走得更远，融会贯通了各种观念表现手法，全方位探索观念摄影在人生中的意义，从而将触角延伸到了超越摄影媒介的更为广阔的空间。因此，以时间为中轴，细细列数王小慧的创造

"花卉"之四

"花卉"之五

"花卉"之六

空间，我可以说，很少有这样的当代艺术家在数量上和质量上能够达到如此的广度和深度——这就是创造力"符号"的定义。

同时，"王小慧"又是一个中外文化交流的"符号"。行走在中德乃至世界各国的文化丛林之中，王小慧以其过人的魅力，游刃自如地成为一个艺术和文化传播的使者，为世界文化的沟通和交流起到了难以磨灭的历史作用。自2001年王小慧被母校同济大学艺术中心聘为兼职教授并且成为摄影系的学科带头人之后，就策划成立了和德国摄影家联手执教的"王小慧艺术工作场"。艺术工作场除了由王小慧本人或由她邀请海外著名艺术家、学者、教授主持不定期的"Workshop"之外，还在同济大学或社会上举办专题或系列讲座，以及不定期的视觉艺术创作活动、专题研讨会、创作比赛和艺术展览。这种中外艺术家联手执教的"工作场"形式在中国摄影界是首创的，也是具有国际文化传播意义的。王小慧的作品之所以能在西方赢得一片喝彩，又能在国内震撼许多人的心灵，不仅因其具有深厚的东西方文化交融的背景，也是她身体力行进行文化交流和沟通的结果。无国界的艺术语言，为中西方的文化交流结出了绚丽的生命之果，芬芳无比。这就是文化交流的"符号"的价值所在。

当然，更为重要的是，王小慧之所以能达到这样的一个高度，最终还将归结于她是个性独特、富有魅力的女性这样一个"符号"。从1996年那一个秋天的旅行开始，王小慧逐渐摆脱了生命中那些不可承受的苦难和压力，一步一步走得越来越充实，走得越来越自信，走向一位中国女性所难以想象的成功的高度。正像我以前所写到的一样："只有当王小慧的生命旅程面对常人难以体验的风险时，在对自己的生存状态经过了血与火的熔炼之后，她才有可能将思考的目光投向更为广泛的人生境遇。"这些年来，王小慧已经出版了数十本书，拍摄过引起巨大反响的电影，在世界各地频繁举办各种类型的摄影展览和讲座，共同策划了许多具有世界影响的摄影活动……作为一个女性，她的美丽由内至外，由表及里，散发出不可抗拒的"诱惑"。然而她又是坚毅的，她的坚毅从艺术创造到生活质量都能完美地体现出来，从而能够完成即便是坚毅的男性也难以想象的鸿篇巨制。美丽加上坚毅，这样的女性"符号"还有什么不可言说的可能？

王小慧曾经说过："其他的一切可能都会改变，但我这辈子是不会离开照相机的，摄影已经完全成为我的生命方式。从这一点出发，我不得不承认，生活和艺术之间无法分割的关联，是推动我一直向前的真正动力，也是我的艺术创作一直在发生变化的原因所在。"也许，这就是"王小慧现象"的奥秘所在。

因此，三个"符号"的叠加：一位极富创造力的文化传播使者的优秀女性，顺理成章地成为"王小慧现象"的书写者。

让城市景观符号在历史中穿越的金汀

《岁月遗存》一 　　　　　　　　　　　《岁月遗存》二

　　金汀的景观符号作品《岁月遗存》获得第20届平遥国际摄影大展最高奖项——优秀摄影大奖后，引发了诸多的热议。作为策展人，我曾这样描述他的创作：这是金汀一直在持续努力的私人项目，他试图通过独特的景观，借以呈现时代转折点上的某些可以作为记忆同时又通向未来的关联。他还借助独特的色域，模糊了历史、现实和未来的距离。不管是渺小如生活中的弃物，或是巨大如工业时代的遗存，在镜头和色彩的渲染下，都如同纪念碑般的宏大，却又是一个支离破碎的舞台。摄影家其实是在直面世界上一些不可逆转的衰退，却让本质上两种缠绕在一起的故事发人深省：在人类堕落之后的物质环境，以及人类为之努力奋斗所坚持不懈的适应力和恢复力。他在广袤的地域中探索目击历史，寻找从宏观到微观的蛛丝马迹，以便突破私人记忆的局限。人类的时代记忆依然留存着，而自然的原始风貌已经改变，风景所呈现的实际上是岁月的遗存，从而变成一片宁静而值得反思的空间，甚至有一种戏剧性的场面，通过异常的纯净抹去生命的无情。

我们往往习惯于将摄影作为记忆的支撑体，因为摄影能够记录和凝固数据，从而保存起来。然而面对金汀的风景，我们的记忆不但受到了清晰和明白无误的影像本身的刺激，同时我们又可以感知到一些痕迹的影响，甚至意识到一些不可视的和无法记录的东西，从而凭借非常稀少的线索回到历史创造的复杂事件之中——如今却隐藏在自然的风景里。

其实，金汀的这一持续性的项目规模非常庞大，他用中大画幅相机已经积存了数千幅影像，内容遍及国内各个省份和世界多个国家。仔细梳理这些作品，我们还可以从精选出的这一组画面中，感受到作为都市景观符号的呈现，足以承担起历史穿越的独特思考。

法国思想家居伊·德波在《景观社会》中认为，资本主义的发展导致了"景观社会"的出现，并且"在现代生产条件无所不在的社会，生活本身展现为景观的庞大堆聚。曾经需要直接经历的一切都转化为一个表象"。社会大众制造出的堆积如山的景观已然成为维

《岁月遗存》三

《岁月遗存》四

《岁月遗存》五

护社会秩序的一种物质力量。当代中国正处在城市建设快速发展的阶段，"景观"也正在改写中国的社会面貌和意识形态。觉醒起来的摄影师们开始思考景观的堆叠所带来的社会问题，用李楠的话说就是："以影像来反对影像，以影像来批判影像。"透过繁华景观的虚伪表皮，给予世人反思的空间。

德波进而认为，在景观社会中文化的作用是很关键的，它既可以维护现存权力和社会秩序，又不断自我否定、批判社会，"景观的功能就是运用文化去埋葬全部历史的记忆"。当文化已然成为现代社会秩序的景观制造机后，一些摄影家希望能在自己的创作中加入更多的对本土文化的探索，以此来发挥文化对于社会的批判与启蒙作用。金汀的努力，不管是自觉的还是潜意识的，都可以让我们从这组画面的构成中读出这样一层意味，从而从历史到当下，完成穿越性的思考。尤其是可以发现，这组画面和其他获奖作品最大的不同之处，就是在整体上不那么"纯净"或者"干净"，巨大的纪念碑式的城市符号意象背后，总是隐隐约约地或者说非常顽强地"生长"出一些和这些符号构成冲突的另一种符号标志。比如远处顽强挺

立的参差不齐的居民楼和建设中的塔吊，和纪念物同样拔地而起的电线杆以及缭乱的电线，隐藏在纪念物深处的名牌轿车或拉货车，以及形形色色的人类生存"残骸"……这些看上去和以中华古国人类文化标志的庄严性形成巨大反差的世俗符号，表面上破坏了画面的完整性和庄严感，却从另一个层面透露出一种不可逆转的人类文化信息，似乎在验证德波所担忧的"景观的功能就是运用文化去埋葬全部历史的记忆"。也许这一次，这些画面和曾经的获奖作品从两个极端，坐实了景观摄影的强大生命力。尤其是前者，古老的图腾在现代文明的映衬下，变得更有欲言又止的深意，展开了对现代文化思考的多重可能。同时，获奖作品所选择的红外线创作手段，已经将画面剥离出了写实主义的范畴，从而进入超现实主义的象征空间。而这一组画面，更是将超现实的魔力推向了极限！

也许，历史的穿越是一个永远值得关注的话题。巨大的景观图腾背后究竟还会有多少值得玩味的话题，金汀的这一系列还在继续创作的过程中。我们有理由静心期待！

从相对性的空间解读游本宽的《潜·露》

解读游本宽先生的《潜·露》，是一次非常愉快的视觉旅程，也是充满了智力挑战和心身放松的舒适过程。

《潜·露》以"双折画"（diptych）的表现手法惊艳亮相，在现实与虚无之间搭建起了生命的通道，曲折回返引人入胜。回溯历史，Diptych源自希腊语，意为中间以铰链固定可双向对折的双联记事板，有时也喻指两本主题相关的书籍。"双折画"在古希腊、古罗马时代曾大行其风，但真正被作为一种艺术创作形式则始于中古世纪，如嵌板画和三联、多联大型宗教祭坛画。不管是当年尼德兰艺术大师的偏爱，还是当代对"双折画"的情有独钟，都证明了"双折画"的巨大魅力。比如20世纪90年代赫尔穆特·牛顿的《她们走来》的摇曳生姿，还有更早些时候安迪·沃霍尔丝网印刷作品《梦露双折画》中的大胆激活，不一而足……

《潜·露》一

　　那么，游本宽先生的《潜·露》，带给我们的又是如何一番有趣的镜像？

　　摄影家坦言，在他早期的实验中，《潜·露》的呈现方式一般都是"左潜、右露"对号入座的配置，影像之间呈现出"文人内隐""侠客外放"的明显意蕴。到了中期，他慢慢拓宽了"潜"与"露"的想象力空间，因为他意识到自己刻意营造的"潜"和"露"，未必真的能和观众的认知一一对应，因而让新一轮的《潜·露》来得更为自由潇洒，更为收放自如。时至今日，他对"潜"与"露"的认识早已不再局限于"隐/显""阴/阳""见/不见"等简单的对立关系，尤其是不再刻意配置主图和附图等类似说明性的延展，力求为观众构建更多的想象空间。这样一个从"见山是山""见山不是山"转而上升到新一轮的"见山是山"的过程，将《潜·露》的创作提到了哲学的高度层面，同时也遵循了接受美学的创作原则，在充分信任观众的基础上，形成了视觉力量变幻莫测的互动空间。

　　也许，双折画的形式正好引入探索性的超验领域，注入个人的体验，同时借助历史上艺术传统引申出禅宗的力量。我们不难发现，游本宽先生的创作越往后，越是通过内心反省并且借助心理学的力量，在时空的流动性之间，创造出一种隐喻的寂寞感。正是因为这样一种潜意识的隐藏，他尝试和过去共舞，和欲念周旋，在融化的自我中心创造出燃烧的情感，不露痕迹地感动着观众。成双成对的影像的确在和谐与冲突中可以引发我们更多的联想——什么是两者之间共同的灵魂？平行的并置也许意味着给观众更大的不安？在并置和模糊动感的影像之间游移不定也许就是对视觉的考验？两两并置的图像以一种诗意的、动态的方式呈现，甚至是一种格式塔的完型——整个人类戏剧化的生活历程也正是许许多多不同瞬间的平行、重叠和交叉呈现。由生活的感悟转换而来的这些画面，都具有一种内在张力，而且这些张力可以介于人物之间、文化之间，以及人类和他们的环境之间，隐藏在不确定时间里，外

《潜·露》二

《潜·露》三

种不安，也是每一幅画面所构成的挣扎。它们所揭示的美往往是隐藏在毁灭后面的，让平庸也有了足够的深度！

其实从人类的视觉能力上来说，人们往往习惯于一次接受多幅画面，并且产生联想。或者说，我们的注意力也需要一定的跨度空间。这样，双折画也就成为多维的时空关联，通过眼睛和大脑的高速回应，正好和我们螺旋形上升的现代生活方式相呼应。这是一种过去和未来的关联，也是一加一大于二的关联。

当然，这样的连贯性创造具有一种瞬间的和谐感，它们关联的是现代世界之间的碎片，也许不仅仅是决定性的瞬间，更是相互之间决定性的影响。因为这些照片之间也在对话，如同一首首最短的摄影诗章，是情绪的节奏重复，包括空间、构成、光线、景观以及姿势。当然，这些影像不再是被动的，而是具有张力的、冲突的、行动的、反应的。它们是整个一系列完整的语言空间，是创造者喃喃自语的反省，转而试图赢得观

看者触目惊心的顿悟。尽管我们天真无邪的眼睛曾经受到了太多图像的刺激，然而我们依然有必要面对游本宽先生的画面组合，再一次认识这个巨大而复杂的视觉世界，有意识地、系统化地完成新一轮的对话。从静止到流动，从单张到连续，让我们静下心来完成静思默想的体验。每一幅画面自然有其固有的价值，加在一起却产生了新的神秘性和超越性，将情感、视觉以及智力融合成为更大的能量。摄影家提出了问题，谜一样的问题，试图让每一位观众置身其中，在视觉的跳跃过程中，产生独特的快感。此外，还有一种可能，就是原本忠实于客观的记录，因为独到的并置和排列，却产生了超现实主义的语境，真的妙不可言。

所以，我不想具体地解读游本宽先生的哪一组画面，因为我的解读只是我的一种先验证实，无法替代你的视觉历程。我只是希望你能静下心来，面对一组组已经被外在形式所定位、但是绝未被观念所束缚的精彩关联，调动你自身的生活背景、文化阅历，感

受其中的神秘之处。也许，在这一组画面上你没有任何反应，无妨，再看下一组，总有一次你会惊喜地叫出声来——如同被温和的电流所击中的那一个瞬间的快感。或者，换一个时段，换一个读图的背景，原本无法找到快感的那一组画面，也许又会突然间跳了出来，带给你久违的感动。这就是艺术的魅力所在，也是创造者和接受者神秘互动的最伟大之处。是的，真正优秀的艺术作品，艺术家并非给你一个现成的答案，而是提出一个悬而未决的问题，让你去感悟和思考。也就是说，艺术的关键在于提出问题而非解决问题——力邀观者在解读作品的同时产生丰富的想象力与"艺术补白"。

正如评论所说，新作《潜·露》系列的真实意涵并非直指"一潜、一露"的静态对话，其内容也都来自日常生活中的器物、事件，或在旅程中常见的平凡景致，用拍照转换形体、空间成为艺术符号，以象征潜、露，同时诱导观者任意置换作者的艺术语言成为"观者再私化"的语言，带出观念摄影的中心思想。

游本宽先生，台湾第一位取得艺术教育与美术摄影双硕士的影像艺术家，除了艺术创作，多年来也致力于影像艺术创作的学术研究，于国内外发表过多篇研究论文。游本宽对台湾当代摄影的最大贡献，即是将观念摄影的思潮带进台湾，除了摄影的技巧、美学的判断与取舍外，更重要的是观念的呈现，透过图像的叙述组合与观念艺术融合为其独特的镜像世界，作品敛藏着艺术家的人文悟思与生活情感。

游本宽先生常感慨，年轻一代的创作者对于艺术创作虽然充满热忱，但往往在创作过程中只是孤军奋战，不见得有可以深谈、了解、开拓自己创作领域的管道。所以，2010年他曾受邀来上海师范大学为摄影专业的学生授课，并且在学校的画廊举办了个展。2012年他又受邀至杭州，以个人独到的引导与对话方式主持"美术摄影"创作工坊，反响热烈。

对话已经开始，力邀你身置其间……

戴继民的影像实验与冒险

　　短暂的一百多年摄影史，其实就是一部人类视觉实验与冒险的历史。尤其是当摄影技术发展到相当的高度之后，影像技术的实验与冒险也就和观念的产生构成了不可或缺的互动，从而导致了让其他艺术家比如画家所惊呼的：摄影在一百多年里已经走完了绘画数千年的历史，摄影已经死亡了！然而未必，因为摄影技术与观念的发展总是和人类的经验层面密切相关，只要人类的创意欲望不泯灭，影像实验和冒险的历程也就永远不会终结——戴继民的影像实验与冒险，也许就在试图证明这一点。

　　在摄影史上，影像实验和冒险最为密集的时间点，发生在两个阶段，一个是20世纪初期，另一个就是数码影像的时代。20世纪初，现代艺术运动掀起了前所未有的革命，特别是"物力主义""力量"和"运动"，都成为当时艺术世界中革命性的重要词汇。艺术家以生命和运动为基础的抽象形式，用新颖的手法表现世界，并成为后来现代艺术运动——"立体主义"运动的一部分。1910—1930年是这一探索方式广泛实验的时期，艺术家们从油画的真实感中挣脱出来，吸收了一些摄影的创作手法，如：连续运动，即对运动物体连续影像的定格处理以及复合光线作用等，其作品的特征都与展现世界的能量有关，与现代工业的高速发展遥相呼应。而摄影家画面中频频出现的是各种虚化的动体：从夜间行驶的汽车产生的光带，到翩翩起舞的舞蹈演员创造的环状线条，或是通过定时曝光使一些极快的动作表现为一连串定格的、细节清晰的影像，使之看上去有一种心理的动感。此外，这些现代能量的释放，

"象外"之一

"象外"之二

"象外"之三

还可以利用镜头的变形夸张因素，在斜穿画面的运动线条和形状构图上展现强劲的力量。这些表现手法不仅仅是科技进步的结果，更重要的是在每一位摄影家的思维词汇中占据了重要部分，并成为一些摄影家个人风格中的主要特点。

然而这一时期的影像实验和冒险，受到技术条件的相对限制，很难达到一定的高度，或者，难以在更大的范围中调动起更多艺术家的实验兴趣。于是当摄影史进入21世纪初数码技术广泛普及的年代，新一轮的创意竞争和观念较量才有了更大的空间和平台，才得以释放出无尽的能量。

戴继民的影像实验和冒险，首先就是视觉上的呈现。正如摄影者所言："这些照片的呈现，是我和相机以及被摄主体（人）三者互动的一次性现场生成。也就是在掌控的时间内，相机连续不停地采集物体在场行为轨迹的标本。相对于‘纪实’而言，这个‘标本’只能是现实真相的蜕变——印痕，即由记录的具象走向了记录的抽象。"这样一种由具象到抽象的蜕变，让人想到了一个话题，就是"有意味的形式"——英国文艺批评家克莱夫·贝尔在19世纪末提出这一理论时，西方现代主义已经出现，其各美学流派虽然观点驳杂，但视形式比内容更重要则是其普遍的理论倾向，进而追求艺术形式的不断创新。贝尔认为："在各个不同的作品中，线条、色彩以及某种特殊方式组成某种形式或形式间的关系，激起我们审美感情。这种线、色的关系和组合，这些审美的感人形式，我称之为有意味的形式。'有意味的形式'就是一切视觉艺术的共同性质。"在贝尔看来，审美的情感不同于生活中的情感，只是一种纯形式的情感，人们在审美时，需要的是对形式、色彩感和三维空间的知识，审美是超然于生活之上的。基于这种认识，贝尔否定叙述性的艺术品，认为这类作品只具有心理、历史方面的价值，不能从审美上感动人。他尤其称赞原始艺术，认为原始艺术通常不带有叙述性质，看不到精确的再现，只能看到有意味的形式。艺术家的创作目的，就是把握这个"终极实在"，人们不能靠理智和情感来把握这个"实在"，只能在纯形式的直觉中才能把握它。贝尔的假说对西方现代派艺术产生了深远的影响，

"有意味的形式"成了美学中最流行的口头禅，也为今天戴继民的实验提供了一个坚实的基础。

戴继民的影像实验和冒险，更重要是在形式与现实的关联上。当代艺术的一个关键切入点，就在于以新的形式去接受社会是什么样的，就是说把社会作为高于僵化的旧形式的、更为复杂和丰富的"事实的世界"接受下来，从而迫使人改造自己的主观世界。这其实是想从"世界是怎么样的"推出来一个形式，以便在形式中把现实复制出来。在特定的历史条件下，这当然也有形式上的创新意义，也可能对一些陈腐的、常规的艺术形式带来冲击。整个现代派、先锋艺术确

"象外"之四

实在一定程度上，是在以一种非常主动的方式来做一个非常被动的工作，这就是以"审美"方式来试图跟上现代世界的发展，为被技术、商品主导的以及由此产生出来的新的时空经验和社会体验找到一个形式上的落座。所以，戴继民才会如此自信地说："倘再细究这些印痕的成因，一经深入解读，就不难发现，其实它们是在'在场互动'动作幅度和频率的作用下，致使被摄主体解构而又重构，从而制造出虚实相融，物影交替叠化的时空错位，最终给出了别样的观看。"也就是说，这样一种形式与现实的互动过程，正是摄影的自我反观并质疑的"我在哪？"——戴继民的回答很巧妙：当下的你，已不再是为了证明他人而存在，而是只证明你自己的存在，真正意义上的"本我，自我，超我"。而你，却得意忘形。

所以，戴继民的影像实验和冒险，最终的落点，正是一种陌生化表达的提升——艺术的技巧就是使对象陌生，使形式变得困难，增加感觉的难度和时间的长度，因为感觉过程本身就是审美目的，必须设法延长。戴继民所说的："如此的影像呈现，终究是纷杂斑驳的现实世界对一生命个体的散漫投射。抑或是生命对灵魂的绵长牵挂与祈祷，灵魂对生命的温热回顾与算卦？"正是这样一种陌生化表达的过程，得以延长了生命的力量！

其实在这样一种实验和冒险的过程中，我看到了戴继民更高的追求——他所希望抵达的，不是一般的艺术观、自然观，而是大于艺术、大于自然的世界观、宇宙观、人生观，或者说，是上至天地宇宙，下达万物万象的通观，包罗形而上和形而下各层面。这样一种真正属于中国又带有普世意义的大审美观，要想在影像实验和冒险中得以实现，并非易事。尤其是在当下中国摄影早已习惯了被太多的政治观点、意识形态、长官意志所束缚，难以摆脱所谓的"主旋律"的诱惑、摆脱形而上学的说教等大氛围下，如何找到更新的突破口，我们真的很期待！

李季《树之像》的三个维度

哲人尼采说："朴实无华的风景是为大画家存在的，而奇特罕见的风景是为小画家存在的。"李季的《树之像》，似乎在印证尼采的哲言，也为生命之树带来了不同维度的思考空间。

一、《树之像》的生命情怀

李季的《树之像》似乎有一种横空出世的感觉——诚如评论所言：一直以来，很少有艺术家用如此极致的表现方式来创作树木，并将众多的野外巨树作为拍摄对象。这些植根于云南各地的神奇大树，正以一种特殊的姿态诉说着各自的传奇和故事，也讲述着各个民族的不同文化与传统。

从生命情怀的角度考察，我却发现，艺术史上许多顶尖的摄影家，在其创作的成熟期，却将兴趣转向了对植物尤其是树的拍摄上——不管这以前他假以安身立命的拍摄题材是人文还是风景。比如日本摄影家东松照明曾以其镜头中厚重的世态炎凉，描绘出战后日本的艰难进程。然而晚年的东松照明，从1980年的樱桃花系列以及海边的花草留痕开始，让人看到了回归自然的童心一片。美国摄影家李·弗里德兰德在他的回顾集中所呈现的最后一部分，也就是20世纪90年代以后的风景系列，是回归从小长大之处的西部风景——镜头中密密麻麻交织的植物枝条，就像是一种生生不息的生命象征。晚年的他自信、平静，与其拍摄步调一致，对树木和花朵的挽歌式留影亦是佐证。另一位美国摄影家马克·塞里格曾留下无数时尚摄影的精品，然而他非常认同著名摄影家鲁赛尔·李说的一句话："你已经懂得可以在任何地方拍摄一张照片。"他会在清晨五点起床拍摄第一场雪……不是指派任务，是自己的激情所驱动。他认为后期拍摄的花草和风景，让最简单的也会变得美丽。一只腐烂的鸟，一场雪，雪堆中孤独的树……空无一物也可以成为细节。美国摄影家布鲁斯·戴维森曾以"个人纪实"的报道摄影见长，在完成马格南图片社拍摄任务的同时，成为美国下层社会的代言人。然而到了2008—2009年的洛杉矶自然系列，他感慨地说：我发现自己对植物有着独特的情感，比如那些巨大的仙人掌和人类息息相关的联系。他还不无感慨地解释道："在我五十年的摄影生涯中，我进入了这个剧变的世界，看到了人们被孤立、被抛弃、自甘堕落和从这个世界上消失。我发现自己常常是一个旁观者，却能发现内在的美丽，在无数的绝望之中找到生存的意义。"这样一个真实的戴维森，在晚年拍摄花花草草的过程中，还留给我们这样的名言："当我观察一朵玫瑰的时候，我关注的是它的形状，而非色彩。中心公园对我个人作品的重要意义在于：拒绝彩色。但是，亲近自然……"

旁观李季的艺术创作已经进入成熟期，于是对树的迷恋自然暗示着他的生命情怀空间，已经进入了类似上述摄影名家所经历的特殊阶

《树之像》一　　　　　《树之像》二

段。在李季看来，"记忆里的大树和我影像里的大树，哪一个更接近现实，可能两者都不是现实，又或者都是真实的。"重要的是，李季关于树的拍摄始于"因为野生动物出现的偶然性，我没办法去实现主观性更强的画面，后来发现拍树可以实现"。李季认为树"同样传达了这种野性的自由生命的感觉，但它又可以让人静静地站在它面前"。这样的感悟源自天赋之偶然，也暗合了无数艺术家对树的迷恋的源踪。正如评论所言：树对于绝大多数人来说，只是一个整体的名词概念，它们既是日常生活中的一个景观，又是被我们忽略的生命个体。除了植物学家以外极少有人对树的个体产生兴趣并加以关注，而树是如此紧密地与人类命运息息相关的一种生命形式，它们见证了人类的整个文明史。就我的观察，他正是将自身的生命情怀植入了和树一样的生存环境之中，才会如此深入到生命的哲学内核，在和树一起"生长"的过程中，为树留影，也为自己"造像"，借树的枝繁叶茂或特立独行的姿态，丰富了生命哲学的多重含义。

借助李季的叙述："我们一直把树看作是人类需要的一种工具，其实很少从树的独立精神这个层面去看待它，或许很多人一辈子没有真正看过树。我自己很喜欢动植物，后来发现其实我过去对树也并未深入了解，比如树在昼夜之间的差异，夜间的树完全呈现出另外一种状态，感觉像是灵魂在游荡，而白天却好像在沉睡。植物行为学上不一定是这么解释的，但是我自己觉得很多树白天可能为了规避各种生物特别是人类对它的打扰，会呈现一种休眠的精神状态，到了晚上好像就苏醒过来，状态更加活跃。"

李季和这些独立于原野上的树生长在同一个维度的生命空间，构成了一种生命哲学的态度，也为《树之像》奠定了鲜活的生命基调。

二、《树之像》的观看之道

既然"人类的文明史可以说是建立在树木之上"，那么，要想为树留影，就必须选择合适的观察方式，借助观看的哲学，或者说是观看之道，让司空见惯的每一棵树，幻化成独特的视觉景观，从而感动更多的观众。

约翰·伯格在《简洁如照片》一书中曾这样写道：一帘瀑布是一帘瀑布是一帘瀑布。它的外观和意义，表现和含义，是同一的。而它们通常又是分开的，一个正在观察并质疑的人则需要将它们放在一起。美的启示就是这种融合，这种融合改变了一个人的空间感，或者更确切地说，改变了一个人在空间中存在的感觉。

也许，李季的《树之像》同样是一棵树是一棵树是一棵树……在李季不断观看和发现的过程中，他找到了每一棵树生存的理由，也由此赋予它们独特的生存方式。李季借助内在之眼，体验自己想象和反思的空间。于是，在外观和含义达成了一致时灵光乍现，物理空间和观者的内心空间自然契合：此时的观看者，无可置疑地达到了与可见之物的平等。于是在消除了所有被排斥的感觉之后，来到了事物的中心。这就是观看带来的哲学意味，让艺术的力量在不同的观看背景下得到飞跃和提升。

于是我们看到了凤凰木，看到了蜂神树，看到了箭毒树……这些许多已经处于濒危状态的树种，被观看者以一种独有的姿态定格在巨幅的相纸上，不仅仅以一种时空穿越般的视角把我们带到了人类文明的早期，不仅仅警示我们对生物多样性的保护已经迫在眉睫，更重要的是在独特的观看视角下，艺术家和每一棵树之间，都构成了平等的对话，或者说就是一次次相互间的观看和凝望，为天人合一的禅意，添加了美妙的注脚。

进而言之，这样一种观看的过程，就是将每一棵树植入了时空交错的复杂境界之中。莫洛亚在普鲁斯特的《追忆逝水年华》序中说："我们周围的一切都处于永恒的流逝、销蚀过程之中，普鲁斯特正是无日不为这个想法困扰。这种流逝与销蚀的一面就是时间的另外一个面孔，而且是更有力量的一面，正像人的死亡是不可抗拒的力量一样。遗忘的范畴也就是死亡的范畴。"莫洛亚接着发挥说："人类毕生都在与时间抗争。他们本想执着地眷恋一个爱人，一位友人，某些信念；遗忘从冥冥之中慢慢升起，淹没他们最美丽、最宝贵的记忆。总有一天，那个原来爱过，痛苦过，参与过一场革命的人，什么也不会留下。"莫洛亚说出了普鲁斯特试图表达的更潜在的含义，即寻找失去的时间其实是与时间本身以及与遗忘相抗

衡的方式。

所以每一次，李季在按下快门之前，对每一棵树的观察过程，就是一次次为生命体验寻找一个独特的时空切入点。他曾说："渐渐觉得应该拍一些没有人打扰的树，在野林或者森林深处去行走，那些树没有受到人类过多的打扰和改变，是植物成长的一种原貌。不过这件事一时半会不能做得很圆满，可能需要一个很长的过程对树进行调查和观测。"是否可以这样说：这样的观察过程就是一个对于时空感知的复杂过程。当年，普鲁斯特在寻找失去时间的同时，已开始感受到20世纪人类存在的空间性对时间性的剥蚀。他感到只有沉溺在过去时间的记忆中才能确证自我，而现时的空间则是人产生孤独和无助感的直接原因。这是因为人被空间分割与剥蚀，空间带给人更多的是放逐感、陌生感。的确，空间化可以说是当代人的真正视界，尤其在所谓的后现代，人们越来越没有时间去回忆、去思索，每天在电视机前和互联网上面对广告和新闻，感受到的正是人类空间的共时性在压迫自己。如詹明信所言，这是一个没有时间深度的时代。而李季的实践，正是希望通过观看，延伸时间的长度，也就是以时间性的描述语言寻找柏格森的"深度时间"概念。如果缺少了这样一个具有时间深度的观看过程，时间的纵深感一旦缺失，心理的归趋和稳定感也就没有了。

李季的观看也许就是在启示每一个观看

者：人类尽管可能一无所有，但至少还拥有记忆，在记忆中尚能维持自己的自足性和统一性的幻觉。于是，我们才有可能和李季一起，借助那一棵棵树，建构人类最后一个神话，即关于记忆的神话。这些树的存在也许能够留住离我们渐渐远去的"一种博大的美"，这种"博大的美"正是人类最后一个神话所蕴含的美感。

三、《树之像》的技艺取向

在生命情怀的支撑下，在观看之道的诱导下，最终呈现在我们面前的树，则是通过独特的技艺呈现出来的，也就是影像的技艺取向得以舒展的空间。

李季的《树之像》之所以不同凡响，也源自于他谙熟的当代摄影手法，以其不拘一格的面貌出现在每一个人意想不到的视觉空间。李季曾在作品自述中这样写道："我所做的更像是对一棵树进行扫描，作品中所呈现的并非一个特定的瞬间，而是对一个时间片段的重现。"这不但印合了先前所说的时空观念，也将视觉的最终呈现变成了一次观念探索。或者说，通过独特的拍摄手法和后期合成的应用，李季将摄影这一媒介进行了观念性的转换，并将作品尺幅推向极致，从而实现了视觉上的震撼体验。

潘公凯在《艺术是非常态的生活》

《树之像》三

《树之像》四

一文中曾这样叙述：艺术作品是一种非常态的生活现象，属于非常态构成。常态与非常态一眼就能看出，都是在社会环境中所形成的经验，不是理论判断，而是感性的判断。人对于非常态很敏感，非常小的奇怪现象都可以马上被感觉到。艺术作品是一种非常态的生活现象，属于非常态构成。所谓非常态是指一种与生活逻辑相悖的非逻辑结构，我将其称为错构。错构是杜尚以后当代艺术所具有的本质性结构。而李季说：以前在拍摄一棵树的过程中，总会有空间上的纵深，实的焦点和虚的焦点共同组成画面；但现在被我拉平了，远近物体都在同一个焦点上，它们的差异只是体现在色彩的浓淡和亮度上。这为我带来一种全新的视角，把一棵真实的树拍摄得带有虚假性，在真实与主观之间徘徊。

这样的《树之像》从本质而言，就是借助独特的技艺取向，通过错构，完成对树的非常态描述，从而带给人们心灵的冲击。的确，这一棵棵树从李季的镜头中"生长"出来，时而在黑暗中突兀而出，时而在平面上参天而立，不像一棵印象中真正的树，却又是陌生化表达之后撼动心灵的树。它让人久久驻足观看，流连忘返，每一次审美过程的延长，都变成了新的审美的起点。李季也许

就是在尝试不同的技艺取向过程中，不仅仅是想突破传统的表现空间，而且是借助技艺的探索，打破纪实摄影和观念摄影之间有可能存在的"壁垒"。与其说"李季的树木作品脱离了纪实摄影的层面，游离于绘画与相片的界线之间"，还不如说李季的树已经进入了观念摄影的当代层面，让生活的日常变成了观念的呈现。

这也让我想起了森山大道在《迈向另一个国度》中的感慨：对我而言，所谓艺术，是在日常生活中创造出裂缝般的瞬间，让我透过缝隙一窥异界样貌。以此意义而言，要与艺术邂逅，根本就不需要博物馆、美术馆甚至画册之类的媒介。我反而觉得，能直接冲击我大脑的大部分事物，其实就遍布在街区和道路上。……无论何者，我认为能让我的感官接收到瞬间震撼者，即为艺术，至于那些卖弄小聪明、无伤大雅的玩意儿，一看便知分晓，让人感到乏味啊……

李季正是在面对一般人感到司空见惯却又撼动其心灵的每一棵树时，在经过了生命体验和观看之道的诱导之后，以独特的、似乎无可替代的呈现方式，为每一棵树找到了一个形式上的落座，从而洋溢出不同凡响的、不会重复的生命姿态！

卢彦鹏镜面中的《空·气》

　　2011年的平遥国际摄影大展最高的奖项——评审委员会大奖授予了年轻的摄影师卢彦鹏。卢彦鹏的展览《空·气》，是一组喷绘在镜子上的作品，惠普公司独特的工艺技术，为原本空灵虚无的作品添加了神奇的魔力。然而更重要的是，这组作品经过苦心孤诣的安排，被放在了平遥县衙的后花园，影像的魔力和自然的诡异巧妙地结合在一起，构成了难以言说的妙趣。但是你是否想到，这样的构思来自各方面的努力，平遥摄影大展给予的支持，也是功不可没。当卢彦鹏将这一设想提交组委会时，就得到了全力的支持。艺术总监张国田允诺可以让卢彦鹏自由挑选最合适的空间，并且亲自陪着卢彦鹏在平遥各处考察，也时时为卢彦鹏的构想而兴奋。从落实现场到最终布展，张国田始终给予卢彦鹏最大的支持和配合，从而得以让《空·气》脱颖而出，拔得头筹。当卢彦鹏走上领奖台，人们惊叹10万奖金大奖的获得者竟是一个不满30岁的年轻摄影师的时候，一切也就在不言之中。当然，你不会想到卢彦鹏在后花园的布展空间一个人静坐几个小时沉思冥想的结果，会是那幅悬挂在桥上的天鹅和水面倒映的奇趣，或者就是30块镜子拼贴成的城楼，以及从缝隙中冒出的小草所构成的魔幻……重要的是创造力的空间在平遥有了一个合适的土壤，生命力的拓展和延伸自然就有了无尽的可能。

　　回到作品本身——

　　我曾在卢彦鹏上一个平遥展览的前言中说过：心灵的轨迹有时是虚无的，有时却又清晰了然。面对这样一个纷纷扰扰的世界，世俗的空间一旦膨胀到了极点，心灵的自由回旋之地就会变得越来小。好在卢彦鹏以其影像的力量，给我们展现了一种超然的境界，将冥冥中的某种神秘的力量，在深不可测的影调中隐隐显现出来，慢慢晕化成漫无边际的灵魂曼舞，一点一点走进你的印象深处。作品以其非常独到的语言，讲述了一个并非虚无的故事。但是一旦灵魂出窍，要想真正把握其间的种种可能，又会变得很难。这就是这一系列作品给我们展示的双重困境，在现实和虚无之间进退两难。当然，最后的结局也许不是完全不可把握的，因为所有的努力在画面中都已经顽强地凸现出来，变成一种强大而不可抵抗的生命的力量，引领我们向前。

其实这段话也非常适合卢彦鹏的新作，只是在《空·气》中，他结合了当代艺术的传播手段，让现实和虚无有了更多可以亲密接触的可能。正如摄影家所说——

"当我不能画画时，就写一些诗来记录自己的感觉！

当我不知道写些什么时，我就画画形成一种记忆！

但当我发现了相机以后，我似乎既不能写也不能画了！

《空·气》一

《空·气》二

《空·气》三

　　从此，我全部的情感都聚焦在30秒或60秒的时间里面！（我的作品在深夜拍摄，都是长时间曝光）

　　也许大部分的人，总习惯沉醉于一种历历在目的情感或者状态！

　　而我想做的仅仅只是留住一些往往被忽略，被遗忘的瞬间记忆！

　　它们也许不长久，但始终存在！"

　　这一次，图像和现场的亲密接触，真的大大拓宽了视觉的符号力量，超越了摄影，也超越了绘画。正如卢彦鹏在接受采访时所说——

　　"这样户外的空间，包括这样的环境，很多东西我根本无法控制，所以也是给自己一个挑战。……我更多考虑的是，我拍的东西跟空间的关系。现在的光线，你可以扔一块石头，水里的涟漪在镜面上会倒映出来，那个光线是特别漂亮的。看湖里的比看上面的更好看。"

　　而且，卢彦鹏也已经想过："比如现在镜子是完整的，我以后可能会打破它，做另外的尝试，得看空间了。……但是，很多东西你想法很多，未必能一一实现。要看缘分。"

　　是的，缘分！我们期待新的缘分的出现！

远离童话世界的马良

草船借箭

马良对自己作品描述是这样的："我有两个身份，一个是导演，一个是摄影师。短片导演是我曾经的谋生职业，所以很多职业习惯后来不可避免地影响到我的另一个身份：摄影师。因此形成了我作为摄影师最显著的两个基本特点：操纵感和戏剧性再现。"最重要的是，马良的操纵感，是和大多数中国摄影师把摄影作为一种记录方式的观念背道而驰的。

记得当年我在推荐马良作品时，就曾写道：童年有梦，多为天真；老年有梦，大半残忍；唯有青年或中年的梦，可以远离童话、躲避残忍，所有的一切都是以操纵的方式折射在马良的摄影作品中。他一直在创造一个又一个白日梦的世界，却依然散发着真实的光芒。他让我们联想到世界的美丽，同时又面对忧伤的现实——为了怕我们遗忘，所以留下了魔幻的瞬间。

谎言是梦想发现的破绽。或者说，梦想是不可能实现的谎言。也正如美国著名摄影家迈克尔斯的自言自语："怎么把不存在的东西变成影像"——因为已经存在的事物不能让他满足；"无中生有是一则真理，追求它才有喜悦可言。"你从马良的作品中读出了这样一种喜悦吗？我劝你试试，其中真的有一些不可言说的妙趣。尤其是梦幻的再现，正是一种以审美的方式强化无意识空间状态的过程。尽管梦幻和摄影是相互交融的，大部分同处于一种直觉的层面上。而马良的影像则是进入了潜意识和心理学的精神空间，并且由本能通过观念的转化，完成了最终的形象展示。这不是说因为梦幻的产生是没有边界的，是虚无的，就和真实脱离了关联。从某种层面上说，尽管马良似乎在表达一些难以言说的东西，但最终还是借助真实的力量抵达彼岸。现实在这里被用作一种象征性的符号，或者是一些无法目击的暗示——这就是"不可言说的妙趣"所在。

马良曾经学画，后来成为导演。曾经鄙视摄影，却又爱上了平面的瞬间视觉而一发不可收。他使用数码单反相机，在前期的拍摄中凭借出色的导演能力完成了所有的细节处理，定格了一切的瞬间可能。然后利用Photoshop软件仅仅对色彩进行渲染，一步一步走向梦的成型。他曾经在西藏导演过他的梦，那些僧侣从真实的身份演化成虚拟的角色。他喜欢让角色戴上面具，一不小心就

模糊了性格间的差异。他还喜欢使用一些奇怪的道具，就像是戏剧演员登台演出……但是这一切不过都是虚晃一枪的把戏而已，真实的马良正在一边窃窃偷笑，笑自己的白日梦怎么就这么容易在人生的舞台上演出了一场又一场。也许是因为导演有方，也许是因为演员卖力。但是白日梦终归不是现实，也不是简单的"童话"，每一个人都应该懂得一点阅读的技巧。

正如马良自己说的："生命就是一场寂寥的马戏，／我们孤独地表演着自己。／即使这只是一场寂寥的马戏，／我们依然要活色生香地演下去。"

所以我才说这是一场青年的或中年的白日梦，已经远离了童年的天真烂漫，也没有太多世态炎凉的残忍结局，但是这其中有真切的情感世界，对真实世界有着太多宽容的嘲讽。尽管有人说现实世界已经有许多拍不完的题材，但是马良所虚构的这个世界，远远超过了真实世界所可能包容的内涵。马良在其中找到的不仅仅是一种快感，更是人生的体验和对未知的触摸。闭上眼睛，想象你自己是画面中的某个角色，也许你就会离他的白日梦更近了一步。其实马良邀请我们所去的"梦境"，是他最为敏感脆弱之处。他的所有目标也都是创造一种属于我们自身的真实，让我们在超越自身的过程中，一起承担生活中所有的不如意。庆幸的是，一切都是喜剧，而非悲剧。或者说，这里面有着游戏的成分，但是更多是严肃的生命态度。

"流动照相馆"之中的一幅

法国著名女摄影家穆恩曾说:"……也许我可以将一个空壳看成是一个灯笼,希望去发现那些隐藏的东西,希望一步一步徘徊向前,目光始终在前方的某一处。是的,我看到了海市蜃楼,我相信奇迹,我在我看到的东西那里得到了回应,我们之间产生了一种共鸣,一种已经失落的记忆的再生。是的,眼睛可以在它所看到的东西之前,将一切都当作真实的。"从最基本的认识论出发,一般的人都相信摄影能捕捉片刻的现实,凝固稍纵即逝的瞬间,摄影的科学性和机械自动性曾使人们相信它是真实的工具;同时,人们也相信摄影能再现我们的梦境,图解我们的想象,从而摄影又被认为是艺术创作的工具。然而摄影图像所创造的是一个复杂的世界,它似乎可以让人们以最有效的方式了解世界、掌握真相,但是它另一方面又阻止了人们真正地、全面地了解现实。它总是在我们似乎接近了它的时候突然转身离去,而图像世界的制造者和消费者,乐此不疲地投身于这个游戏之中——将现实变成非现实,直至超现实——不仅仅是因为现实(包括我们自己在内)都被以物质对象的形式来观看。马良的摄影世界代表的是"异化的姿态",远远超越了现实与幻想的超验组合。所以这也是为什么我们每每试图在马良的影像面前抽身离去的时候,却发现已和这个世界一样异化得不可分隔。

什么是真实?有勇气和世界对话的过程就是真实!正如2012中国年度语录中,有一句马良所说的:我要在你平庸无奇的回忆里,做一个闪闪发光的神经病。所以,尽管他被国际媒体誉为当代舞台装置风格摄影的代表人物,在国内也受到特别的关注。因其个人风格明确,在艺术上有广泛的支持者和追随者。曾入选《周末画报》中国力量百人榜、《东方早报》"文化中国年度人物",还被日本《Mac》杂志评为"当代最重要的50位国际视觉艺术家"、被评为艺术青年中最具号召力的精神领袖,甚至被欧美主流媒体票选为最具成长性的中国艺术家——从本质上看,马良所做的一切,就是想激发你对这个平庸世界的梦想,让你远离简单的童话,以更大的勇气面对现实生活……

最后,我希望大家都能有机会站在马良的作品面前,感受那些以貌似虚幻却又逼近真实的细节连缀起来的生活"奇观"。不管他是留恋过去、直面当下还是暗示未来,无须贴上太多的标签,比如权利、意识形态、话语权等。只需要在波澜起伏的影像大潮中,留下一份心底的感动和震撼,这就够了。也许,远离童话世界的马良,正在营造一个新的"神话"世界,等待着我们!

朱锋和他的《镜子》

也许可以说，抽象是艺术中的至高境界。比如被冠以无冕之王的音乐，就是以其抽象的力量征服世界的。著名音乐家斯特拉文斯基有过一段极端但是不无警示意味的名言："表现绝不是音乐存在的目的。即使音乐看起来在表现什么东西，那只是一种幻象，而不是现实。"斯特拉文斯基的真正意思，并不是否认音乐具有"意义"，而是认为音乐特有的"意义"不是通过"表现"非音乐的事物而获得，恰恰就是通过音乐本体的形式建构而产生。至于摄影，170多年来经历了具象的"磨炼"之后，其抽象表现力应该可以闪亮登场了——朱锋的《镜子》，就是在影像领域中高度抽象之后的结晶！

《镜子》的抽象，"是关于光本身的照片。是用扫描仪直接扫描镜子实物，通过变换镜子和扫描仪的角度，获得不同的反光，得到不同色彩的影像"。尽管整个过程是摆脱相机得到了另类图像，但这些图像的本质却和摄影一样，探寻摄影最基础的语言"光"与"时间"的永恒。本身空无一物的镜子与抽象而遍在的光相结合，达到了一个从量变到质变的临界点。

然而仅仅是抽象，还不足以完整地揭示朱锋这些年来摄影实践的探索精神——

1974年出生于上海的朱锋，2000年毕业于华东师范大学艺术系。他的作品进入了艺术北京博览会、中华世纪坛数字艺术馆、三影堂摄影艺术中心、旧金山当代对话基金会、芝加哥当代摄影美术馆、匈牙利20℃艺术中心、贝茨大学美术馆、堪萨斯城艺术学院美术馆等重要展场，获得过2014十大中国新锐摄影师、杰出亚洲艺术奖、南方纪实摄影展最佳新人奖、希腊第二届国际摄影比赛最佳组照奖等诸多奖项，并被美国贝茨大学美术馆、英国当代冲突档案馆、广东美术馆等公共机构收藏。一路走来，他的作品风格多变，创新意识凸显，也由此奠定了《镜子》"魔力"的呈现基础。

对于朱锋而言，摄影充满了不确定性："摄影的本质就是在不断的变化中寻找拍照的理由。"拍照的过程是个不断变换着主题、方法和观念，也是个自我解释和自我质疑的过程。正是这种不确定性提供了创作上的自由。从一开始，朱锋的摄影生涯就尝试着拍摄不同于传统的各类肖像。他在2006年创作的肖像系列《片面》中，以标准护照照片的形式，将一个人的脸，分裂成两张既相同又不同的面孔。他所要质疑的不仅仅是肖像摄影的再现之真实性，同时还有作为身份证明的肖像照片的功能。观看朱锋的肖像作品，似乎总有种辨别真伪的冲动，哪一张照片代表了那个真正的个体？接下来，朱锋的创作转向了景观——他的"二手现实"系列是从随处可见的印刷广告、宣传单等现成图像中选取建筑物的顶部，进行翻拍而成。建筑物通常被认为是人类历史的可视的遗迹，而建筑物的顶部通常又最具视觉效果，甚至体现着建筑的特定风格。朱锋就是将镜头对准了它们，企图通过不断地重复来探讨图像的多义性，以及图像与想象的关系。如

果说那些免费印刷品上的图像是被平面化、简化的视觉图像，那么朱锋的企图就是将他们通过摄影的再复制，转化成多义的、多元的图像，它们并不是对现实中景物的回归与还原，而是再造，是在艺术家想象力驱使下的再现。艺术家将那些印刷复制的图像再复制、印刷、放大，然后以非常严谨、认真的态度将作品装裱、展示。通过摄影术的介入，它们不仅仅是存在了，而几乎是获得了生命。最为诡异的是，朱锋随后的"星云图"则是由一些爽身粉洒在黑色的背景上，拍摄之后再经过数字技术加工而成。也许，朱锋的《星云图》是以实际作品试图回答什么是摄影的本质这一问题。结果，它让人们思考的是：摄影术本身就是一个悖论，或者说，摄影术也许本来就是时代所孕育的消逝的媒介。

所以说，当我们回到《镜子》的时候，可以发现，对于朱锋而言，他更关心的是摄影和艺术的关系，摄影的本质与艺术的疆界。"片面"探讨的是真实性、权威性的问题；"二手现实"探讨的是摄影与绘画和再现的关系；在《星云图》中他借用摄影的方法寻找当代艺术的实质，超越了摄影本身。尽管朱锋的作品中似乎没有一以贯之的明显的朱式风格，而《镜子》，自然也成为朱锋最具有力量感的视觉话语。诚如朱锋在接受访谈时所说：一方面，做镜子这组作品，需要经过长时间的慢慢等待，等待扫描仪的光在镜子上缓缓流过，等待镜子上的光再反射

给扫描仪，等待扫描仪把光转化为可见的色，在等待的过程中，时间转化为活生生的可以感受的生命体验；另外一方面，这抽象的概念，正好对应着静静等待后出现的抽象图像，具象可以帮助我们理解什么是时间，但是对于理解时间的本质，最直接的可能就是用抽象的方式来体现最为合适。

《镜子》一

《镜子》二

《镜子》三

《镜子》四

张望"出神入化"的境界

很喜欢张望的新书《佛泽》，尽管我对佛学文化知之甚少。然而我通过张望的镜头，看到了人生的另一种可能。

这是一本"影像中国佛学文化"的读本，图文之间，渗透了摄影家张望在佛门中历经九年所参悟的大智大慧，却是用一种简单得不能再简单的方式，告诉人们许多生活中随处可得的哲理。他在九年中深入灵隐寺、天台山等佛教寺院，与方丈同吃住，与法师共修禅，更与众多佛门弟子朝夕相处，同时通过镜头中的光影变幻，将观者引入一般人难以体验到的神秘禅境，或许那会是一次从身体到心灵的奇妙旅行。

当然，我最喜欢的还是张望镜头中的故事，在虚实之间缓缓铺开，一张一弛体贴自然，让人读来有一种欲罢不能的快感。他的全景画面寓恢宏气势却不失灵动气韵——才浏览了天台上密不容针的寺院、溪流和丛林，又见佛学院学僧参谒天台宗智者大师说法处的博大空灵的意境，或是山上学僧与山下灯火辉煌的天台县城遥遥对望的虚无……他的特写画面更是出神入化，最喜欢那幅学僧顿悟的低调作品，侧逆光下的回眸瞬间，将人生的诸多困惑融入了深不可测的黑暗之中。还有虚实之间的处理，绝非为了展示摄影家的表现手段，而是在一种若即若离的时空转换的瞬间，信手拈来的妙笔生花——或是景深的虚实，或是慢速快门的虚实，让禅思道悟变成了触手可及的日常礼仪。比如那幅奥赛获奖作品《过堂》，将一种虚实之间的人生哲理，通过流动的光影缓缓铺陈开来，韵味十足。

其实，这一切的过程，都是佛学文化和现代摄影文明的默契，是张望在九年的时空体验中所得到的真禅。正如彻如法师对张望所解释的"缘"："比如你现在搞摄影，如果你不知道适合不适合你本身时，你可努力试几次，如都失败，就不必再试了；但若你经过反复分析觉得这方面最适合你时，你就应当十次、百次地去努力。"张望真的和摄影是有缘了，他对人生的理解通过镜头的诠释，正是一种灵动之气贯穿其中的结果，也是他对摄影艺术本身造型规律以及表现手法深入理解的结果。在这本书中，张望不仅将自己对佛学文化的深度理解娓娓道来，同时还花了很大的篇幅详细介绍了他的一些代表作品诞生的经过。每一幅作品包括从构思到所运用的技术手段，和盘端出，让人受益匪浅。他在《佛光梵影》这一章中，详细介绍了《寺外青山山外天》《一领长衫任去留，哪知尘世有喧嚣》《风里看花花非花，烟中礼佛佛即佛》《过堂》《一入云林百虑空，寻常钟磬几回闻》

佛的足迹——梵净

佛的足迹——沙门

以及《烟霞洞之谜——寻佛》这6幅作品的详细拍摄经过以及技术数据，不啻是上佳的摄影教科书。

所以我才说：通过张望的镜头，看到了人生的另一种可能。如果你对佛学文化有兴趣，这是一本值得一读的入门读本——让平凡的心灵也浸润一下佛家智慧的泉流。如果你对摄影情有独钟，则更应该细细浏览全书，它可能就是一本从入门到进阶的摄影读本，带你突破艺术创造的瓶颈，得以一览众山之小。至于你读完全书，是否会像英国艾克斯特大学硕士、曾为英联邦财政部官员的新加坡人陈永宏先生那样，深受张望佛门摄影与文学作品的感染，最终在中国天台山剃度、终生为僧——我不敢揣度。但是书后摘录对张望的评价，还是应该一读的。日本著名摄影家高桥亚弥子这样说："张望先生的作品给人一种空间、距离、对比感，因为他站得很高。"台湾《摄影天地》主编则是这样评价的："……张望大师他已将禅学造诣融入了摄影技巧之中，举凡主题、美学、光影、人性的表现，已臻出神入化的境界。"

不过，想达到张望的境界，你是否有九年甚至更长时间的心理准备？然而我所希望的是，中国摄影界应该多一些静下心来面壁十年的"智者"，而非心理浮躁的沽名钓誉者。

佛的足迹——流年

佛的足迹——心色

徐明松手机摄影的灵境与禅意

徐明松的手机摄影，方寸之间让人心生喜欢。忘了镜头的大小，摆脱了像素的羁绊，手机全然成为视觉的延伸，眼到、心到、手到。轻触屏幕的刹那，于平凡进入灵境，将日常化为禅意，如菩提叶落，发人深省。

其实徐明松的手机摄影，就是一种纯粹天然的拍摄和传播过程。那一片叶子，那一缕光影，时而碎裂成一声叹息，时而蒸发出一点欣喜，看上去随意——但是却证明了任何的拍摄和传播方式总是有"立场"、有"选择"的。真正的境界，则如摄影家文德斯所说的在于"展现事物的自然状态"，他"希望拍摄到睁开眼睛所看到的东西，只是观看，而不想证明什么"。如果从这样的角度理解徐明松的"碎片"，就应该体验到最自然的结果了。因为这样一种随时随地可以观看世界的模式，即便是在手机性能什么时候能赶上单反或是微单相机已经不再成为问题的时候，仅仅因其日趋便利性，就足以成为徐明松不可或缺的生活方式之一。

或者说，什么时候手机摄影可以被视为视觉艺术的一种似乎不再重要，重要的是一讲到视觉艺术，人们就会想到世界名画或其他什么在博物馆里面看到的经典艺术作品。但视觉文化和视觉艺术有一个重要的区别，就是视觉文化使人们观看图像的场所发生了变化。传统的观看图像的场所都是正式的、固定的：到美术馆去看油画，到电影院去看电影……但是，如今人们在百货公司看广告，在家里看网络影视，或者通过徐明松的手机摄影领略大千世界，从接受美学的角度就能清晰地感受到视觉文化错位的魅力所在。

徐明松的手机摄影也许只是一些散落的碎片，是一些斑驳的光影，或者是随处可见的生活景观。但是徐明松却非常自然地把握了手机摄影的魅力，让你体验到在一种游移不定的心境下，世界会成为或闲适或焦虑或欣喜或无所适从的视觉折射，一种生活的本真自然漂移在小小的屏幕上，带来意想不到的快感——灵境与禅意始终游动其中。

艾伦·希什金德认为："物体在某种意义上已经进入图像中，它直接被拍摄，但常常无法辨认；它从正常的环境被移除，脱离了惯常的邻近之物，被迫进入到一种新的关系体系中。当我拍摄一张照片时，我期望它是一个全新的、完整而独立的被摄对象，其中的首要条件是秩序。"所以，当有人怀疑徐明松的手机摄影究竟有什么独到的价值，或者还能不能算视觉艺术的时候，希什金德的这段话也许可以帮助我们进入"迷宫"：徐明松带给人们的就是一种新的关系体系，是一种被打破的又重建的"秩序"！

所以我们也就能理解当年法国著名摄影家罗伯特·杜瓦诺所说："以前我的照相机曾是一个图像的陷阱，那时，我的照片……是完全封闭的，给予一种标识好开始和结束的观看方式。现在我的照片是开放的，它们试图唤起美好的幻想而不再是对物体的描述。我不再向一张照片中强加什么，还是提供暗示，留下一段路让人们去走。图像是组装的套件，由观众自己来安装。"这就是徐明松巧妙地选择手机摄影，试图

"微影海上"之一

"微影海上"之二

充分发挥接受美学的力量和观众对话的理由。

当然，这需要通过应有的文化底蕴，凭感觉去触摸手机屏幕的空间——尽管恍惚，尽管魔幻，或者有时候真实得让你产生超现实主义的幻觉！这样的幻觉中有迷人的生命气息，有质感，有力度，光和影的氛围也许不一定是唯美的，却是鲜活的。一旦定格，随即就可以用更直接、更迅速的方式与大众分享，完美地体现了自媒体范畴里艺术视觉传达的功能。这让我想到了捷克摄影家约瑟夫·苏德克曾以一个公式，清楚地阐明了艺术与摄影的处境：用无生命的物体讲述故事，暗示着一个谜团——骰子的第七面。

灵境与禅意，就是徐明松手机摄影让我们试图面对的骰子的第七面！

"微影海上"之三

试说顾华晔的《表演家》

顾华晔在都市中游走，目光所及之处，给我们带来这组《表演家》的都市景观，也带来了对他所擅长的"表演"技巧的思考。

桑塔格指出：高雅艺术是基本上关乎道德的；前卫艺术则通过极端状态去探讨美与道德之间的张力；第三类艺术"坎普"则全然是审美的感觉，也就是说——风格在内容之上，审美在道德之上，反讽在悲剧之上。"坎普"绕开了道德判断而选择了游戏。但是对于顾华晔来说，这一切却非简单的"游戏"，传统共同体的解体导致个人失去可嵌入的社群，造成生活、价值与精神的无根之态，于是他通过现世最普及的日常生活和文化消费模式，以重复、随俗、日常的当代消解变异、自主、普世的现代，从而在"游戏"的过程中找回了些许安全感。

我们面对他镜头中似乎难以解读的、有点支离破碎的、不管是有意还是无意解构的片段，感受到所呈现的张力关系不是外在的，而是内在的，即人与自我的紧张关系。随着个体对未来的恐惧感和社会风险系数的加强，顾华晔的反思潜力似乎在不断提高，以适应现代社会的快速变迁。从表面上看，他抱着一种"游戏人生"的态度，通过看似轻松、随便的目击方式，却打破了生活与艺术之间的界限，让影像回归生活本身，放弃了艺术的纯粹性和贵族化倾向，使一切回复日常状态，使影像在对日常生活的观照中恢复其自然、自在的属性。由此可见，顾华晔的目击已经表现出一种明显的后现代主义倾向，而且这种倾向并非无源之水、无本之木，而一定是以生活现象为依据的。关键是，他的"表演"技巧选择了"陌生化"

的手段，从而引起了观众更多的好奇。

俄国艺术家维克多·什克洛夫斯基曾经这样说过：艺术之所以存在，就是为了使人恢复对生活的感觉，就是为了使人感受事物，使石头显出石头的质感。艺术的目的是要人感觉到事物，而不是仅仅知道事物。艺术的技巧就是使对象陌生，使形式变得困难，增加感觉的难度和时间的长度，因为感觉过程本身就是审美目的，必须设法延长。

所以，顾华晔的"表演"技巧在这一刻应该说是有价值的，他在看似迷离恍惚之中按下快门的那一瞬间，用他自己的话来说，就是：世间荒诞异相的表演正是契合了反思的意境，可以让阅读者与我一起思考，去共同探究隐喻背后的逻辑。

《表演家》一

《表演家》二

《表演家》三

以个性的力量面对挑战的储楚

这是一个充满机遇同时又面临挑战的年代，传统的和数码的，纪实的和观念的，古典的和先锋的……许多朋友都和我探讨这样的问题：影像的出路何在？什么样的可能才得以占得先机？其实答案只有一个：选择并不重要，重要的是是否将你的个性和天分发挥到极致，创造出属于你心灵世界的视觉语言。

比如储楚给我们带来的这一系列黑白的影像，让我感到了一种挑战的力量，也揭示了艺术创造力可能的走向。因为艺术最忌讳的就是模仿，即便是在前人的足迹上前行十步，还不如找到更适合自己前行的方向。于是当黑白的城市景观在海市蜃楼般的魅影中时隐时现、巨大的物件或容器迎面悬浮而来的时候，我最想知道的是，储楚究竟在她的梦幻中找到了什么样的寄托？她为什么会以这样一种看似匪夷所思的影像结构，描述"预谋已久"的生命现象？

我们先来做一次反向的推理：170年的摄影史已经证明，影像

"果实"之一

"果实"之二

"工具"之一　　　　　　　　　　　　　　"工具"之二

的形式表现力是难以穷尽的——但是在表面上，影像的多样化结构以其纷乱复杂的样式似乎暗示你，摄影已经死了，已经没有任何可以创新的空间。于是一些不甘寂寞的摄影家锲而不舍地以新的形式去接受社会是什么样的，也就是说把自己目击的世界作为高于僵化的旧形式的、更为复杂和丰富的"事实的世界"接受下来，进而迫使所有的观众改造自己的主观世界。这是一个悖论，就像储楚那一组城市空间的画面，地平线上模糊不清的、起伏不定的结构形态，是储楚将带有梦幻色彩却不乏哲学语汇的都市结构以影像的方式重新定位的一种可能。她试图讲述在这样一个不再稳定的世界中，城市的价值已经呈现的多元化。这其实也是想从"世界是怎么样的"推出来一个形式，以便在形式中把现实换一种方式复制出来。无可置疑的是，在特定的历史条件下，这样一定会有形式上的创新意义，也可能对一些陈腐的、常

规的艺术形式形成致命的冲击。比如整个现代派、先锋艺术确实在一定程度上，是在以一种非常主动的方式来做一个非常被动的工作，这就是以"审美"方式来试图跟上现代世界的发展，为被技术、商品主导的以及由此产生出来的新的时空经验和社会体验，寻觅到一个栖身之地。

但是，这还远远不够。于是在城市或者西湖的背景上，容器和工具又出现了。这一次，储楚走得更远，也更为彻底。巨大的浮悬物在本质上不属于这样的一个背景，却属于对世界的一次全新的解释。其实我们可以有两种方式重新讨论当代艺术，一个是涉足潜意识领域，所谓的"崇高美学"就是从这个领域而来。另一个则是观念的有效性，而且是一种有待发展的当代艺术——它放弃审美决定论，而让艺术成为在社会现场的一种批评力量。除此之外，那些既没有一种艺术的批评力量，又没有体现崇高美学，还滥

用当代艺术流行创作方法做出来的艺术，肯定是难以进入当代艺术史的。储楚的影像，正是借助于一种艺术的批评力量，但是又巧妙地悬置于一般的批评模式之上，借助想象的空间，借助梦幻的力量，对现实的可能性进行拼贴重组——比如那些惊人的工具，就逼得每一个观看者不得不思考生活本源的价值，从而对司空见惯的世俗感受到莫名的荒诞。至于那些悬置的容器，所有面目不清甚至焦点不实的所在，让我想到了一位世界级大师、日本摄影家杉本博司的作品。他也有一组焦点不实、只留下结构和形态的风景，试图解释他的童年和他的梦幻世界。杉本博司曾说，记忆是一件不可思议的事情：你不会记得昨天发生了什么，但是你却可以清晰地回忆起童年的瞬间。在记忆中这些瞬间缓慢地流逝，也许正因为这些体验都是第一次发生，使得印象更为栩栩如生。然而接下来不断的体验，一直到成人时代都是对过去的重复，因此也就逐渐变得无足轻重。细细回忆你最早的记忆，从童年一路过来，就可以发现记忆永远是堆积起来的，层层叠叠。

试想一下，层层叠叠的记忆怎么可能是清晰的？就像那些悬置物和悬置物背后的风景，或者那些层层叠叠的建筑，就是记忆或者梦幻堆积起来的，看久了，会让人生出些许惶恐，犹如庄生梦蝶，不知所终。结果这样的照片就会给我们带来一种与生俱来的错误的"感觉"，一种我们所看到的和我们的

知识结构之间的分离感，这正是长久的影像文化渗透的结果。就像画面中的这些物件，虽然呈现出极端的真实性，然而无时无刻不在暗示它们和真实的距离。

由机械和化学构成的摄影，一直被认为是一种现代科学的工具，用来记录世界真实和客观的呈现。的确，整个摄影的历史，在这样一种主流的观念支配下，曾经遭受诸如超现实主义的"破坏"，质疑摄影的复制，从而走向虚构和梦幻。储楚选择了传统银盐和数码技术结合的方式，选择了现实描摹和梦幻抒写交错的空间，实际上就是一种将照相机和世界分离的观念，时时提醒观众摄影家的在场，从而打破照相机和世界之间的距离。对于储楚来说，她不再关注自身的问题，而是考虑和我们感知的观念世界的关系。摄影和人类的感觉并非两种不同的东西，摄影只是延伸了我们面对这个世界的进程。

说得再远一点，摄影在储楚的影像中不再是一种技术发明，而是自然冲动的副产品，用以捕捉记忆和终止时间。当然，如果储楚的影像在拍摄和制作上更为自然一些，人工的痕迹再消磨一点，尽可能再精确地捕捉人类心灵的精神世界，复原更多可以形象化的记忆，那么，我们和这个世界的关系，也就有了更多可以期待的未来。

谢谢储楚给我这样一个机会，是为序。

钟维兴的《失落园》评述

　　人体摄影在中国，已经不是什么新鲜的事。但是从无序走向成熟，我们是否已经看到了值得为中国人体摄影击掌鼓励的一天？

　　我曾经写过：中国人体摄影的艰难已经有人说了，中国人体摄影的泛滥也曾让人担忧，至于如何评价今日中国人体摄影的水准，也许会有一定的难度——尽管今天的中国人体摄影在日渐复苏的大环境中，得到了前所未有的培植土壤。我们从这些年所伴行的风风

《失落园》一

《失落园》二

《失落园》三

《失落园》四

雨雨中，又一次看到了人体摄影的巨大诱惑和潜在的危机。现在的问题是，我们所面对的人体摄影，究竟有了多少的心理准备？我们对人体自身的了解以及对人体摄影历史渊源的认识，是否具备了良好的文化拓展基础？我们的人体摄影商业操作和人体模特儿的选择空间是否能够健康地步入良性循环？以及，我们面对人体所掌握的拍摄技巧是否足以传达出人体的巨大魅力？

钟维兴策划的《失落园》，再一次将这个严峻的问题放到了我们面前。

大漠胡杨，加上人体造型，在中国的人体摄影实践中并不少见，然而始终无法脱离一个怪圈：都是俊男靓女加上一袭红绸之类，借助大漠的金黄色光辉，营造一出具有浪漫色彩的喜剧——美则美矣，却似乎在生命体验的深处，让人感到怅然若失。从严格的意义上说，这样的经营布局下，无论多么优秀的人体在历经沧桑的大漠胡杨面前，都显得如此苍白无力，因此不可避免地退居画面的弱处，成为自然的一种陪衬，失去了人体摄影的真实内涵所在。或者说，尽管此时的人体可以成为视觉的焦点（因为一旦美女褪去了衣物，总会让人心跳加速），但是美轮美奂的经典造型，让人看多了就会平添一丝疑虑：为什么一定要将如此矫揉造作的人体放在这些特定的环境和背景中，人和自然之间究竟有多少值得思考的关联？加上一而再再而三的重复，审美的疲劳也就不期而至。

钟维兴和他的朋友们开始"突围"了。他们的"谋略"就是放弃了专业的模特儿，选择了毫无拍摄经验的民工。很好。首先民工的身材不如专业的模特儿，却更具有一种底层的质朴本色，和大漠胡杨有着某种视觉上的暗合。其次，民工没有受过专业的造型训练，举手投足之间没有华丽的形体语言，因此不需要指导他们如何摆脱那些专业模特儿习惯的姿态。在我的拍摄体验中，有时候要想让专业的模特儿"放弃"习惯的造型姿态，绝非易事——甚至要比指导一般人进入专业的造型空间更难。于是这样一种不加润饰的底色一经形成，大漠胡杨下的人体，才可能有另外一番叙说的语境。

然而我深深懂得，这样的一种尝试远比唯美主义的实践来得艰难。尤其是要想摆脱多少年以来形成的习惯思维的束缚，从沙龙式的画意人体摄影局限中杀出一条生路，不仅需要勇气，更需要超人的智慧和不断升华的灵性。当我们面对大漠中伴随着胡杨和历史的遗迹"同生共死"的人类造影一点点逼近生命的极限体验之时，我可以这样说，画面整体的厚重感和力量感已经出现，不同于简单的图形叠加的唯美主义风格的意蕴正在

《失落园》五

渐渐生成。

当然，我不是说钟维兴他们的尝试已经是非常成功的。因为正如我在前面所说，这样的一种尝试远比唯美主义的实践来得艰难（是否可以这样说：《失落园》的"难度系数分"已经远远高出以往许多作秀的表演）。然而，在肉体和灵魂之间，并没有不可跨越的鸿沟，关键是我们如何看待人体，又如何从人体中（包括借助人体与现实世界的关联）挖掘出精神的力量。人体不仅仅是一个唯美的空间，更是一个神秘的剧场，为所有的创造提供了一个舞台——包括物质的，精神的，尤其是感官的，从内部一直到外部的世界。

我期待着《失落园》的延伸。

附：《中国摄影序与跋》写作时间轴

从王瑶的"后'9·11'"到"京剧人生" \12

任曙林的《中学生》读后 \18

不著一字 尽得风流——朱浩的新作《影城》\28

穿越时间到达理想彼岸的段岳衡 \102

严怿波的都市物语 \157

张望"出神入化"的境界 \196

以个性的力量面对挑战的储楚 \204

钟维兴的《失落园》评述 \207

从《野外拾回的小诗》说王苗 \112

戴继民的影像实验与冒险 \177

试说石广智的《马尾造船人》\55

卢彦鹏镜面中的《空·气》\187

朱钟华先生自

王建军献给

从蛋糕、摄影

黄新的心禅与

2008

2011

2014

2010

2013

2015

严明镜头中现实深处的虚无与荒诞 \145

胡群山的《血色——史迪威公路》\25

从斯特鲁斯、弗里德兰德到郑知渊 \148

《启示》与贺肖华的幽默人生 \164

王琛如何解读地球的表情 \132

解读高辉的《山水间》\140

我们真的是生活在周明的影像空间里吗？ \154

从相对性的空间解读游本宽的《潜·露》\173

Ⅰ 纪实路径

Ⅱ 风光无限

Ⅲ 观念当代

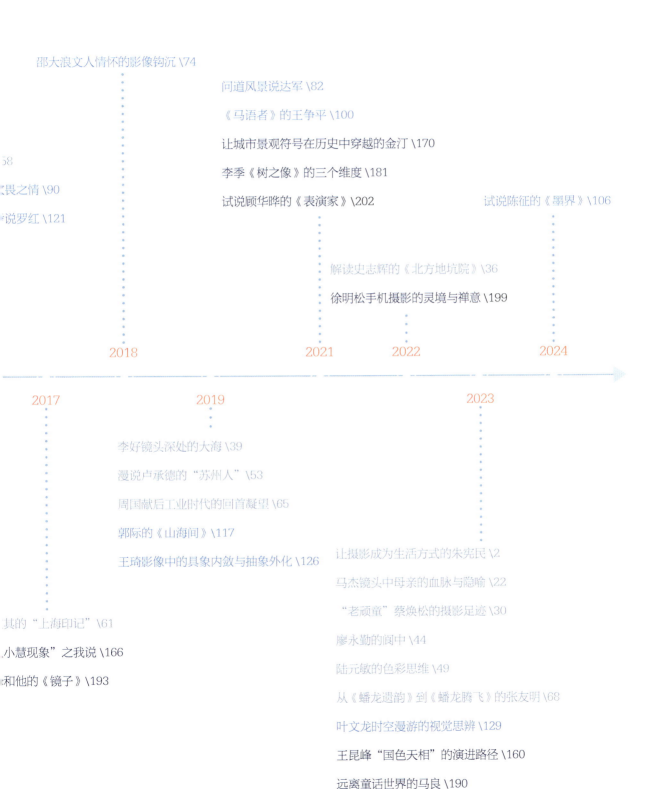

邵大浪文人情怀的影像钩沉 \74

问道风景说达军 \82

《马语者》的王争平 \100

让城市景观符号在历史中穿越的金汀 \170

李季《树之像》的三个维度 \181

试说顾华晔的《表演家》\202

试说陈征的《墨界》\106

58

畏之情 \90

说罗红 \121

解读史志辉的《北方地坑院》\36

徐明松手机摄影的灵境与禅意 \199

2018

2021

2022

2024

2017

2019

2023

李好镜头深处的大海 \39

漫说卢承德的"苏州人" \53

周国献后工业时代的回首凝望 \65

郭际的《山海间》\117

王琦影像中的具象内敛与抽象外化 \126

让摄影成为生活方式的朱宪民 \2

马杰镜头中母亲的血脉与隐喻 \22

"老顽童"蔡焕松的摄影足迹 \30

廖永勤的阆中 \44

陆元敏的色彩思维 \49

从《蟠龙遗韵》到《蟠龙腾飞》的张友明 \68

叶文龙时空漫游的视觉思辨 \129

王昆峰"国色天相"的演进路径 \160

远离童话世界的马良 \190

其的"上海印记"\61

小慧现象"之我说 \166

和他的《镜子》\193

跋

林 路

　　在我30多年的摄影写作生涯中，结识了当代中国摄影界的许多"大腕"和"新秀"，并承蒙厚爱，不经意间留下了大量的评述文字。这里汇集的，便是近十多年间为这些摄影家的作品集、展览等视觉传播空间写的序与跋，林林总总，似乎能折射出当代中国摄影的些许"灵光"。

　　首先，涉及的中国当代摄影家身份不一，既有曾经的和当下的中国摄影家协会主席及多位副主席，也有数十位中国摄影最高奖项"中国摄影金像奖"的获奖者，还有这些年来在中国摄影节如平遥国际摄影大展、大理国际摄影节上获得最高大奖的得主，包括成名已久或新锐突起的当代卓有成就的中国摄影人。同时，这些摄影家的创作风格涵盖了在当代世界摄影大背景下的各种探索空间，从纪实的到观念的，包括拍摄题材的丰富多彩，表现手法的精彩纷呈。于是有理由相信，这些序和跋所构成的中国当代摄影"光谱"，即便是远远无法涵盖中国摄影的当下，至少也能折射出当代中国摄影的"美妙"和"多元"——近50位摄影家的集体"登场"，还是蛮好看的——从大约十万字的序和跋中，我颇有自信地以为勾勒出了中国摄影当下的大致轮廓，为日后中国当代摄影史的写作做出铺垫。而为了更好地展现整体风貌，书中收录了每位艺术家一些已经公开出版和发表的摄影作品，以为参照。

　　最后有点小小的说明：这些文字大部分都是为这些摄影家的画册或展览所写的，还包括应一些报纸杂志和网络媒体之邀，写在摄影家作品集或展览亮相后的评论文字（姑且归入"跋"），以及一些在摄影家作品研讨会上的发言经整理后收入论文集的文稿——最终以"序和跋"命名，也算是方便起见。